The Things that Matter: What Seven Classic Novels Have to Say About the Stages of Life

[美] 爱德华 · 门德尔森 Edward Mendelson 著

哥伦比亚大学的

7堂经典文学课

对生命各阶段的解读

中国青年出版社
CHINA YOUTH PRESS
中青文传媒

图书在版编目(CIP)数据

哥伦比亚大学的7堂经典文学课：对生命各阶段的解读 /（美）爱德华·门德尔森著；徐娟译. —北京：中国青年出版社，2022.3

书名原文：The Things That Matter: What Seven Classic Novels Have to Say About the Stages of Life

ISBN 978-7-5153-6559-6

Ⅰ.①哥… Ⅱ.①爱… ②徐… Ⅲ.①小说研究—英国 Ⅳ.①I561.074

中国版本图书馆 CIP 数据核字（2022）第030496号

哥伦比亚大学的7堂经典文学课：对生命各阶段的解读

作　　者：〔美〕爱德华·门德尔森
译　　者：徐　娟
责任编辑：肖　佳
文字编辑：星　晨　魏森垚
美术编辑：佟雪莹
出　　版：中国青年出版社
发　　行：北京中青文文化传媒有限公司
电　　话：010-65511270 / 65516873
公司网址：www.cyb.com.cn
购书网址：zqwts.tmall.com
印　　刷：大厂回族自治县益利印刷有限公司
版　　次：2022年3月第1版
印　　次：2022年3月第1次印刷
开　　本：880 × 1230　　1 / 32
字　　数：172千字
印　　张：8
京权图字：01-2021-4083
书　　号：ISBN 978-7-5153-6559-6
定　　价：49.90元

献给、致敬、关于

詹姆斯·门德尔森

无论如何，生命都有一个至关紧要的中心，而在她的生命中，它却被无聊的闲聊磨损了，淹没了，每天都在腐败、谎言与闲聊中虚度。

——弗吉尼亚·伍尔夫——

《达洛维夫人》

说了那么多话之后，她觉得自己有点想静静地站一会儿，然后挑出一件特别的东西，一件重要的东西。

——弗吉尼亚·伍尔夫——

《到灯塔去》

目录 / *Contents*

引 言

Introduction

本书旨在探寻人生，探寻借由书籍所阐释的人生。本书的每一章都有一个双重主题：一方面，这一章所描述的是一部写于十九世纪或二十世纪的英国小说；另一方面，它也或多或少在讲述每个人的生命中发生着或者可能发生的重要经历或阶段。在写及玛丽·雪莱的《弗兰肯斯坦》(1818年)时，我试图阐述生育及其道德和情感意义，而写到艾米莉·勃朗特的《呼啸山庄》(1847年)时，我又论及了童年的道德和情感意义。其余的章节均遵循类似的范式：关于夏洛蒂·勃朗特的《简·爱》(1847年)一章，将谈到成长至成年的过程；关于乔治·艾略特的《米德尔马契》(1871年至1872年)一章，则会论及婚姻；至于贡献给弗吉尼亚·伍尔夫作品的三章里，《达洛维夫人》(1925年)一章谈及个人之爱，《到灯塔去》(1927年)一章论及为人父母，而《幕间》(1941年)一章则是关于向下一代交出人生接力棒的阶段。

本书所涉及的七部小说按照创作的先后排列，同时也与人生各个阶段的先后顺序相吻合。总体说来，本书希望能为过去两个世纪情感和道德生活的极简史方面提供一些见解。同时，本书也是一部——针对诞生于十八世纪末和十九世纪初的浪漫主义时代——思想和情感世界的内在传记。

在我看来，任何阅读小说的人，不论是为了乐趣或是为了解惑，总会对小说中虚构的世界感兴趣，也会对书中的生活方式或范例感兴趣，甚至会选择同样的生活，或拒绝过这样的人生。在过去的两个世纪里，大多数值得一读的小说都是为了回应这两种兴趣而写，而不是为了被客观或冷静地阅读而写的，就好像这些小说是由一些非人类的智慧所写的一样。要想获得对它们最充分的理解，就必须是从个人的角度，而不仅仅是从历史、主题或者分析的角度去诠释和理解。能与小说中的人物产生共鸣的读者，他们的反应并非一种应该被摒弃或超越的幼稚行为，而是在践行真正意义上的文学理解。

科学家和数学家在工作过程中无须代入自己的生活经历，但这恰恰是文学评论家在剖析一部小说或一首诗歌的形态时应该思考的问题。当然，这并不意味着他们应该将自己的生活观念强加给读者。在大多数情况下，评论家对自己的评价越少，他们的批评就越好。不过话说回来，当评论家的声音是（而且听起来像）从独特的个人经历中领悟的个人声音，而非听起来像高级专业培训产物一般的冷静客观声音时，他们的批评往往会更令人难忘，更令人信服，也更加有效。在本书中，我试图从专业的角度为文学研究做出贡献，论及一些我认为就这七本书而言他人尚未提及的方面。与此同时，我也尝试着回应每一位读者，那些对自己的过去和未来充满热情的读者，包括学术读者和专业读者。因此，本书是写给所有那些在任何年龄阶段的，仍在决定如何过好自己生活的读者们的。

我所讨论的小说都是用英语写的，在我看来，这些小说十分深刻地描写了个人生活中的伟大经历，即使在某些情况下，它们的作者在某些观点上似乎大错特错。所有这些小说的创作者都是女性，其中三部是弗吉尼亚·伍尔夫的作品。这当然是有原因的，但这不意味着女人有男人没有的内在深度，或者女人比男人有更高的道德和情商，抑或女人拥有男人所不具备的基本品质。十九世纪和二十世纪的女性作家之所以比男性作家更有可能写出个人生活的情感深度，是因为她们更有可能被客观地对待，被归类为某一群体，而不是被视为独一无二的人。因此，女性作家往往有更大的动机来捍卫个人生活的价值，抵制刻板印象的泛化影响，并在写作中密切关注这些价值，坚持认为那些价值对每个人都很重要，每个人都有经历这些价值的独特方式。

相较于将这些小说当作女性写作这一范畴的范例而言，将它们视为对独特人格的捍卫，似乎更能体现它们大的框架和精致细节中的价值。这些小说既不代表女性群体，也不代表英语国家和地区的或英国女性，既不代表女性作家，也不代表任何其他群体或类别。这些小说也没有针对某一群人，它们是写给被夏洛蒂·勃朗特称为“读者”的那些个体的。它们的作者在每一个重要的智力、情感和道德问题上都存在分歧，其中一些最关键的分歧出现在两姐妹——夏洛蒂·勃朗特和艾米莉·勃朗特之间。

一个独特的个体不会对世界有一种单一、绝对的看法，也不会对任何问题都用同一种论调和观点。相反，如果他对任何问题都有一个始终如一且毫不含糊的答案，这正是一个人为服务于某种意识形态而丧失个性的明显症候。个性是一个不断与自己的信念抗争的过程，这种抗争有时是一场友好的智力辩论，有时是一场激烈的情感斗争。我在本书中谈及的小说，都源自作者与自己的抗争。众所周知，小说中的虚构人物会带着不同的观点展开争论。但潜藏于这些争论背后且常常被忽视的是，作者的内心也在为该讲哪个故事以及如何讲故事争论不休，而这些都是书中人物们所不知道的。这并非意志薄弱或前后矛盾的表现，而是智力灵活性和力量的标志。作者拒绝满足于对复杂事物进行简单或直接的解释，他们反复提出不同的观点来纠正对立观点的缺陷。就像《弗兰肯斯坦》一书，其中一些章节展示了玛丽·雪莱相信人的命运是由自己主宰的，而其他章节则诠释了玛丽·雪莱相信人们的生活由外界决定。艾米莉·勃朗特的《呼啸山庄》、夏洛蒂·勃朗特的《简·爱》和乔治·艾略特的《米德尔马契》，在这些作品中她们各抒己见，与自己抗争。小说家在写一部新的小说时，也倾向于反对早期的自我。弗吉尼亚·伍尔夫在《到灯塔去》一书中，对她在《达洛维夫人》中所写的很多内容均提出了异议，并在《幕间》一书中对前两部作品继续提出质疑。

在本书中，弗吉尼亚·伍尔夫比其他作家更受关注，因为我相信，她比其他任何一位英国小说家都更深刻地思考了个人生活中的道德和情感层面。几乎无人质疑欧美学校在教授现代文学时所使用的“标准地图”，因此，叶芝、艾略特和乔伊斯一直处于现代文学的“塔顶”，其他作家则排在次要和偏远的位置上。这一论断是基于这三位男性作家所共有的知识偏见，即原型比个体更真实，神话比观察更真切，对宏大叙事的憧憬比尝试展示日常生活的局部更重要。这一论断背后还隐藏着一种更深层次的偏见，即作品的结构和复杂性是对其伟大程度的考验，艺术品无须触动人们的情感，顶多在结构和图案上激发难以言喻的敬畏感。博物馆、音乐厅和诗文选集中充斥着由此引发的不幸后果，但这丝毫不能减轻它的谬误。如果你还记得过去所有伟大的艺术都是创造得既感人又精巧，且这一审美标准依旧可以应用到现代文学中，你就会发现，现代文学的地图似乎与学校教授的版本有所不同。因此，善于从时间的变迁而非永恒的刻板印象来理解人类日常的弗吉尼亚·伍尔夫，理应处于现代文学的中心地位，正如W. H. 奥登在现代诗歌中占据中心地位，以及塞缪尔·贝克特占据了现代戏剧的中心地位一样。

本书的主题之一，也是本书所探讨的核心，即一种既连贯且兼具智慧、道德的方式来思考人类的方法，是将他们看作拥有自主性的个体，而不是隶属任何类别、阶层或群体的“人们”。第二个主题与第一个主题密不可分，那就是人只存在于人与人之间的关系中，一个绝对孤立和独立的人，他的思想是缺乏智慧与道德的连贯性的，所有强调斯多葛主义①和自力更生的人格与社会观念，充其量只能部分有效，而强调相互需要和相互帮助的思想才有可能成为现实。

小说比生活更紧凑、更有条理，没有人会把《简·爱》或《米德尔马契》当作行动的实际指南来读。小说中的幸福的结局

① 斯多葛主义，又称斯多葛学派，是古希腊的四大哲学学派之一，也是古希腊流行时间最长的哲学学派之一。该学派强调顺从天命，满足于自己所处的位置，认为这才是获得幸福的关键。——编者注

总是虚假的，是人为的。安东尼·特罗洛普在《巴塞特寺院》的结尾写道："一部小说的结尾就像儿童晚宴的谢幕一样，必须由甜食和糖李子组成。"在奥斯卡·王尔德的讽刺风俗喜剧《不可儿戏》中，劳小姐在总结自己的三卷本小说的情节时，陈述了一个无可争辩的事实："好人有好报，恶人有恶报。这就是小说的意义。"在现实生活中，好人不一定富有并找到完美的终身伴侣，也没有人在危急时刻把他们从孤独和压迫中解救出来。在现实生活中，快者赢得比赛，强者赢得战斗。不过，现实生活中有一个微小但至关重要的领域——人的内心生活。在这里小说被证明其真实性，如果你能成功地归入劳小姐所说的"好人"范畴，你就会变得更加冷静，更加勇敢，更少焦虑，更少嫉妒，更能忍受不公或灾难。个性正是在这种内心生活中形成的，而不是由外在世界塑造的。[①]

即使是详尽展示心理描写的小说，诸如弗吉尼亚·伍尔夫的作品，也无法直接表现内心生活。一部小说充其量只能展示人物对其内心生活的想法，或者通过他们的外在行为来表达他们内心生活的变化。所有小说都以不同的方式将不可见、难以表征的心理活动，转变成叙事和情节中可见的、可表征的事件和情节，其结果总是略显扭曲和图示化，就像将起伏而有质感的地球绘制成一张平面地图。不过，富有同情心的读者却能对小说所表达和隐

① 个性与古怪衣着和发型等外在表现之间的复杂关系，值得单独写一本书来讨论。一个在道德和智力生活上非常独立的人，可能会选择穿得与常人无异，因为她不太在乎自己看起来如何，懒得去打扮得与众不同；没有人比简·爱更具个性，尽管她穿着灰色、不知名的衣服。着装的古怪可能是一种社会勇气或冷漠的标志，又或者仅仅是一种伪装成叛逆者的传统手段，因为叛逆似乎彰显了某种个性。——作者注

藏的内心现实作出精明的猜测。

举一个极端例子，小说中的人物数量远远少于现实生活中的。在生活中，当一段恋情破裂时，两个恋人会找到其他人再次尝试。在小说中，通常最多只有几十个人物，很少有其他人，而情侣们往往会回到对方身边，无论好坏。托马斯·哈代的《意中人》展现了这一主题的一种变体：一位雕塑家爱上了一个女人，二十年后却爱上了她的女儿，再过二十年后又爱上了她的外孙女。而诸如此类有违伦理的事件指向了一个简单的心理学真相，即人们在人际关系中会反复犯同样的错误，无论他们与多少不同的人交往，都会反复和他们一起犯同样的错误。这种内在心理向外在生活的转换适用于所有的小说，但在十九世纪和二十世纪的小说中，这种转换比早期的小说更加明显，也更加持久。当摩尔·弗兰德斯①的第一任丈夫在故事的开头消失时，每个现代读者都期待他在结尾时的归来，但笛福认为没有必要把他带回来，且再也没有提起过他。

在本书关于小说、一般文学以及其他方面的许多概括中，我试图以那些在我看来最具启发性、影响最持久的评论家为榜样，其工作建立在对知识的理性认知上，即哪些书最值得研究，以及那些书的哪些方面最值得关注。这些认知与理论不同，理论试图描述客观的普遍真理，全然不顾研究者们在真理中的利害关系。理论属于科学，它所依赖的是可重复的结果，这些结果可以用实验来检验，也可以用事实来驳斥；但是如果目标是个人的知识或

① 小说人物，出自丹尼尔·笛福的小说《摩尔·弗兰德斯》。——编者注

者是他们的作品，那么可重复的结果则是最无趣的。任何一个聪明而有趣的人，由他书写的文学都是有关人类生活或者创造出来的东西，都是从个人的角度写的，与被人类观察发现的原子或星系不同，每个读者都可以自由地去评判文学，而且理解的过程与读者和作者之间的对话密不可分。

关于评论家如何使用“我”“我们”“某人”“你”等代词来指代自己和读者，值得专门另写一本书来介绍。我一直尽量避免自以为是地使用“我们”（泛指“我们这种人”），也在努力避开闪烁其词的“某人”。这样就只剩下“我”和“你”了。本书的某些部分使用了第二人称，但这并不意味着你必须同意我对你所说的一切，就像我们面对面交谈时我也不会这样认为一样。我不指望你同意我对书籍的所有看法，但我希望在我们产生分歧时，这些分歧可以提供一些温暖且明亮的慰藉。

哥伦比亚大学的7堂经典文学课

第 1 章

出生:《弗兰肯斯坦》

Frankenstein

《弗兰肯斯坦》讲述的是生育的故事，因为创造生命的人渴望权力胜过渴望爱。

这本书的副标题将维克多·弗兰肯斯坦定义为“现代的普罗米修斯”。古代神话中的普罗米修斯从众神那里偷走了火种，想给人类带来温暖和安慰。现代的普罗米修斯从自然中窃取了生物繁育与生存的秘密，并利用该秘密创造了一个新物种。在人类身上，“繁育与生存”的力量是男人和女人通过一半本能、一半自愿的结合而起作用的，他们对结果几乎没有控制权，而且通常会“深深地意识到，他们对于自己创造的婴儿必须履行应尽的义务”，就像维克多记得他父母对他的感觉一样。相比之下，维克多认为他对通过自己“伤天害理的罪恶勾当”所创造生命的存在没有任何义务，他一直重复着那种可怕的、没有任何乐趣可言的工作，支撑着他的只有一个信念——由他创造的生物将感激他，而且比任何人类孩子对父亲的感激都要多。维克多通过有意识的选择而非本能来独自完成创造，因此创造的结果尽在他的掌握之中。

维克多创造新生命的方法是激活尸体，而不是拥抱活人。在这一行为以及其他诸多行为中，他拒绝了自己的肉体生命，拒绝了那些爱他之人的肉体生命，拒绝了整个活生生的世界。在创造他的新生物时，他“为了使无生命的泥塑之躯富有生气，不惜折磨活生生的动物”。后来，在为这个新生物制作配偶时，维克多对他们可能会繁育出自己的孩子而感到异常恐惧，于是“心中起火，浑身发抖”，他“抓起正在制造的怪物，扯个粉碎”。维克多想到自己即将到来的婚姻便感到“恐惧和沮丧”，这种感受不无道理，因为他的创造物威胁他说，“在你新婚之夜，定会前来奉陪”。虽然这本书从未明确说明令他沮丧的更深层次原因，但是却一再强调了维克多对人体以及他与另一个人体关系的深刻而又莫名的恐惧。他所称的“伤天害理的罪恶勾当”的后果之一，便是他的新娘在新婚之夜被他所造之物谋杀。

选择美好

身体是你的一部分，很显然它是由大自然创造和塑造的。没有人能完全控制自己的食欲、本能和欲望，尤其是在童年结束，当身体性成熟时，毫无预警地爆发的一种冲动——控制自己的身体。但为了满足这种冲动，维克多选择按照自己的想法制造另一个身体。他的野心不仅仅是控制自己的身体，尽管他害自己的身体精疲力竭，并抑制它带来的满足感。他的野心是征服自然本身，抓住赋予他身体生命的神秘本能，并为自己所用。“我追寻大自然，直到它的藏身之处。”他这样描述自己的研究，仿佛他是一个猎人，大自然是他的猎物一般。

当一个孩子出生时，是否具有外在的美感由大自然决定，但维克多自行选择了他赋予创造物的外表："他的四肢长短匀称，比例合适；我先前还为他挑选了漂亮的五官。"他给了生物生命的火花，却拒绝接受他温暖的感情。当那个生物睁开眼睛，伸出手来，试图向他的创造者微笑时，维克多却沮丧地逃走了。早些时候，当那个生物只是他实验室里一个呆滞的、死气沉沉的东西时，维克多可以尽情幻想他会给他带来什么样的感激，但是一旦由他创造的生物有了自己的生命，一旦新生物打破了他对他的幻想，"美丽的梦幻也随之化为泡影，充塞在心头的只是令人窒息的恐惧和厌恶"。从那一刻起，他就把他的创造物视作"我的敌人"，而那个生物所做的唯一令维克多厌恶的事，就是伸手去寻求他的爱。

那个生物想从他的创造者那里得到的是"同情"，该词在《弗兰肯斯坦》一书中反复出现。

在玛丽·雪莱的时代，"同情"一词用来形容人与人之间相互理解和喜爱的感情。同情使朋友和其他朋友、父母和孩子、妻子和丈夫紧密相连。那个生物曾要求维克多为他创造一个伴侣，这样"我可以和她共同生活，相互交换我们生命中必不可少的同情"。而维克多后来反思道，"那个恶魔渴望的同情所导致的第一个结果，就是孩子"。生物想从维克多那里得到的同情是父母对孩子的同情。但维克多只给予了仇恨。

不过，维克多和他创造的生物之间的关系比任何单纯的仇恨都更加深刻、更加神秘。维克多及其生物都认为他们拒绝了对方，但他们也半知半解地明白，他们不仅是彼此的同谋，而且在某种深层次的意义上，他们是不可分割的。他们怀着一种强烈的愿望，想要消灭任何可能突破他们共享的孤立的人。生物以暴力报复的方式回应了维克多的拒绝，但他的报复对象不是维克多本人，而是维克多的家人和朋友，还有那个想嫁给他的他们家收养的养女。维克多意识到，生物是他在精神层面摧毁那些他所爱之人的手段："我暗自想道，我把这怪物带到人间，赐予他为非作歹的意志和力量……就像我自己变成了吸人血的妖魔鬼怪，将我的灵魂从坟墓中被释放出来，并被逼着去摧毁我所珍爱的一切。"维克多没有意识到的是，他的家人和朋友，所有那些需要他关爱的人，对他来说根本不亲。当他隐居在自己的实验室时，他也远离了所有需要他的爱的人，而这个生物，似乎在实现着一个连维克多自己都看不清的黑暗愿望——他开始摧毁所有人。

这个生物永远不会像孩子一样，有朝一日成为一个独立的个体。虽然神秘但不可逃避的是，他其实是维克多隐藏的一面，只不过突然变成了可见的形式。维克多的朋友、兄弟姐妹和父母都认为，他与他们的亲密感和他们对他的亲密感一样，但只有与自己怪异投射物——他创造的生物——的关系，才是他唯一拥有的关系。在书的结尾，他和他的创造物退出了整个人类社会，互相追逐着，向冰封孤立的北极进发。尽管这个生物曾暗中努力想让维克多活下去，但他最终还是死去了，这个生物也失去了活下去的理由，最终冲向了自己的死亡。维克多这场炮制生命的孤独行为，基于野心而非爱。这一行为的结果将他引向了更深的孤独、谋杀和自我毁灭。

万事皆有开头时

关于玛丽·雪莱如何写就《弗兰肯斯坦》一书的故事，本身也充满戏剧性和深度。《弗兰肯斯坦》最初的版本出现于1818年，并于1823年重印。1831年，玛丽·雪莱为修订版的第三版撰写序言时，她回忆了和珀西·比希·雪莱在1816年进行的瑞士之旅，那时她还不到19岁。他们在日内瓦附近时与拜伦勋爵为邻，当时拜伦和他的朋友约翰·威廉·波利多里在一起。他们四人在读了一些鬼故事之后，拜伦提议他们每个人都写一个属于自己的鬼故事。除了玛丽外的三个人立马动笔，但又很快放弃。相反，玛丽·雪莱几天来一直在想一个故事，但一直没有任何头绪。直到有一天晚上，她听到雪莱和拜伦谈论复活一具尸体的可能性，或者让一个由不同零件组成的身体恢复生命。那天晚上，玛丽躺在床上，眼前突然浮现出维克多赋予那个生物生命的场景。第二天一早，她便开始动笔写了起来，开头是“十一月的一个阴沉的夜晚”。

玛丽·雪莱对待故事开头时的耐心与她的丈夫以及朋友们的随意完全不同，这也证明她对故事有了大体的掌握，她的叙述也表明她对小说主题有充分把握。当她描述这些事件时，和派对上的其他三位男士完全不同，她独自一人沉思了好几天，最终她讲述的故事是唯一一个被完成为作品的故事。“‘你的故事想出来了吗？’大家每日上午都这样问我，而我每次都不得不回答说没有。这真令人无地自容。”在回忆的下一句话中，她概括道：“万事皆有开头时，而事情的开头又必然与更早发生的事情相联系。”《弗兰肯斯坦》的开头讲述了生物的诞生堪称一场灾难，但这与之前发生的事件密切相关，也就是说，生物获得生命的痛苦与其被赋予生命的方式密不可分，也与其创造者维克多对所谓“繁育与生存”的态度有关。

玛丽·雪莱通过一系列看似寻常的原因，推导出一个怪诞恐怖的结果，这种写法赋予了《弗兰肯斯坦》独特的力量。玛丽·雪莱的母亲是玛丽·沃斯通克拉夫特，她1792年出版的《为女权辩护》是第一部用英文写就的女权主义宣言。玛丽一书中全部的道德和情感内容都是对其母亲在《为女权辩护》中一句话的延伸：“一种在世界各地以丑陋形式流传的痛苦，大多是由父母的疏忽造成的。”这些丑陋的形式隐藏在日常的面孔背后。但在《弗兰肯斯坦》中它们原形毕露，并令人惊恐万状。维克多对其生物的疏忽所导致的丑恶，以一种可见的形式存在于生物本身，他以可怕的形式在世界各地游荡，造成痛苦并遭受痛苦。

相比玛丽的小说，那些不那么恐怖的小说中，怪物往往从一座偏远的山顶实验室进入现实世界中。而在《弗兰肯斯坦》中，怪物源于一种极端的情感疏忽，而且这种疏忽可能发生在任何人身上。这本书会让读者在书中的主人公身上看到自己的影子。几乎所有的电影版和舞台剧版的《弗兰肯斯坦》描绘的恐怖场面都比原著更壮观，却没有原著那么令人不安，因为改编版的弗兰肯斯坦与我们完全不同——要么是一个疯狂的科学家①，要么是富有的贵族弗兰肯斯坦男爵，而不是玛丽·雪莱所刻画的那个维克多——一个被父母疼爱的孩子，长大后梦想为科学献身的普通学生，住在大学附近的出租屋。他像每个学化学的学生一样，因为学校不提供实验室，所以偷偷建立一个简陋的实验室供自己使用。

---

① 直到二十世纪，人们才将维克多视为“疯狂的科学家”。在此之前的十九世纪，他以一名学生示人，就像查尔斯·狄更斯在《远大前程》中提到的那样，“一个虚构作品中的学生，被他创造出的畸形生物所追逐”。——作者注

《弗兰肯斯坦》一书坚称维克多是一个极端案例，无法忍受亲密关系，无力承担责任。但其实有时候每个人都可能如此，而电影版的《弗兰肯斯坦》则完全删去了这些内容。

父母：母性的本能及其他

《弗兰肯斯坦》的了不起之处在于，它由一位未满二十岁的作家创作，而这部小说比玛丽·雪莱后来的几部作品更加融合了儿童时期的恐惧和成年人的成熟智慧。书中弥漫着关于遗弃和死亡的恐惧。玛丽·雪莱的母亲生下她没几天就去世了。1817年，玛丽写完《弗兰肯斯坦》时，她背着父亲，趁深夜与情人私奔。她先后生下了一个女儿（几天后便夭折了）和一个儿子，而且这已经是她第三次怀孕。[①]孩子们的父亲是珀西·比希·雪莱，他在和玛丽私奔时，同样抛弃了他刚满一岁的孩子和妻子哈丽特·韦斯特布鲁克，当时哈丽特已怀有五个月身孕，那是他们的第二个孩子。

在撰写《弗兰肯斯坦》一书的时候，玛丽同母异父的姐姐芬妮·伊姆利离家出走后隐姓埋名，最终自杀。两个月后，哈丽特也自杀身亡，并被发现怀了第三个孩子（孩子的父亲可能就是珀西本人，他和玛丽回到伦敦后很可能见过哈丽特）。珀西和玛丽不久之后就结婚了。有文学评论者认为，这些经历中的某一个一定是写作《弗兰肯斯坦》的关键，但似乎可以肯定的是，年轻的玛丽了解到父母和孩子既能因死亡而分离，也可以为了生活而分

① 活着的儿子叫威廉，两年后去世，年仅三岁。玛丽的第三个孩子是个女儿，叫克拉拉，只活了一年。她的第四个孩子珀西·弗洛伦斯一年后出生，是唯一一个比她活得长久的孩子。——作者注

离，她还发现了不同类型的身体和情感上的隔阂。她在书中将分离引发的情感恐惧戏剧化，同时从道德角度对其进行了分析。维克多为了开脱，他把所有的责任都归咎于命运。然而玛丽·雪莱强调了他的逃避行为，在1831年大幅修订的《弗兰肯斯坦》第三版中，这一观点比1818年的第一版和1823年的第二版都更为突出。她知道，维克多声称自己是邪恶非人道力量的受害者，其实是一种逃避责任的方式，就像他单方面地创造一个生命，实则是逃避亲密关系。①玛丽的父亲是激进的政治哲学家威廉·戈德温，他曾强调环境中的非个人力量对人类的塑造作用。玛丽十分崇拜她的父亲，以至于将《弗兰肯斯坦》献给了他，但是父亲对她与珀西·比希·雪莱私奔的愤怒，以及他拒绝对她孩子的死表示同情的残忍行为，使玛丽感到寒心不已。因此，维克多的逃避，也象征着玛丽对父亲逃避行为的间接批评。

玛丽书中所有的人物对待人际关系都采取了两种截然相反的态度。他们要么像维克多那样逃避所有的人际关系，要么像小说中的其他人一样，寻找那些他们可以爱和帮助的人；无论他们是男是女，他们的行为和生活方式都类似母性本能。维克多在赋予自己的生物生命后的第二天早上精神崩溃，他的朋友亨利·克莱瓦尔立马赶过去，照料他度过了漫长的病痛期。“他很清楚，”维克多回忆起克莱瓦尔时说，“再也没有比他自己更亲切耐心、细致周到的护士了。”在玛丽·雪莱写到这里时，“护士”这个名词

---

① 玛丽·雪莱的日记显示，她自己也曾想过，苦难是命运的安排。玛丽在1839年的日记中，将多年前雪莱被遗弃的妻子哈丽特的自杀事件解释为“我将自己的许多沉重的悲伤，视作命运惩罚我对她死亡做出补偿”。当她描绘维克多·弗兰肯斯坦为自己的悲伤找借口，将其归咎于命运时，她其实也是在描绘并抵制自己的想法。——作者注

仍然通常指代“喂养或照顾婴儿的人”。克莱瓦尔给予维克多的，正是维克多拒绝给予他的创造物的母性抚育。维克多这样描述克莱瓦尔 :“只有我这个朋友自始至终、无微不至的悉心照料，我才有可能起死回生”——不经意间暗指着他自己另一种坚持不懈的努力（“我卧薪尝胆，日夜奋战，终于发现了生命的起因；不，还不止这些，我自己就能使无生命的东西起死回生，赋予它们生命的活力”），并强调了克莱瓦尔的母性及个人关心，与维克多的漠不关心形成鲜明对比。

维克多的人生故事以他的父母希望给予“无穷无尽的爱”开始。他父亲的一个朋友波弗特家道中落，羞愧地离开了家乡日内瓦。老弗兰肯斯坦寻找了十个月后，发现了自怨自艾的波弗特正由他的女儿卡洛琳照顾着，卡洛琳靠打工维持二人的生计。几个月后，波弗特去世，老弗兰肯斯坦将卡洛琳委托给一位亲戚照护。两年后，卡洛琳出于“感激和崇拜”嫁给了老弗兰肯斯坦。这对夫妇深爱着彼此，对他们的长子维克多的爱也从不吝啬 :

> 我是他们的玩具，也是他们的偶像，我甚至比这更胜一层——我是他们的孩子，是上天赐给他们的纯洁无瑕又无力自助的小生命。他们将把我抚养成才，而我将来的命运则掌握在他们手中，是祸是福全看他们如何履行对我的职责。我父母深刻地意识到，他们对于自己赋予了生命的襁褓小儿必须履行应尽的义务，加之他俩温柔多情又活力满满，所以不难想象，在我的婴儿时代，每时每刻我都受到耐心、仁慈和自律等品格的教育。我就是这样被一根柔韧的丝带牵引着向前，似乎一

切都是那么美好，让我赏心悦目。

维克多用充满激情的精确措辞，强调他的父母对孩子的感情是快乐、慈善和义务的组合，而这些东西并不总是紧密相连。

几年后，维克多的父母遇到了一个孤儿——一个意大利爱国者的女儿，她的父亲在为国家自由而战时，或被监禁，或已经死去。于是，出于慷慨和爱的冲动，他们收养了她。父母给予女孩所有的关爱，就像他们给予长子维克多的一样。但是维克多一直无法理解，一个收养而非亲生的孩子，为什么可以获得和亲生孩子同等的疼爱。伊丽莎白到来的那天，维克多的母亲开玩笑地告诉他，“我给我的维克多带来了一份漂亮的礼物”。维克多“以一种孩子般认真的态度”从字面上去理解母亲的话，认为伊丽莎白是“将由我保护、由我热爱和珍惜的人”，不像父母将他看作玩具、偶像和孩子，维克多将伊丽莎白看作“我个人的一件私有之物”。这种所有权而非相互义务的观念，塑造了他之后的所有关系。

几年后，当伊丽莎白因猩红热病倒时，维克多的母亲不顾被传染的风险，悉心照料着伊丽莎白，最终伊丽莎白“战胜了恶毒的热病”。伊丽莎白得救了。但是，正如维克多所说，“这种轻率行为的后果对保护她的人是致命的”，他的母亲因为在照料伊丽莎白的过程中感染上了热病，最终去世。但是母亲与维克多不同，她并不认为自己的慷慨是一种轻率的举动，她唯一的遗憾是不能活着看到伊丽莎白和维克多结婚，让他们也体会到她在自己的婚姻中所感受到的那种幸福。

几年后，当那个生物向维克多讲述他同时被创造和抛弃后发生的所有事情时，他强调了另一个家庭高尚的爱心和慷慨。那个家庭的成员像维克多的父母一样，愿意牺牲自己来与他人共同分享生活，并从中感到幸福。该生物一直生活在一个小屋里，他从中观察了德拉西一家，他们居住在毗邻的小屋中，对生物的存在浑然不知。德拉西一家包括一个父亲和一对儿女，他们过着贫困和流亡的生活。他们是被逐出法国的，但被法国驱逐的原因是儿子费利克斯从不公正的死刑判决中解救了一名土耳其商人。商人的女儿萨菲爱上了费利克斯，她不顾父亲的反对坚决要和费利克斯在一起。当萨菲的仆人在去德拉西家的艰难旅途中病倒时，萨菲无视自己的优越地位，怀着母亲的慈爱"用最忠诚的爱照料她"，就像伊丽莎白生病时维克多的母亲一样。

德拉西一家和老弗兰肯斯坦夫妇展现了戏剧性英雄所特有的不可思议的道德美德，但玛丽·雪莱从不认为善良仅限于英雄。她赋予了喜剧和不起眼的角色以类似的美德。亨利·克莱瓦尔的商人父亲蔑视教育，禁止克莱瓦尔上大学，坚持要他成为和自己一样的商人——但即使在他粗俗的灵魂里，爱也战胜了自私。克莱瓦尔回忆说，当他终于上了大学时，"他（父亲）对我的爱彻底克服了他对学习的厌恶"。

与所有这些深情的母性形象不同，维克多对周围的每个人都漠不关心，这种冷漠迟早会导致一种难以逾越的孤独感——不是那种由孤立、流放或失落等外部环境所造成的孤独，而是一种无法通过他人的存在来缓解的长期孤独。玛丽·雪莱明白，维克多摆脱长期孤独的唯一途径就是放弃冷漠，但维克多并不明白这一点，他不能放弃冷漠，因为他相信这是命运强加给他的。

原始美德

深入思考道德问题的小说家往往会在同一本书中用两种相互矛盾的声音展开对话。一种是作者的“官方”声音，表达了作者想要相信却又半信半疑的观点。另一种是“非官方”的，代表作者想要否认但又半疑半信的观点。官方的声音陈述将令人钦佩但在道德上过于单一的态度戏剧化了。当它含蓄地指责某些错误时，同时又让人们放心，改变是可能且容易的，只要选择正确的行动，就能产生正确的结果。相比之下，非官方的声音更为复杂，往往主要是通过隐喻和微妙的并列，来暗示官方声音忽略的障碍、含糊其辞和矛盾。

玛丽·雪莱以她官方的口吻写道，她支持她母亲的道德观点，认为父母的疏忽会造成巨大的痛苦：父母的疏忽让那个生物痛苦，父母的排斥又让他残忍。那个生物从维克多的日记（在他第一次外出时随身携带的衣服口袋里找到的）了解到，他的创造者甚至在为他的生命做准备的时候就已经被吓坏了。一开始，这个生物的原始情感是无私、虔诚又富有同情心的，但被抛弃的痛苦和不幸促使他产生强烈的仇恨，而这种仇恨只会增加他的痛苦和不幸。在全书最后一次对话中，他用道德上和生物学上的精确措辞解释道：“我这颗心生来便渴望爱，渴望同情；然而，苦难揉搓着我的心，使它变得毒如蛇蝎，充满了仇恨，可它却无法忍受这种剧变的折磨——这种折磨之深你是无法想象的。”玛丽·雪莱借这个生物之口，赞同了她那个时代最先进、最开明的教育和心理学思想的核心教义：痛苦和仇恨不是与生俱来的，人性本善。小时候，她从父亲及其朋友的谈话中吸收了这些思想，后来又详细研究了约翰·洛克和让·雅克·卢梭的著作，她知道，这些思想也是她的母亲玛丽·沃斯通克拉夫特发表的女权主义宣言中的基本思想。

约翰·洛克教导说，人类出生时的思想是一块空白的石板，上面形成的印象是由经验造成的；我们生来就没有任何特定的思维倾向，我们从他人树立的榜样中学习如何做自己。让·雅克·卢梭接受了这一学说的要义，并补充说，人类是从周围的社会，而不是从自身内在的混乱中学习愤怒和贪婪的。根据卢梭的理论，男人和女人最初聚集在小村庄里时，他们善于交际、慷慨大方，就像维克多创造的生物在被仇恨和排斥所折磨之前的样子。

这些教义在思想上是具有革命性的。他们拒绝接受原罪学说，即基督教中认为所有人天生有罪，因为每个人都从亚当和夏娃那里继承了罪。他们的影响之一就是推翻了所有关于养育子女的传统观念。洛克和卢梭关于教育的著作使得整个欧洲的家长和教师对一种全新的教育前景兴奋不已。教育的目的不再是训练儿童成为他们出生时所处的社会地位所要求的狭隘角色（像源于古希腊的传统教育理论所提倡的那样），也不是使儿童摆脱其原罪倾向（像许多基督教教育理论所要求的那样）。相反，父母和老师身上的爱以及美德和感恩的爱心榜样，会引导孩子走向善良和幸福。

在《弗兰肯斯坦》中，这个生物的道德和情感生活是玛丽·雪莱在洛克和卢梭的理论中进行思想实验的结果，她试图想象一个孩子出生于极端孤立的环境下会如何成长。当维克多的生物第一次进入意识状态时，他的头脑中没有知识和经验，他无法从感觉中找到意义和秩序："我的头脑中没有明确的想法；一切都是混乱的。"他的生物本能仅限于对温暖和食物的渴望、对发现自己孤独的恐惧，以及看到皓月当空时的喜悦。当他看到人类时，他对他们的所有冲动都是慷慨而善良的。通过观察德拉西一家，他本能地学会了如何尊敬和爱；通过观察到他们的需求，他本能地想要帮助他们，并学会如何给予他们帮助。他在夜间偷偷地外出，在德拉西一家的门口放上柴火，并为他们清除路上的积雪，而德拉西一家只能将这种行为解读为仁慈灵魂的善举。

在这个家庭中，盲人长者德拉西的慈爱，费利克斯和妹妹阿加莎的温柔和美丽，让这个生物感到兴奋愉悦，而他在池塘中看到自己怪物般的倒影又使他恐惧不已。流亡家庭对彼此的爱意表达让他悲喜交加，他们忘我的慷慨也"理智地"影响着他，他说，这种影响如此强烈，以至于他不仅在思想上，而且在生理上也感受到了这一点。吸收了他们的语言后，他可以"更深入地"了解他们之间的关系："我明白了性别的差异，孩子的出生和成长，见证了父亲如何疼爱婴儿的微笑以及孩子的童稚趣语，而做母亲的又是怎样耗费毕生的心血照料、抚养自己可爱的孩子；我了解到青年人如何开拓自己的视野，增长知识；懂得了兄弟姐妹等各种各样将人联结在一起的亲情关系。"而所有这些他所学习到的人际关系，都被剥夺了："初来人世时，我没有父亲的留神照看，也没有母亲的微笑和爱抚为我祝福。"

这个生物无意间发现的三本书补充了他的道德教育。约翰·沃尔夫冈·冯·歌德的书信小说《少年维特之烦恼》，讲述了一个敏感的年轻人为爱而自杀的故事；普鲁塔克的《希腊罗马名人传》；还有弥尔顿的《失乐园》。从《少年维特之烦恼》一书中，他学会了同情那些维特宁可死也不愿忍受的强烈情感；从《希腊罗马名人传》中，他学会了欣赏公正和平的立法者，并学会感受“对美德的热爱……和对罪恶的厌恶”。从《失乐园》一书中，他得知亚当和他自己一样，都开始于孤独，但亚当“其余的处境与我的情形可以说是天差地别”，亚当从他的创造者那里得到的“特殊照顾”与生物被遗弃的经历恰恰相反。他后来（通过阅读维克多留在大衣口袋里的日记）得知，维克多被他的创造物吓坏了——而《失乐园》的造物主上帝则不同，他“富有怜爱之心，按照自己的形象把人类塑造得那样俊美，那样富有魅力”。那个生物知道自己并不俊美，“虽说是人类的翻版，可奇丑无比，令人生厌，而这种与人类的相似甚至加剧了他的恐惧”。当他命令维克多创造一个属于他自己物种的伴侣时，他知道这是亚当不必要求就能得到的礼物。

这个生物独自一人，秘密地观察着他人时，他唯一的愤怒情绪是对德拉西一家的嫉妒——一种他从撒旦对上帝和天使的嫉妒中认识到的感觉，还有就是对维克多抛弃他的愤怒。这个生物也很喜欢德拉西一家，他希望维克多履行“造物主”的角色，这样他就可以对维克多温顺服从，并心存感激。这个生物试图将德拉西一家想象成他的恩人和保护者（这显然本应该是维克多的责任），并不想让他们受苦。当费利克斯发现生物正跪在盲人长者德拉西的脚下乞求关爱时惊恐万状，并对生物大打出手，尽管如此，生物并没有反抗，虽然他比费利克斯强壮得多，他仍然不希望因为他受了苦就让别人受苦。此后不久，出于本能的同情，他救下了一个落水的小女孩，“费了好大劲儿才将她从急流中救起”，并且“尽我所能全力”救活了她。但是小女孩的农民父亲抢走了小女孩，而当生物不由自主地跟着他们时（“我自己也觉得莫名其妙”，他对自己希望有人类陪伴的愿望一知半解），小女孩的父亲开了一枪，把生物打得皮开肉绽。

这最后的痛苦让他感受到了深切的“仇恨和复仇”，并发誓要进行“一场深刻而致命的复仇”。然而，即使是现在，他仍然克制着自己的仇恨。几个月后，他在日内瓦附近的田野里遇到了一个漂亮的小孩，他心想，这个孩子还小，或许不会觉得他有多可怕，所以他应该可以把小孩带走，培养成自己的伙伴。这个孩子正是维克多的弟弟威廉，在挣扎着逃脱生物的控制时，他喊出了作为他保护者的父亲的名字。听到老弗兰肯斯坦的名字时，生物说：“如此来看，你和我的仇人是一伙的……我今天就先把你杀了。”然而，他并没有冷血地展开屠杀。但是当威廉继续骂骂咧咧，骂得他心灰意冷以至于“绝望”时，他掐住威廉的脖子，“不让他出声”，结果就这样杀了他。他并不想杀人，但是看到被他杀死的牺牲品，他心中充满了“狂喜和魔鬼般的胜利”（他暗指撒旦赋予亚当和夏娃死亡时的胜利），这种狂喜的兴奋最终说服他选择邪恶。但是玛丽·雪莱竭尽所能地强调，这个生物所有的暴力、仇恨和邪恶都是从他人对他施加的暴力、仇恨和遗弃中学来的，其中包括逃离他的德拉西一家、向他开枪的农民，以及因恐惧他所以遗弃他，但也创造了他的维克多。

幸福与激情

玛丽·雪莱创作这个故事，是为了证明潜藏于文本中的心理学和教育学理论，但她同时也意识到人性本善的理论是感性且虚假的。虽然她用官方的声音支持了这些理论，但她还是通过维克多·弗兰肯斯坦的故事驳斥了它们。

维克多之所以陷入苦难和绝望，并不是因为像生物这样，遭到他人的抛弃或虐待，而是因为他故意坚持这样做。维克多父母抚养维克多的方式，受到同样在日内瓦出生和长大的卢梭的认可。用维克多的话说，他的父母是“幸福的缔造者，使我们享受到生活中无数的欢愉快乐”，谁也没有“比我更幸福的童年了”。当他拜访其他家庭时，他回忆说 :“我深感自己犹如天之骄子，无比幸运。对父母的感激之情更加深了我对他们的一片孝心和爱戴。”

但在紧接着的几句话中，他颠覆了“有爱的氛围造就有爱的孩子”这一理论。“我有时脾气暴躁，”他说，“情绪也很容易激动。”他暴烈的脾气和强烈的感情不能归咎于任何人，甚至不能归咎于他自己。它们源于他不可抑制的个性，源于他尽管受到教育和种种塑造的影响，仍然坚持自己的选择。

就这一点，他和其他普通人一样，并没有什么与众不同的地方。那个生物没有那种驱动维克多的个性化冲动，但他之所以缺乏这种冲动，是因为他与任何人都没有建立关系，也不需要对抗他人来维护自己的个性。个性从来不会孤立地出现，只有在人与人互相拉扯时才能产生，哪怕是敌对关系。对于“心智是先天形成的还是后天塑造的”这个古老的问题，玛丽·雪莱的回答是 :

都不是，因为每个人的个性都是个人意志，由他们自己的选择所塑造，而不是由外部力量所决定。

玛丽·雪莱不信奉任何宗教教义，当然也不信原罪教义。但和许多同时代的人一样，她虽然拒绝这些教义的神学意义，认为它们既古老又幼稚，但她仍然相信它们的道德和情感意义。维克多的狂暴个性和脾气在某种程度上可以说部分是所谓“内在任性”的产物，即普通人总是坚持按自己的方式行事，不管这样做对自己有没有好处。但与此同时，玛丽·雪莱似乎也在暗示，维克多的狂暴脾气恰恰是洛克和卢梭所推荐的那种爱的教育必然却意外的结果。玛丽·雪莱在父亲的家中观察到，那些宣称并践行仁爱的男女可以在不知不觉中对他人施加微妙的控制，而她从父母之爱的复杂影响中总结出的颠覆性感受，正是《弗兰肯斯坦》最令人不安的特征之一。

爱的纽带

维克多从他父母那里接受的完美教养，与卢梭在他的混合文学作品《爱弥儿》中想象的教育大致相符。爱弥儿的导师（这个故事的讲述者）以爱和榜样为基础，引导他的学生完成了一项严格的教育计划，直到爱弥儿终于准备好喜爱年轻的苏菲并同她结婚，而苏菲在女性的顺从和甜美方面也接受了同样严格的教育。爱弥儿和苏菲被选为彼此的对象，就像维克多和伊丽莎白被他们父母选中一样。卢梭以爱弥儿和苏菲的婚姻作为胜利的结束，这更像是导师的胜利，而不是新婚夫妇的胜利，因为导师事无巨细地管理着他们的生活，包括性生活，以延长他们的幸福。《弗兰肯斯坦》的结局则是完全迥异的。维克多的童年最终创造出了一个怪物，而不是婚姻；伊丽莎白在与维克多的新婚之夜被生物杀害，而书中唯一不可分割的结合就是生物与其创造者维克多的结合。

《爱弥儿》和《弗兰肯斯坦》一样，其中一个不言而喻的问题是，是否有人可以通过强制教育获得自由和幸福，无论教师多么温和，无论教师的目标多么慷慨。爱弥儿的导师不允许外界的任何事物破坏爱弥儿的教育，也正是导师让爱弥儿和苏菲在性方面足够成熟的时候走到了一起。卢梭想象爱弥儿只会感激导师的仁慈和关心，而不会怨恨导师完全控制学生生活。但从关心与管控二者结合后的奇妙效果来看，玛丽·雪莱是比卢梭更优秀的心理学家。在《弗兰肯斯坦》的故事中，维克多慈爱的母亲塑造了他的情感生活，其方式比爱弥儿的导师所能想象的更为极端。维克多的情爱生活被他母亲的手所摧残——从法律意义上讲，这是"死亡之手"，因为在她死后，她对儿子的控制仍在继续。

维克多的母亲为塑造他的生活所说、所做的一切都是基于爱和无私，但其影响却是致命的。最关键的事件发生在她临终时，她救了伊丽莎白，自己却病入膏肓。她与维克多和伊丽莎白的手握在一起，第一次对他俩说："孩子们，我对未来幸福最坚定的希望，就寄托在你们的结合上。这个期望，"她补充说，"现在将成为你父亲的安慰。"事实上，她通过死亡从维克多那里收回了她的爱，她最后的命令是让维克多接受伊丽莎白作为她的替代品。至于家里的其他人，维克多的母亲告诉伊丽莎白："你必须代替我在孩子们心中的地位。"伊丽莎白自己从疾病中痊愈，却将疾病传染给了维克多的母亲，无意中造成了她的死亡，但这个垂死的女人坚决不让伊丽莎白产生任何负罪感，也不让她怨恨任何人，她坚持认为伊丽莎白可以弥补损失：伊丽莎白现在将接替过母亲的角色，之后还将通过嫁入这个家庭，承担起妻子的角色。玛丽·雪莱知道，她的出生导致了她母亲的死亡，这是一种生与死的交换，就像维克多的母亲和伊丽莎白一样。玛丽·雪莱还很清楚，这些在理性仁爱的平静日光下完成的交换，必然会将真正的痛苦隐藏在黑暗之中。

致命的新婚之夜

隐藏于黑暗中的东西会在噩梦中重现。在维克多赋予他的生物生命后的几个小时里，他梦见了爱和死亡：

> 我确实睡着了，然而连续不断的梦幻一直搅扰着我。我梦见了伊丽莎白，她精神抖擞，浑身洋溢着青春的朝气……我惊喜地一把将她拥入怀中，第一次深深地亲吻她。可与此同时，她的双唇却变得死一般铅灰，面容似乎也变了。我觉得我搂着的是我死去母亲的尸体……我从噩梦中惊醒……我看到了那个倒霉鬼——那个我亲手制造的可憎的怪物。

维克多的母亲答应他以伊丽莎白来代替自己，但在维克多的梦中，代替伊丽莎白的却是母亲的尸体。他睁开双眼，发现自己为了代替可能从婚姻中诞生的人类孩子，创造了非人类的生命，他“亵渎神明，涉足于阴暗潮湿的墓穴之中”，用尸体创造出了生命。

在故事的后半部分，这个生物要求维克多为他创造一个与自己同类的女性，这样他就可以拥有维克多不愿拥有的亲密关系。维克多同意了，但前往偏远的苏格兰岛屿并开始他的第二次创造后，他却拒绝完成它。维克多自言自语地说，这个生物曾答应离开欧洲前往新大陆的沙漠，但是它和它的配偶将会生下孩子，“一代妖魔便会在地球上繁衍”。因此，他摧毁了尚未完成的女性身体，而那个生物就在窗外绝望地看着这一切。

维克多拒绝让这个生物体会到情感、性的共鸣，作为回应，生物打算也摧毁维克多产生同样体会的希望。维克多之前犹豫着是否为那个生物创造一个伴侣时，生物警告他说：“我会采取行动毁掉你的，不把你弄得心胆俱裂，决不罢休，我定会让你诅咒自己不该来到这个世上。”现在，在维克多毁掉了他进行到一半的成果时，那个生物再次警告他说：“你得记着，在你新婚之夜，我定会前来奉陪。”维克多将此警告解读为生物会在他新婚之夜杀死他的威胁，但这根本不是生物的本意。维克多一如既往地，几乎是故意忘记了他的新娘也会在他的新婚之夜陪伴在他身边。

在维克多杀死了他尚未创造完成的生物伴侣的第二天，生物为了惩罚维克多，谋杀了亨利·克莱瓦尔并栽赃给维克多。维克多因此被关进了监狱，直到还他清白才出来。几周后，维克多出狱返回日内瓦，这个生物对他新婚之夜的威胁开始变得清晰而具体。伊丽莎白写信给维克多，重申了她对他的爱，并询问他们最终是否会结婚。她想知道，他犹豫不决，是否是因为他把她当成妹妹，而不是新娘？抑或是他想要与别人发展亲密关系？“我最亲爱的维克多，”她乞求道，“请你告诉我，为了我俩的幸福，我求你直言不讳地告诉我——你是不是另有所爱？”维克多找不到合理的借口来拒绝娶她，但他也无法“直言不讳”地回答她的问题，因为事实复杂得难以解释：他没有另有所爱，但他与他的生物纠缠在一起，这种纠缠比任何情人之间的纠缠都更难以摆脱。

“天啊！”维克多惊呼着，流露出他潜意识中的性恐惧。“要我立即和伊丽莎白结婚，这个想法真让我感到恐惧和沮丧。”他对与一位可爱美丽的女人发生性关系的恐惧，与驱使他在实验室里独自创造新生命的动机是一样的。维克多对于性及性所引发的后果（尤其是生育）充满恐惧，他从未明确表述过，但这种恐惧充斥在他的整个故事之中，这是他对无法控制、不可预测的人类躯体无所不在的憎恨和恐惧的一种表现形式，这种憎恨和恐惧驱使他“为了使无生命的躯体获得生命，不惜折磨活生生的动物”。他害怕本能和性，因为他无法控制它们。

关于丘比特之箭的神话，或是关于阿弗洛狄忒让她的受害者欲火焚身的神话，都是描述冲动的、本能的性对男女施加魔力的一种方式。任何对性有所恐惧的人，任何恐惧失控的人，都会试图避免任何一种关系，在这种关系中，自然和本能可以通过唤起双方的共同欲望而控制他们；在这种关系中，双方都会心怀感激地接受一种平等作用于双方的力量，因为当怨恨和愤怒使他们疏离时，这种力量可以将他们团结在一起。但像维克多这样的人，更喜欢一种能掌控一切的不平等的关系，在这种关系中，一方控制另一方，而非受不可控的本能主导。

维克多害怕性、本能和自己的身体。伊丽莎白不害怕性，也不害怕平等。她希望与维克多建立一种自由的相互关系，她宁愿放弃自己的爱情，也不愿强迫维克多履行他自觉对她的任何义务。

“我们的婚姻将会使我永远痛苦，”她在信中告诉他，“除非那是你自己自由选择的决定。”维克多同意了他们的婚姻，但在某种程度上，他们的婚姻在开始之前就不平等了。他告诉她，他有“一个秘密”，一个“痛苦、恐怖的故事”，他要等到他们结婚的第二天才告诉她。“在那之前，”他写信告诉她，“我恳求你，不要提起或暗指这件事。”他又说，“我知道你会照办的。”他承诺在婚礼后的第二天透露自己的秘密（因为按照传统，婚礼一旦完成便不可反悔），这往往是民间故事里阴险的新郎们常用的承诺。（在简·爱得知被锁在罗切斯特先生家里的疯女人的身份之前，罗切斯特先生承诺他会在他们结婚后一年零一天时告诉她这个秘密。）维克多要求建立一种关系，在这种关系中，一方要通过隐瞒自己的真相来获得对另一方的控制，不仅要隐瞒秘密，还要赢得另一方对其隐瞒真相的自愿同意。

在他们的新婚之夜，伊丽莎白被维克多脸上的恐惧吓坏了，他告诉她，她必须保持镇静，直到夜晚结束，但他又补充说，“今晚太可怕了，非常可怕”。似乎这还不足以让新娘感到沮丧，维克多让她独自一人去睡觉，自己则在旅馆里徘徊，等待着灾难来临。这时，卧室里传来一声伊丽莎白的惨叫。维克多冲了进去，发现伊丽莎白被勒死了，“毫无声息地横躺在床上，脑袋耷拉着”，就像一个怪诞的性幻想，而那个生物正透过窗户朝里望着，就像维克多在苏格兰杀死它那未完成的伴侣时，他趴在农舍的窗户往里看一样。“现代的普罗米修斯”也是现代的蓝胡子①。但生物并

① Bluebeard，蓝胡子，也有译名为青须公，是法国诗人夏尔·佩罗创作的童话故事的同名主角，他连续杀害了自己的妻子们。后人用其指代花花公子、乱取妻妾或是虐待老婆的男人。——译者注

不满足于杀害维克多的新娘，他要杀死所有与他关系亲密的人。

权力与爱情，政治与本能

人际关系分为两种：一种是以爱为基础的，另一种是以权力为基础的。前者靠自愿承担义务来维持；后者的关系是由某种力量来维持的。大多数人际关系都是这两种关系的结合，但在任何一种特定关系中，其中一种往往占主导地位，但也有可能是从一种关系转变为另一种。小说中除了维克多与家人、朋友的关系外，其他人的关系主要是建立在爱和爱的承诺及义务之上的。承诺去爱和珍惜一个人是一种自愿放弃自由的行为，这种放弃基于自己的内心，而不是在某种权力压制下才这样做的。正如伊丽莎白写给维克多的信中所说，如果维克多不是自由选择，她的婚姻将会使她痛苦不堪。

玛丽在情感上和道德上都非常清楚地意识到，当承诺被打破，义务被拒绝时，权力和力量就会登场。生物要求维克多为他创造一个配偶；维克多答应了，却在工作到一半时改变了主意。当生物与他对峙时，他们展开了如下的对话：

> “滚开（弗兰肯斯坦说），我绝不会履行诺言，我也决不再造一个与你一样歹毒又丑陋的东西。”
>
> “你这无赖（生物说），我以前还会跟你讲道理，可你的所作所为证明了你根本不识抬举。你给我记住，我是强大的。你可能以为自己够倒霉了，可我要让你感受什么叫更倒霉，让你连见了阳光都怨声载道、叫苦不迭。虽然你创造了我，可我才是你的主人。你要服从我

的命令！”

在自愿关系结束后，剩下的就是停滞不前、毫无生机的主仆关系。维克多及其生物之间的关系引出了一个戏剧化的悖论，即权力关系中的双方都困在了无爱关系中，而且他们对此无能为力。尽管维克多承认该生物“现在可以耀武扬威”，他仍然可以拒绝为生物创造配偶，而该生物在听到维克多的拒绝后，“气得咬牙切齿，但也无可奈何”。互不妥协和无能为力的相互折磨，这种关系在他们有生之年永远不会改变。在维克多和他的创造物互相摧毁了对方的新娘后，他们陷入双重孤独之中，互相排斥，但也彼此追逐。

在玛丽的小说中，就像在日常生活中一样，诸如婚姻和亲子关系等亲密的自愿关系趋向于平等，并且越平等，就越快乐、越满足。刚出生的婴儿在身体上是无助的，但其父母却心甘情愿地为它提供绝对的服务，在夜间精疲力竭地醒来，回应婴儿的哭声。孩子无力的身体与父母被奴役的精神构成一种平等的关系；这种关系远比表面上看起来要对等得多。随着孩子越来越强壮，越来越自主，父母也会越来越不愿意为孩子服务。每一代人的生活都会发生变化，但他们之间的平等却在不断地自我调整。爱情关系有过去也有未来，同样也会随着时间的推移成长和变化，以维持一种平等。但是当双方都拒绝平等时，结果就是困在一种主仆关系中，就像维克多和生物捆绑在一种只有一方被毁灭才能打破的情感纽带中。

平等和权力关系之间的对比同样适用于《弗兰肯斯坦》中的政治，而本书的伟大之处之一，在于小说的道德智慧不仅可以运用到政治和公共问题上，同样可以运用到亲密和私人问题上。故事主要发生在瑞士，因为对玛丽和她的同时代人来说，瑞士共和国是一个罕见的近乎公正的社会，一个共和国，而不是君主政体。在这里，阶级差别没有欧洲其他任何地方那么极端，正如伊丽莎白在给维克多的信中所说，“即便身为仆人，并不意味着愚昧无知，必须丧失人的尊严”。在这样一个社会中，公民既有个人自由，又有共同责任，但维克多要求前者，拒绝后者。他不认为自己需要对邻居负责，他把自己想象成一个造物主。即使是伊丽莎白口中的“幸运的国家”，也无法应对维克多激进的自我毁灭：当生物把杀人的罪名栽赃给仆人贾斯汀·莫里茨时，瑞士法庭将无辜的贾斯汀判处死刑。普通的公正只能制裁普通的罪行，但在这个被创造出的怪物面前则行不通，就像维克多的极端动机无法被社会广泛接纳。

维克多发现了自己的野心，学习了现代科学的力量，在德国南部的英戈尔施塔特大学创造了他的生物。玛丽·雪莱本可以把维克多送到瑞士境内或附近的十几所大学中的任何一所，但她选择了一所被普遍认为是引爆法国大革命的大学。在写《弗兰肯斯坦》前不久，她刚与珀西·雪莱一起读过阿贝·奥古斯丁·巴鲁尔对雅各宾主义（即极端激进的平均主义）的历史研究，该研究将法国的剧变归咎于被称为“启蒙社团”（启蒙者）的革命秘密组织，该组织由英戈尔施塔特大学的法学教授于1776年创立。批评家们对这种生物的态度影射出当时人们对法国大革命思想的猛烈抨击。

但这种联想是对玛丽创作思想的一种简单解读，事实上她一生都被一些矛盾所困扰。这些矛盾一方面来自威廉·戈德温、珀西·比希·雪莱，以及通过他们玛丽所接触到的那些激进的政治远见者们的主张，另一方面是他们给别人造成了真正的情感创伤，自己却浑然不知。珀西在一定程度上受到玛丽父母的启发，邀请玛丽和他一起尝试一种新的，不受传统偏见和禁忌束缚的个人生活。实际上，这意味着雪莱可以自由地爱上其他女人，当他厌倦她们的时候，可以自由地抛弃她们，他鼓励玛丽和他的朋友们纠缠不清，鼓励她尽情体验这一切对她的伤害，并自以为是地凌驾于玛丽无效的愤怒之上。作为回应，她在小说中将亨利·克莱瓦尔对母亲的忠诚与维克多的野心形成了鲜明的对比。

玛丽可能是十九世纪首个成为"激进派的情人"的女性，而这一角色在二十世纪变得越来越普遍。激进派的情人最初被激进分子对自由和正义事业的承诺冲昏了头，而她希望自己也为这一事业服务，但当时她还没有找到一种切实可行的服务方式。因此，她加入并鼓励激进分子自私和虚伪的行动和态度，而且没有拒绝的余地，因为她仍然钦佩激进分子口中的伟大事业，同时也因为她已经不可挽回地与激进分子结合在一起了。玛丽发现自己对珀西对待自己的方式越来越感到沮丧和羞辱，但是他在1822年溺水身亡，这使得她对他的愤怒变成了一种伴随终生的内疚感。在她的余生里，她致力于在私下和公开场合将自己对他的记忆理想化。玛丽更深层次的感情在她1831年对《弗兰肯斯坦》的再次修订中浮现出来，修订版中凸显了维克多的狂热和逃避，这些感情也在她的日记中断断续续地流露出来，尤其是在1838年的这篇文章中：

有些人热衷于改变世界，另一些人则摇摆不定。我

> 的父母和雪莱都是前一类人，这让我很是敬佩。我尊重这些与真正的无私、宽容和明确的理解结合在一起的事物……我从未写过一句反对自由主义的话……但自从我失去了雪莱后，我再也不想与激进分子结盟——他们对我充满了反感——暴力而没有任何正义感——极端的自私——无知的言语——粗鲁、嫉妒且傲慢——我不想与他们有任何关系。

批评家们认为这种情绪爆发，证明玛丽·雪莱随着年龄的增长而变得保守，并背叛了她激进的过去。更有可能的是，她的态度并没有改变，她在日记中明确表达的愤怒和厌恶，已经隐含在《弗兰肯斯坦》中。她之所以能够将自己的感受用语言表达出来，是因为随着年龄的增长，她更愿意相信自己的判断。纵使她极力将自己的父母和丈夫理想化，但现在他们三人已经入土为安，她终于可以把之前出于对他们的爱而压抑下来的情感书写出来。

在《弗兰肯斯坦》中，人们唯一期待的革命是一场可能推翻维克多本人的革命，因为维克多从一个年轻的反叛者开始，摇身一变成为一种新型的独裁者，陷入了一个空前致命的组织之中。在这个组织中，他和他的创造物既相互统治，又相互毁灭。“我常常一动不动地沉默着坐上几个小时，”维克多回忆说，“希望有一场强大的革命，可以把我和我的毁灭者埋葬在革命的废墟里。”

玛丽小说中所蕴含的私人和公共伦理思想，是一种宽容的、自觉的新教思想，就像卢梭在日内瓦学到的几乎是世俗的新教思想一样。弗兰肯斯坦家族的仆人贾斯汀·莫里茨，她在罗马天主教神父的影响下，以及她所信仰的天主教教养的影响下，承认了一起她没有犯下的谋杀案。相比之下，她的供认强调了新教的美德。那个生物把维克多同《失乐园》里的上帝相比来进行评判。在《失乐园》中，上帝按照自己的形象创造了生物，而且他爱他们，并给他们穿上衣服。这部小说做出了类似的评判，但是用了不同的术语，因为玛丽在小说中所表达的宗教根本不是基督教，而是浪漫的自然信仰。在这种信仰下，自然扮演着基督教赋予上帝的角色。就像她的父亲和丈夫，还有他们圈子里的其他人一样，她崇尚《失乐园》的宏伟和远见，但并不相信它的宗教教义。维克多的骄傲之罪在于他企图篡夺的不是上帝的力量，而是自然的力量。在玛丽的浪漫自然信仰版本中，自然本质上是性，它的生物是男性和女性，它最神圣的仪式是繁殖和生育。维克多对自然犯下了双重的亵渎，因为他既篡夺了繁育的权力，又拒绝了与伊丽莎白之间的性关系。

小说中有一个罕见时刻，维克多承认了自然力量而不是试图篡夺自然力量，当他在“富丽堂皇的大自然”中漫游阿尔卑斯山时，他得到了抚慰和恢复——“这一派壮丽雄伟的景色给了我能接受的最大安慰。”虽然他总是拒绝接受自然的恩典，但当他真的接受时，他违背自然的罪过就会得到宽恕。

知识和权力，女人和男人

维克多及其创造物的强烈热情，以普通人无法做到的方式破坏了社会和自然的秩序。但这些强烈热情只是普通人类情感中更加强烈和暴力的方式，而不是非人类怪物的异类情感。在维克多和他创造物的故事之外，还有一个平行的故事，这个故事出现在书的开头和结尾。在平行故事中，另一个角色同样被驱使维克多的野心所驱使，只是规模较小，破坏性也更小。故事发生在年轻的英国船长罗伯特·沃尔顿身上，在给已婚姐姐的一系列简短信件中，他讲述了这个故事，他曾在一块浮冰上遇到了维克多，把他带上了船，并写下了他的故事。

沃尔顿是一位年轻的探险家，他希望找到一条通往北极的通道。他知道北冰洋冰冷而荒芜，但他坚信，如果能够到达北极，就一定会发现那里是“一方秀美之地，欢乐之土”，在那里，永不落的太阳迸射出永恒的光辉。有两个动机促使沃尔顿购买了一艘船，并雇佣了一船的船员，与他一起寻找北极“未被发现的孤独之地”：一是“我将给人类带来不可估量的恩惠”，二是“亲自踏上这块以前无人涉足的土地”。这两种被沃尔顿称为“诱惑”的东西，都是逃避感情的手段。给后人带来好处的人与接受好处的人之间不存在任何关系：他给予，他们接受。而那位开拓无人之境的探险家唯一可以确定的是，他将不必忍受那些烦人的打扰。和维克多一样，沃尔顿声称对自己的孤独感到遗憾，但却要坚持保持这种孤独。“我没有朋友，”他告诉姐姐，“我有一个需求至今未能满足。”但他选择了一种无法满足该需求的生活方式。“在那茫无涯际的大海上，我根本无法寻得知己。”

写完这封信几天后，他遇到了一个朋友。他遇到了漂浮在碎冰上的维克多，并把他带上了船。沃尔顿对维克多叙述的文字记录——由维克多本人根据沃尔顿匆忙写下的笔记加以润色和改进——构成了小说的大部分内容。沃尔顿和维克多都是如此孤独，他们与其说是朋友，不如说是镜像，他们都在寻找更深层次的孤独。找到彼此之后，他们更多的是悲伤，而不是欢欣。沃尔顿向维克多解释说，他对自己的生命漠不关心，死亡似乎是“为了换取我所探求的知识，为了征服自然这一人类的顽敌，并使子孙万代成为大自然的主人而付出的小小代价”。[①]当维克多听到沃尔顿也想获得科学知识，以便能够控制自然时，他感到“一阵突如其来的悲伤”，于是大喊：“不幸的人啊，你怎么也和我一样发疯了？难道你也喝了那种令人痴迷的蒙汗药吗？”

《弗兰肯斯坦》一书中对比了两种知识：第一种是科学的、客观的知识，它与已知的事物没有相互关系（就像星星并不关心观星者一样），在许多情况下，这种知识赋予了操纵事物的权力；第二种是相互的、情感上的知识，即两个人相互了解，就像恋人之间或父母与孩子之间的亲密关系一样。维克多一次又一次地为自己辩解，因为他向父亲、克莱瓦尔和伊丽莎白隐瞒了秘密，使相互理解成为不可能。但他执着地追求着现代科学家——或者玛丽的时代里那些所谓的“自然哲学家”——所追求的客观知识。维克多保留着自己的秘密，但他感到“一种强烈的渴望，潜入大自然的种种奥秘”。“潜入”是一个暗示性的词汇，维克多在说“我急切地潜入大自然奥秘的藏身之处”时，与侵略、暴露和强暴等词汇含义相似。甚至英戈尔施塔特大学温和的沃尔德曼教授在他的化学讲座中也使用了这种语言，激发了维克多的新野心。这位教授说，现代自然哲学家们“潜入大自然的幽深之处，揭示了她隐藏着的神秘活动”。

① 他指的是人类与之斗争的自然力量。——作者注

《弗兰肯斯坦》一书的核心是培育他人的欲望和支配他人的欲望之间的对比，这意味着女性特有的同情心和男性力量之间的对比。但玛丽太理性了，无法想象同情心只属于女性，而男性力量只属于男性。克莱瓦尔虽然是个男人，却是维克多生病时能请到的最好的护士。书中唯一一个真正做护士的女人——好心的地方法官雇用她照顾在爱尔兰期间被关押的维克多——反而残酷又无情。书中所有的男人，除了维克多之外，都兼具两性的特质。克莱瓦尔有男子气概，很勇敢，和维克多一样，也追求着“不光彩的事业”，但他的抱负与维克多不同。“我在自然科学方面的兴趣，克莱瓦尔一向不感冒。他的志向在文学方面，这与我对自然科学的研究完全是两回事。”年轻的维克多追求“世界的物理秘密”，而年轻的克莱瓦尔“专注于事物的道德关系”，这些道德关系带有女性气质。在克莱瓦尔喜爱的波斯语、阿拉伯语和梵语诗歌中，“生活像是一座玫瑰园，充满了和煦的阳光——像是暗藏杀机的美女，时而笑容可掬，时而双眉紧锁；它又像一团烈火，吞噬人们的灵魂。这些作品的风格与气势宏伟、波澜壮阔的希腊、罗马史诗真有天壤之别！”

当维克多独自一人游荡在阿尔卑斯山令人敬畏的山峰和冰川之间时，大自然抚慰着他；在那里，也只有在那里，他才能想象“大自然像母亲一般安抚我，为我擦干眼泪”。克莱瓦尔最喜欢的大自然，会为一起生活和工作的男男女女提供一个家。亨利和维克多一起沿着莱茵河航行，看到城堡和村庄时，亨利惊呼道：“嘿，没说的，在此居住并守护这方乐土的神灵，比起我国那些堆积冰川（必须通过打桩才能攀登冰川），或隐匿于人际渺茫的高山之巅的神灵来说，与人类更亲密和谐。”亨利·克莱瓦尔和维克多都是珀西·比希·雪莱的部分肖像，各自体现了他性格的不同方面，这正是玛丽·雪莱博大精深的一个标志。实际上，在她与珀西·比希·雪莱的关系中，她私奔的对象是克莱瓦尔，却发现自己嫁给了弗兰肯斯坦。

维克多对现代实验科学充满了激情，因为它给了他比其他任何东西都更强大的力量，因为没有任何一种文明活动如此彻底地偏爱武力而不是同情。玛丽对维克多科学热忱的批判，是对现代科学客观性的浪漫反抗的一部分；威廉·布莱克在他的祈祷中为这次反抗提供了一个口号，希望能从“单一视觉和牛顿之眼”中解脱。玛丽对科学的批判是非同寻常的，即使是在那个非同寻常的年代，就科学道德的明确性和智力的微妙性而言，就其对不同种类的科学研究具有完全不同的道德价值的认识而言，也是非同寻常的。她的批判并不是针对实验科学本身（其中有些使她感到钦佩和称赞），而是针对维克多选择追求的那种知识。

在孩提时代，吸引维克多的并不是科学，而是科学、炼金术和魔法三者的混合体，他在早期三个神秘“魔法师”的作品中发现了这些，他们是科尼利厄斯·阿格里帕、帕拉塞尔苏斯和艾伯特·马格努斯[①]。这三人激发了他的愿望：拥有能把铅变成金子的魔法石，拥有能驱除疾病的长生不老药，以及能够召唤鬼魂和魔鬼的魔法咒语。玛丽·雪莱从未读过这三位魔术师的作品，然而

---

① 三位均在炼金术等领域有所探索。科尼利厄斯·阿格里帕是文艺复兴时期最有影响力的秘术作家，拥有魔术师、秘术作家、神学家、占星学家和炼金术师的多重身份；帕拉塞尔苏斯，文艺复兴初期著名的炼金师、医师、自然哲学家；艾伯特·马格努斯是一位中世纪德国天主教多明我会主教、哲学家，研究和教授过炼金术和化学等，其主要门徒为托马斯·阿奎那。——编者注

珀西小时候读过。玛丽明白，维克多从他们身上学到的对神秘力量的渴望，和激励他做其他事情的渴望是一样的强烈。

魔法与现代科学有两个重要的区别。首先，在付出同样努力的情况下，魔法的结果往往更为惊人；其次，只有非凡的人才能拥有魔法的力量。魔法咒语的话语可以像普通话语一样容易说出，但当被正确的人说出时，就会引起地震和雷鸣。因此只有魔法师才能做到，普通人说出的咒语不会引发任何结果。相反，现代科学假设实验者的特质不会影响到实验者，且遵循能量守恒的基本原理——换句话说，你不可能不劳而获。《圣经》的“法令”规定，你必须为面包而流汗，为分娩而辛苦，这是在道德层面对这一原则的反映。必须付诸努力才能拥有某物，每个人都必须如此。而炼金术的特别之处在于，它声称只要你足够特别，你就可以不劳而获。（在人际关系领域，似乎也存在着一种类似魔法式的不劳而获的幻想：比如抱怨“爱的魔力已经消失”的丈夫或妻子，可能对自己不再能“不用付出真心就能获得爱”而感到失望。）

十五岁那年，维克多第一次在现实中遇到现代科学，从而暂时放弃了他年轻的愿望。那天，当闪电击中附近的一棵树时，“一位研究自然科学的著名学者”恰好正在拜访维克多的家人，这个人兴奋地阐述自己建立的一套“有关电学和流电学”的理论。这些理论让维克多感到惊诧不已，也使“科尼利厄斯·阿格里帕和其他主宰我思想的先哲们黯然失色”。但这并没有激发出他对现代科学的兴趣，相反，他对科学完全丧失了兴趣：“命运竟如此捉弄人，这些先哲的崩塌使我无心再继续以往的研究。我似乎觉得，世上万物皆不可知，且永远不可知。”维克多对科学失去了兴趣，因为访客的科学理论虽然使古老的炼金术黯然失色，但它不过是一种理论，不仅无法提供炼金术的那种神秘力量，而且使神秘力量和准确性成为一种无法探知的对象。

在接下来的下一章里，维克多的兴趣被重新燃起。他来到英戈尔施塔特，了解到现代科学实际上提供了比炼金术士们所承诺的更强大的力量。沃尔德曼先生在他的化学导论课上说 :“研究这门科学的古代学者们曾经许下诺言，要完成人力所不及的事情，结果一事无成。现代科学家们很少许愿，他们深知金属是不能互相转化的，而所谓长生不老药只是幻想而已。但是，现代科学家们，尽管他们的双手似乎生来便要与泥土打交道，他们的双眼也只是盯着显微镜和坩埚，然而，他们却创造了多少人间奇迹。”当沃尔德曼先生继续列举他们“新的力量，几乎无所不能”，他们像现代的宙斯一样“可以驾驭空中雷电”的能力时，维克多狂躁的野心和强烈的热情被重新点燃。通过将科学知识和他对魔法的野心相结合所获得的力量与统治，是这两者拆分开，分别使用时永远无法达到的程度。

作为一名科学家，维克多热衷于求知，却对自己的知识对象漠不关心。他想要知识只是为了权力。在这一点上，他效仿了但丁的《神曲（地狱篇）》中的尤利西斯。但丁笔下的尤利西斯和荷马笔下的奥德修斯是同一个人，但奥德修斯想回家与他的妻子、儿子和父亲团聚，而尤利西斯却有着相反的愿望。他自言自语地说 :“不论是对儿子的亲情，还是对老父的孝心，或是那应有的恋情——即便曾使佩涅洛佩感到欢欣，所有这些都比不过我心中的热情，我热切希望成为周游世界的远行者，洞悉世人的弊端与美德的能人。”他抛弃了那些爱他的人，扬帆出海，在那里，他劝告年轻的船员们：“珍惜我们所剩不多且稍纵即逝的觉醒状态，你们千万不可放弃那亲身体验：尾随着太阳，去探索那无人之境。”超然于所有的关系之外，尤利西斯将人生看作“稍纵即逝的觉醒状态”：他观察和倾听，不同情也不参与。尾随着太阳，一路向西，走向未来，他渴望探究一个无人之境，一个现代科学家通过显微镜或望远镜尚未观测到的遥远世界，一个对人类来说太大、或太小、或太热、或太冷的领域。但无人之境不需要远离观察者，即便有人在物理意义上踏入这里，仍会在道德层面与之相距甚远，就像维克多在他楼上的实验室里所做的一切，或是像一个科学家，以数字、统计数据和神秘力量感知他人，而不是把他人看作有名字、有面孔的独特个体。①

在《神曲（地狱篇）》中，尤利西斯挑战了人类的局限性：他驾驶着他的船穿过海格力斯之柱，这些石柱设在海洋边缘，那里的界标“警告世人不能再越雷池一步”。在公海上，他号召他的船员们勇敢地面对淹没他们的暴风雨：“你们生来不该像禽兽般活着，”他说，“而应追求知识与德行。”这些目标相当模糊。但丁的“德行”有双重含义：不仅是道德上的卓越，也是男性的力量。尤利西斯之所以沦落至但丁的地狱里，因为他是一个错误的

① 对于个人痛苦和道德义务的问题，维克多明确地选择了功利主义和统计学的方法。他对沃尔顿解释说，他之所以毁灭雌性的新生物，是因为“我对我同胞的义务需要我给予更多的关注，因为这涉及更多人的幸福或疾苦。基于这样的考虑，我拒绝为我制造的第一个生物再造一个同伴，我这样做是完全正确的”。这个解释乍听起来很崇高，但是请记得一点，维克多很清楚，如果他拒绝为他的创造物再造一个同伴，他的创造物必然会杀害他的朋友；而维克多并不能百分百确定，如果创造了一个可以与之生育的配偶，结果就一定是一个“恶魔种族”，而不是那个生物承诺的幸福生活。要知道，那个生物从不违背诺言。——作者注

顾问，引诱他人去追求那些只会给自己带来伤害的目标。而在小说中，当沃尔顿的水手们因危险而丧失航行的勇气时，维克多给出了尤利西斯式的错误“忠告”:“噢！做个男子汉，而且做个勇敢的男子汉吧……作为经过战斗洗礼的英雄凯旋而归。”

自我及其替身

在生活的许多时刻，客观性是无误、公平和正义的根基，但并非全部时刻。如果超出了它应有的界限，客观性可能诱发非理性的恐惧。如果你以一种单一的理性和客观的世界观来看待世界，那么你很容易就会压抑自己作为个体的感受，忘记自己是一个做出选择并经历情感的人。在对他人建立超然、客观的关系时，维克多与自己也是一种超然的关系。正如他不能把他人当作自由的个体来对待一样，他坚持认为自己只能被迫接受命运。他与自己的内心世界如此疏离，以至于意识不到自己已经做出了选择，反而坚持认为是神秘力量的产物，比如“命运……及其不变的法则”或“命运之语”（指的是沃尔德曼讲座中的话），抑或“一项上天赋予我的使命”，或是“毁灭之神”。

因为相信自己只能被动接受命运，维克多拒不承认自己的选择和真实的感情。他拒绝一切对同情、婚姻和爱情的渴望。但这部分的自我无法被压抑。即使维克多试图把它压下去，它也会以扭曲的形式再次浮现出来。对于维克多来说，被压抑的部分幻化成他的分身，既是他的代言人，实现了他的秘密愿望，又是他的敌人，决心要摧毁他。维克多清楚地意识到，他的创造物不仅是由他的双手创造出来的，而且是从他自己身上释放出来的，从他已经死去的那部分释放出来的，“是我自己的灵魂从坟墓中爬了出来”。

反映双重人格的神话寓言最早出现于十八世纪晚期，一直延续到二十世纪早期，文学通过这种方式来解释人类思想固有的双重性——对所爱之物会心生憎恶，对欲望之物会心生抗拒。从《弗兰肯斯坦》《简·爱》到陀思妥耶夫斯基的《双重人格》和罗伯特·路易斯·史蒂文森的《化身博士》，这些作品都呈现了双重人格的非理性的破坏行为，而这正是普通人所强烈谴责的。正如《化身博士》中的杰基尔博士所言：“我将他（指受控于人类的灵魂或恶魔）从我的灵魂深处召唤出来，任他独自出去找乐子，但我却忽略了一点，他本性就是一个凶残的恶棍。他的任何行为、一切思想都是以自我为中心。他带着兽性般的贪婪肆意陶醉于欢乐之中，不惜使用任何手段对别人造成任何程度的伤害。他像石头一般冷酷无情。”玛丽对双重人格的诠释之所以如此深刻，是因为它的暴力并不是纯粹的敌对性；它之所以变得暴力，是因为它寻求同情的愿望被拒绝了。二十世纪初，暴力的双重人格或多或少地从文学中消失了，当时弗洛伊德的无意识理论或“本我”取代了双重人格，成为一种描述精神分裂的方式，而这种分裂原本看起来是无法描述的。（在《达洛维夫人》中，克拉丽莎也有一个双重人格，但属于截然不同的类型。）

人物和替身之间的关系总是非理性和神秘的。在《弗兰肯斯坦》中，玛丽强调，除了那些在维克多摧毁了自己创造至一半的雌性生物，从而导致他和他已经创造出来的生物陷入了一场纠缠不清的谋杀和背叛后发生的一系列诡异事件，故事中发生的一切都有一个合理的解释。这本书中的事情都可能在普通世界发生：

维克多的生物实验中没有使用任何魔法或神秘力量；德拉西一家认为，出现在门口的食物和柴火是神之馈赠，但其实是那个生物偷偷为他们做的。但在维克多摧毁了那个生物的伴侣之后，理性的解释就站不住脚了。

为了把那个女性生物安置在隐蔽的地方，维克多特地前往苏格兰。亨利·克莱瓦尔以为维克多是为了休息而旅行，于是和他一起去了珀斯，但维克多说服克莱瓦尔留在珀斯，独自前往奥克尼的一个偏远小岛，在那里建立了他的实验室。维克多摧毁了半成品的女性生物后，划船离开了小岛，把碎片扔进了海里。“毁尸灭迹”后，他无法将船驶回海岸，便随波漂流，漂到了爱尔兰海岸。第二天早上他一上岸，就被逮捕了，因为前一天晚上人们在岸上发现了被谋杀的克莱瓦尔的尸体，距离维克多的船早上漂流的地方只有两英里远。是那个生物杀死了克莱瓦尔，并把他的尸体留在了爱尔兰，就在维克多划船离开奥克尼小岛的几个小时之前，生物把尸体存放在了一个地方，而变幻莫测的海浪会在第二天把维克多带到那里，届时维克多将背上谋杀的罪名。在维克多的船漂到那里的前一天，这个生物是如何精确计算出存放克莱瓦尔尸体地点的呢？他又是怎么知道维克多要起航的呢？这本书没有给出答案，因为维克多和他的创造物之间的联系太神秘，太深奥，无法解释。[①]

① 类似的事情此前似乎也曾发生过，当维克多听说他的弟弟威廉被谋杀后，他前往日内瓦，只瞥见那个生物一眼，便立即得出他是凶手的结论。要知道，自从他赋予那个生物生命的那天晚上短暂的一瞥之后，他就再也没有见过或听说过那个生物，但是他对生物的罪行确信无疑。他甚至说他有“证据”证明贾斯汀是无辜的。维克多对那个生物所犯罪行的判断是正确的——但是是怎样的神秘联结让他知道的呢？——作者注

伤天害理的罪恶勾当

维克多扑在克莱瓦尔的尸体上高声呼喊道："我最亲爱的亨利啊，你难道是被我那些伤天害理的罪恶勾当给害死的吗？"他通过谋划、计划、机械等一系列"阴谋"创造了一个新的生命，而没有赋予它任何他自己的生命，就像通过性行为创造新的生命那样。虽然他的阴谋最初创造了生命，但最终的残忍之处在于，他与生物都对权力和控制产生了渴望，一种无法容忍他人生命自由的渴望，一种客观对待生命的执念。维克多预先设计了生物的外貌和形式，但生物一旦获得了独立的生命后，他就抛弃了它。结果造物主与被造之物之间引发了一场注定要失败的权力斗争。通过性行为孕育新生命的父母无法控制他们后代的外形甚至性别，这是因为他们将孩子理解为主体而非客体，将孩子视作与自己的独立生命相互关联的另一个独立生命，这才使得孩子有可能成长为自主和自由的人。

维克多和生物都认为，当生物获得生命的时刻，在某种意义上是一种毁灭。维克多称自己的这一行为是"伤天害理的罪恶勾当"，那个生物与沃尔顿谈及自己时也说："我这个被遗弃的畸形怪胎、可怜虫，才应该受人睥睨，任人驱赶，遭人践踏。"说这话时，维克多终于在沃尔顿的船上筋疲力尽而死，而那个生物就站在他的尸体旁。那个生物在书中的用词，无论是在这里还是在其他任何地方，都是非常微妙的：他成为"被遗弃的畸形怪胎"，不是在自己获得生命又随即被遗弃的那一刻，而是在他的创造者死去，他被抛弃的那一刻。

“噢，弗兰肯斯坦！你是一个多么慷慨大方，多么富有牺牲精神的生灵！”那个生物在维克多的尸体前呼喊道。直到生物跳上冰筏，离开维克多的尸体和沃尔顿的船时，他才最终实现了书中最后一句话所描述的完全孤立的状态：“消失在远方茫茫的黑夜中。”在此之前的几页，沃尔顿和他的船员们也改变了原本的计划，虽然沃尔顿没有明说，但他放弃了自己对意指模糊的“人类”的仁慈和他漠视个体属性的超自然的目标，而选择对真实的人表示同情。在船员们的坚持下，沃尔顿选择了尤利西斯拒绝的那条路，将他的船驶离了一个孤独的、虚构的天堂。“他们不愿意，我也不能硬带他们去冒险，”他早些时候对奄奄一息的维克多说，“我必须回去。”他写信给“亲爱的姐姐”，说他失败的经历“令人心酸”，但“我既已漂向英格兰，漂向你的身边，我是不会愁眉苦脸，垂头丧气的”。他虽失去了北极壮丽的美景，却重获了姐姐和家人的陪伴。

沃尔顿从失败中获得成功；维克多在成功中失败。沃尔顿接受了同情，并对生活做出选择；维克多至死坚持命运是客观且无法改变的。沃尔顿逐渐明白，他的生活是由他自己及他人的自由选择所形成的；维克多则认为自己被迫走向了一个客观的、不可避免的结局。维克多在实验室里对新生物的过激反应，伟大的哲学家早已预料到，但维克多对此无能为力。他给了新生物充满力量的生命，并坚信它会对此深表感激，但他剥夺了生物自由生长的权力，也没有赋予生物自由选择的权力。维克多给他的创造物以生命，却剥夺了他的童年。

玛丽·雪莱 *Mary Shelley*

原名玛丽·沃斯通克拉夫特·戈德温，1797年出生于伦敦，是哲学家威廉·戈德温与作家玛丽·沃斯通克拉夫特的女儿；于1851年在伦敦逝世。1814年，她与珀西·比希·雪莱私奔，并在1816年雪莱的首任妻子死后与他结婚。两人育有四子，前三个孩子不幸早夭，仅有最后一个孩子珀西活得比她长久。她匿名出版了作品，尽管她的作者身份似乎一开始便广为人知。她的作品包括《弗兰肯斯坦》(1818年初版；1831年修订版)、《瓦尔珀加》(1823年)、《最后一个人》(1826年)、《珀金·沃贝克历险记》(1830年)、《洛多尔》(1835年)以及《弗克纳》(1837年)。

第 2 章

童年 :《呼啸山庄》

Wuthering Heights

《呼啸山庄》是一个充满激情的故事，但这种激情并非成年男女间的性欲。凯瑟琳和希斯克利夫心中只有彼此，但他们对对方的性生活几乎漠不关心。凯瑟琳告诉希斯克利夫，当他和别人结婚时，她不会嫉妒；希斯克利夫告诉凯瑟琳，他也不会嫉妒她的丈夫。他们的确做到了，但同时无法掩饰自己对彼此的感情。他们想从对方身上得到的，并不是成年人在性爱中所得到的短暂的、不完整的满足，而是艾米莉·勃朗特所描绘的一种绝对的亲密，那是他们在童年形成的封闭关系，在这里他们体验到的亲密，远比普通成年人所能体验到的更为深刻。

《呼啸山庄》颠覆了成人生活的传统价值观。在这本小说中，童年始终处于一种极度紧张的状态，而成年的状态则是一种微不足道的软弱。希斯克利夫和凯瑟琳无法用语言来描述他们曾经共同度过的童年时光，其他人都蔑视或忽视这种亲密，但书中其他的一切关系都无法达到它的深度、力量和有尊严。相比之下，成年人所有的性冲动都是愚蠢和肤浅的。他们互赠礼物和表达爱意的举动，都赤裸裸地展示了什么是物质主义；他们对彼此的所作所为，滑稽可笑而又有损尊严。《呼啸山庄》里的成年人都非常幼稚，这份幼稚让他们相信彼此之间充满了性吸引。成年人如此幼稚，但孩子不会。

《呼啸山庄》的悲剧性并不在于希斯克利夫和凯瑟琳不能结婚，而在于他们长大成人的过程中，单纯的性和单纯的婚姻是任何人都能轻易得到替代品，用来代替孩子长成大人后永远失去的绝对亲密。书中的其他人物几乎从出生起就被成人的价值观所扭曲，被对财产、地位、性满足的渴望所扭曲。在小说所构建的特殊世界里，这样的愿望只会加剧人与人之间的隔阂。凯瑟琳和希斯克利夫小时候没有这样的渴望，孩提时的他们密不可分。他们对争夺财产的孩子表示轻蔑，就像蔑视画眉山庄被宠坏的孩子为了宠物狗争吵一样。他们同样蔑视那些为了建立亲密联结而亲吻拥抱的成年人。但是凯瑟琳和希斯克利夫的亲密只存在于他们的童年时期。他们注定要像其他人一样经历成年后的分裂和挫折，注定要被囚禁在彰显他们性别和地位差异的身体和衣服中。他们被分为男人和女人，也被社会差异所区分——暴发户希斯克利夫和地主婆凯瑟琳。

浪漫的童年时期

《呼啸山庄》中所描绘的童年时代的愿景集中出现在某一历史时期的作品中：从早期华兹华斯到早期弗洛伊德之间的浪漫主义时期。[1]在这一时期内的作家、艺术家、思想家和普通读者把

① 但是弗洛伊德并未完全摒弃童年时代的愿景，这种愿景后来一直存在于J. D. 塞林格和其他更加现代的一些作家的感伤小说之中。——作者注

它解释为对永恒真理的启示，但站在历史的角度来看，这是一桩奇特的怪事，即使在它所处的时代，经历过这种景象的人都知道，他们是无法融入当时文化氛围的局外人，他们无法与其他任何人分享他们的所思所想。艾米莉对童年和成年的看法似乎让她的姐妹夏洛蒂和安妮感到困惑或害怕。（夏洛蒂在写给朋友的信中，以及在为艾米莉死后出版的《呼啸山庄》第二版的序中反复提到这一点。）对于童年的崇拜无须教堂，崇拜者们只与他们的记忆交流。正如夏洛蒂·勃朗特描述艾米莉的那样："她比男人更坚强，比孩子更单纯，她拥有独一无二的天性。"

古代、中世纪作家所描绘的幻象，通常是让一些超自然的人或事物突然出现在读者眼前。十九世纪及以后的作家笔下的幻象则是原本正常的景象，顷刻间被赋予了伟大的荣耀、巨大的美丽和无限的意义，尽管一切事物的形状和位置都未发生变化。[①]不像信念、信仰或信条，它们可以持续一生，或多或少是有意选择的结果，幻象是短暂的、瞬逝的、自然而然的，它只能被赐予，无法被选择。一种幻象可能在之后会成为某种信念的基础，但没有人可以强行让一种幻象成为现实。

艾米莉·勃朗特是浪漫主义幻想家之一，她和威廉·华兹华斯一样，通过追忆童年时的经历而建立了一套自己的信仰体系。与华兹华斯的诗歌相比，艾米莉的诗歌没能准确表达出她的愿景，但两位诗人似乎拥有某种类似的愿景。她感受到了大自然的力量和威严，并与之产生了强烈的共情和联结。与其他浪漫的幻想家

① 大约在1293年，但丁在《新生》中记录了一个类似的景象，他看到九岁的比阿特丽斯，她的外貌没有任何变化，但他听到的声音宣告："现在你的幸福已经显现。"——作者注

不同，艾米莉·勃朗特似乎在成年后仍保留着童年时那种强烈的幻想，她生活在平凡的现实里，一边感知着周围无形世界的存在，一边为自己将要失去它而感到悲伤。在根据自己的愿景构建信仰这个方面，艾米莉的深度和独特性是独一无二的，即使这些信仰与我们熟悉的浪漫主义英雄气概和激情叛逆相吻合。她在成年的凯瑟琳和希斯克利夫身上所描绘的激情，与成人生活中的激情有着微妙而明确的不同。

以希斯克利夫为例，这个角色取材于被绝望和野心所控制的恶魔英雄，比如唐·璜①或德古拉②，或者艾米莉的姐妹夏洛蒂和安妮小说中的暴躁男性。但希斯克利夫与这些经典角色的不同之处在于，他似乎完全没有性欲。唐·璜用诱惑或武力征服女人，但希斯克利夫即便迫切地想要与凯瑟琳融合在一起，实现和他们精神世界一样的统一，他的这种愿望也不是想占有她的冲动，而是一种想要消解分离他们的外在、废除他们各自身份的愿望。这是一种在性爱中永远不会出现的冲动。

将两个自我合二为一的欲望与对一个自我所迸发的性欲望完全不同，即使在现实生活中，我们也常常将这些欲望混淆在一起。只有一次，希斯克利夫对亲吻和爱抚凯瑟琳表现出了兴趣，那是在她神志不清、濒临死亡的时候。当她的死亡即将打破他们精神上的结合时，身体上的触碰算是一种有限的补偿。凯瑟琳对希斯克利夫的爱明显是不同于男女之爱的，当希斯克利夫离开三年后

① 莫扎特创作的两幕歌剧《唐·璜》中的主人公，中世纪西班牙的一个专爱寻花问柳的胆大妄为的典型人物，他既厚颜无耻，但又勇敢、机智、不信鬼神。——编者注

② 布拉姆·斯托克的小说《德古拉》中的著名的吸血鬼，原型取自欧洲历史上的著名人物，古代罗马尼亚名将，他一向以手段残忍著称。——编者注

再次回到呼啸山庄时，她对丈夫埃德加·林顿的爱丝毫没有减少。事实上，当她听到希斯克利夫到来的消息时，她因为把埃德加抱得太紧，埃德加都心生抗拒了。她与丈夫的亲密关系，与她和希斯克利夫的亲密感分属她精神世界的不同轨道。对希斯克利夫回归的兴奋只会增加她与丈夫身体接触的冲动。

如果你暂时从书上抬起头来，想象希斯克利夫是一个女人，这个故事中一些令人费解的情感纠葛就会开始有意义了；这并不是因为希斯克利夫和凯瑟琳可以衍生出同性之爱，仅仅因为它无关于任何形式的性欲，他们渴望摆脱性别和身体强加给他们的分离状态。如果从被艾米莉视为狭隘且有失尊严的成人性视角来看待这部小说，希斯克利夫和凯瑟琳之间似乎隐藏着某种性联结，但小说并没有这样的含义。对于艾米莉来说，性不是一个隐藏的秘密，而是一个掩盖无法交流的激情的公共面具，这种激情因性而受挫，且从未因性而得到过满足。

两个身体，一个自我

作为孩子的凯瑟琳和希斯克利夫并不曾为性别差异或其他任何差异而烦恼，因为他们对这些差异一无所知。正如小凯瑟琳在日记中所写的那样，就连他们的衣服都是一样的。当他们躲在梳妆台里时，他们把两人的护襟拴在一起，挂起来当作一块布帘，然后一起躲在帘子后面。他们都穿着无性别的儿童服装，就像一个世纪前的大多数孩子一样，他们把这些衣服合为一件，罩住他们俩。小说中的几个段落之后，他们准备一起溜到荒原去，两个人共同披着一件衣服——挤奶女工的罩衣。

那是他们最后一次感到完全没有隔阂。他们冒险穿过荒原，透过林顿家富丽堂皇的画眉山庄的窗户向里望去，看到埃德加・林顿和伊莎贝拉・林顿正在上演一场糟糕的兄妹关系——他们正在为一只可怜的家养哈巴狗又哭又叫，吵得不可开交。在凯瑟琳窥探这所房子时，林顿家的牛头犬咬住了她的脚踝。在随后的骚乱中，凯瑟琳被带进了画眉山庄，在那里待了五个星期来养伤。当她终于回到呼啸山庄时，她和希斯克利夫已经因为性别和阶级被不可逆转地分离开来。离开庄园时凯瑟琳还是个孩子，回来时却已经是个女人。

艾米莉・勃朗特在描写这种变化时，似乎这只是一种地位上的变化，而非生理上的变化，尽管她小心地指出，这种变化发生时，凯瑟琳只有十二岁。凯瑟琳从林顿家的马车上走下来时，她的衣着既表明她是一个成年女性，也表明她属于另一种阶级，这种阶级中的女性只需提好自己的贵重的裙摆，别让它沾染上尘土，除此以外没有更辛苦的工作给她们做了。“她不再是那个疯癫、不戴帽子、跳进屋冲过来抱得我们都喘不过气的小野人了，而是从英俊的黑马驹上下来的一位高贵的小姐，一头棕色的卷发从一顶插着羽毛的海狸皮帽里垂下来，身上穿着一套长长的布质骑马装，她不得不用双手提着下摆，才能稳稳当当地走进来。”获得新身份的凯瑟琳对自己的新特权和财产兴奋不已，尽管这些东西在她与希斯克利夫的亲密关系面前是那么的平淡无奇。艾米莉・勃朗特本人就对这些不感兴趣；她和夏洛蒂・勃朗特在布鲁塞尔学习和教学时，曾被委任写作一篇讲稿，在其中，她曾指出让女性“受到社会法律谴责”的“有辱人格的特权”。

凯瑟琳的归来让希斯克利夫第一次意识到自己作为仆人的身份，第一次对自己黝黑的外表感到难为情。他不再和凯瑟琳心意相通。他无意中听到凯瑟琳对管家奈丽·迪恩说："如今我要是嫁给了希斯克利夫，就会降低我的身份。"于是他蹑手蹑脚地离开呼啸山庄，在三年后作为一名威严、成功、成熟的男人回来。他变成了一个具有传统意义上的男子气概的男人，这一点在奈丽看来，"让人以为他曾经入伍当过兵"。像凯瑟琳一样，他有了一种新的身份地位和明确的性别认同，但与凯瑟琳不同的是，他这么做是为了恢复他们之间的亲密关系。他的悲剧很大程度上在于他误解了他与凯瑟琳关系破裂的原因。他不明白，他越是用阶级和性别来定义自己，他就越无法恢复他们曾经结合在一起的无关阶级也无关性别的绝对亲密。

即使在性别和阶级的掩盖下，这种无差别的亲密依然存在，尽管希斯克利夫和凯瑟琳似乎都没有意识到他们之间仍保持着这份亲密。希斯克利夫听到凯瑟琳说嫁给他会降低她的身份时，突然转身离开，因此他错过了她接下来的话："所以他永远不会知道我有多么爱他；那并不是因为他的帅气，奈丽，而是因为他比我更像自己。不管我们的灵魂是由什么做成的，他和我的灵魂都是一模一样的；而林顿的灵魂就如闪电中的月光，或是烈焰中的冰霜，完全不一样。"凯瑟琳并不为希斯克利夫不适合做丈夫而感到遗憾，因为她和希斯克利夫之间的亲密与婚姻的幸福和责任毫无关系。

凯瑟琳深信她身体和外在无法限制她这个人。"我说不清楚，"她和奈丽解释说，虽然很显然奈丽无法理解，"但是你和其他人肯定都会有这样的想法，除了你自己之外，还有另一个你存在于这世上。如果我只能被困在这个身体里，那么创造我又有什么用呢？”她感觉她的身体就像一个多孔的容器，容纳不了她的全部。当她说“我就是希斯克利夫”时，她真的是这样认为的；当她坚持认为他会永远地存在于她的心里，而不是她记忆中的某一个人时，她说出了心底最真实的感受：“他并不是一种乐趣，他没有比我自己对我而言更有趣些，但他却是作为我自己而存在着。”她的整个生命都依赖于他：“即使所有东西都毁灭，只要他还存在于这世上，我就可以继续活下去。”希斯克利夫也从未怀疑过凯瑟琳是他的另一个自我，只是不知何故分裂成了一个独立的身体，当她快死的时候，他问她：“你愿意让你的灵魂留在坟墓里而继续生活吗？”

几个世纪以来，浪漫的恋人们都宣称，他们的挚爱是自己灵魂的化身。“西尔维娅就是我自己，”莎士比亚《维洛那二绅士》中的凡伦丁说，“她就是我的灵魂。”他说这话的时候，几乎与希斯克利夫和凯瑟琳如出一辙。但对希斯克利夫和凯瑟琳来说，这不仅仅是一个诗意的隐喻，而是实实在在的事实。他们坚信他们就是彼此，而不仅仅是相似，所以他们在发现被分开时感到困惑不已。因为他们知道彼此是分开的两个个体，却又深信他们也是统一的：每个人的真实存在都存在于另一个人之中。希斯克利夫无法想象没有凯瑟琳的生活，凯瑟琳是他的灵魂。凯瑟琳说起希斯克利夫时也说，“他比我更像我自己”。当他们分裂成两个独立的躯体时，他们共用的灵魂就会自我分裂，唯一的办法就是让囚禁他们的身体死去，他们才得以逃脱肉体的束缚，重新与另一个自己结合。

无法言说之事

《呼啸山庄》是由浅薄而时髦的洛克伍德和坚强且务实的奈丽·迪恩共同叙述的。洛克伍德租下了画眉山庄，为的是享受一年的乡下时光。这两人对超越、愿景、亲密关系以及故事中其他一切要素都一无所知。他们并没有试图掩盖凯瑟琳和希斯克利夫崇高而深沉的感情，因为他们压根儿不知道这份感情的存在。同样，第一批评论家相信了奈丽和洛克伍德的讲述，因此将这本书视为一种肮脏的研究，而不是伟大的研究。艾米莉与其他浪漫主义幻想家的不同之处在于，她并不希望将自己的愿景传达给他人。正如她的姐姐夏洛蒂用谨慎的口吻轻描淡写地写道："我的妹妹艾米莉并不是一个感情外露的人。"她构思《呼啸山庄》的方式似乎是为了隐藏小说真实的意义，不让任何无法理解和分享她远见卓识的人了解，而她也只在诗中明确、直接地描述了这些问题。

艾米莉的这些诗是她秘密写的。当她和她的姐妹们还小的时候，她们会相互分享她们所有的作品，但在她们二十多岁的时候，这种"交流和讨论的习惯"（夏洛蒂这样称呼这种行为）停止了。夏洛蒂并没有说明这一改变的原因，但似乎很可能是艾米莉首先放弃了分享的习惯，然后另外两个姐妹也这样做了，以避免把她当作家庭圈里特立独行的局外人。艾米莉把她的诗藏了起来，后来夏洛蒂偶然发现了它们，艾米莉还对夏洛蒂贸然闯入她的内心世界大发雷霆。夏洛蒂婉转地回忆说，"我花了好几个小时才让她原谅我"。即使是像她的姐妹们这样亲密的入侵者，也无法理解艾米莉的秘密。当夏洛蒂提出将艾米莉的诗与夏洛蒂和她们的妹妹安妮的诗一起出版时，艾米莉接受了这个想法，但同时她再也不肯与他人深入谈论她所作的诗。

把愤怒和不安转变成一种新的胜利，是艾米莉的特点。当她的诗歌被那些与她观点相左的人朗读时，她感到非常痛苦，这似乎也给她提供了写一部小说的灵感——讲述一对男女主人公的愿景经历被周围的人误会和曲解的故事。她不再通过自己的声音以诗歌的方式来描述她所理解的愿景，而是用像奈丽和洛克伍德这样的人的叙述来表达，他们讲述的是那些他们永远不会理解的故事。希斯克利夫和凯瑟琳渴望永恒，而书中的其他所有人都认为希斯克利夫和凯瑟琳专横、自私、贪婪、固执。

当勃朗特姐妹开始写小说的时候，她们又恢复了以前的习惯，当父亲在楼上睡觉的时候，她们就在餐桌上分享她们的作品。但即使在三个人一起分享作品的时候，艾米莉似乎也总是对自己作品的意义保密。她将《呼啸山庄》伪装成一个注定要失败的爱情故事，或许因为她个人所发生的一个复杂变化——她似乎有意用近乎轻蔑的态度看待她的潜在读者。他们只是读书，而不追求深层次的体验，这意味着他们无法理解这本书旨在告诉他们的内容。“我讨厌这本所谓的好书，”年轻的凯瑟琳在一本书的页边空白处写道，“这一切有何意义？”再后来，她谈到丈夫时说：“当我快死的时候，他能从书里获得什么有用的启示吗？”凯瑟琳的女儿（也叫凯瑟琳）回复：“希斯克利夫从来不读书。”这句话低估了希斯克利夫对书的强烈厌恶，他曾不辞辛苦地毁掉了几本书，以此证明了他有多讨厌书。

《呼啸山庄》中的书籍与所有形式的激情都无关。它们作为一种经济交换媒介，类似于纸币或者支票。就像艾米莉·勃朗特所理解的一样，书籍只是人们渴望交流时的一种肤浅的替代品。小凯瑟琳没有经历过她母亲的那种愿景，她只能用书换来他人的顺从和爱——她用书贿赂仆人；她为了吸引她的表哥哈里顿而将书送给他。在她教哈里顿读书的时候，他们也互教对方亲热。在小说后面几章里，艾米莉描写了一个他们之间特有的姿势——当哈里顿费了九牛二虎之力才读懂了一页书时，小凯瑟琳心不在焉地把手搭在他的肩上。

对读者隐瞒

艾米莉·勃朗特不愿被人知晓和理解的意愿，是她最令人不安的品质之一。大多数人既有一个内在的自我来保持他们内心世界的私密性，又有渴望被理解、同情的，向众人公开的外在自我。艾米莉似乎只有一个私密的自我。对那些不理解《呼啸山庄》的读者，艾米莉给予深刻的鄙夷，这与《简·爱》中的"读者，我嫁给了他"的那种期待别人的理解成为两种极端。自从艾米莉长大，不再像她小时候和妹妹安妮那般亲密之后，她似乎再也不需要亲密或爱了，她更喜欢和不会说话的狗待在一起，而不是与喋喋不休的男女为伴。

她性格的强硬和固执吓坏了她的姐妹们，她们是唯一能近距离感受到这一点的人。夏洛蒂向她的朋友伊丽莎白·盖斯凯尔描述了一件事，伊丽莎白在《夏洛蒂·勃朗特传》中写道："夏洛蒂看到艾米莉脸色苍白，嘴唇紧闭，但不敢开口干涉；在看到艾米莉那张苍白的脸上，眼神锐利，嘴唇像石头一样紧锁时，没有人敢说话。”夏洛蒂在给另一位朋友的信中，对艾米莉的性格作了这样的描述：“她确实公正无私又精力充沛；如果说她不像我所希望的那样容易和人相处或乐于听取不同意见，那么我得提醒自己别忘了，根本不存在我们期待的那种完美的人。”

艾米莉·勃朗特从哥哥布兰威尔的不幸遭遇中看到了激情给人的影响。布兰威尔曾受雇为一名男孩当家庭教师，由于过分渴望那个男孩的母亲，他陷入了难以言表的痛苦之中。《呼啸山庄》一书结合了布兰威尔对难以企及的情爱的渴望，以及艾米莉对理想愿景的渴望。这本书装满了艾米莉的信念，她坚信，布兰威尔所遭受的那种浪漫的情感无法通过性来满足，对于所有受这种情感摆布的人来说，他们所寻求的结合和永恒只能通过毁灭和失望来实现。正如艾米莉从她的阅读中和从她哥哥的灾难中所认识到的那样，从罗密欧和朱丽叶克服种种障碍的情感，到特里斯坦和伊索尔德不贞的激情，所有违背道德的欲望，与其说与性有关，不如说更多的是一种愿望，一种想要超越人类的极限，超越时间强加给人的挫败，超越他人强加给自己的干扰，以及超越自己肉身需求的愿望。在数以千计的小说、戏剧和电影中，对那些离经叛道的恋人来说，死亡不是对他们越轨行为的惩罚，而是一种胜利的奖赏。

关于《呼啸山庄》，一位早期的评论家反对说：“在我们看来，希斯克利夫的冷酷、自私和残忍，与他宣称的对凯瑟琳的浪漫爱情是不一致的。”这并不是维多利亚时代礼教的理想化声音，而是对书中表达方法的准确回应。书中，艾米莉似乎指引她的读者对希斯克利夫和凯瑟琳的关系作出错误的解释，但她也凭借其卓越的小说技巧，在小说中埋藏了本书的真实含义。弗吉尼亚·伍尔夫是第一个指出《呼啸山庄》中“有爱，但不是男女之爱”的读者。她还写道，全书整体上体现了艾米莉·勃朗特“虽受挫，但信念坚定，努力通过她笔下的人物表达出不只是‘我爱’或‘我恨’，而是‘我们，全人类’和‘你们，永恒的力量……’等尽在不言中的感受”。弗吉尼亚·伍尔夫富有想象力的慷慨使她得出这样的结论：艾米莉·勃朗特将实现愿景的可能性寄托于整个人类，但这本书本身却并非如此。

希斯克利夫和凯瑟琳之所以与众不同，仅仅在于他们知道永恒力量的存在。他们俩都深信，将他们彼此相连的是一种永恒而不可改变的力量。“我对林顿的爱就像是森林里的叶子”，凯瑟琳告诉似懂非懂的奈丽·迪恩说，“时间会让它改变。我知道得清清楚楚，冬天一来，树上的叶子就掉了大半；而我对希斯克利夫的爱则像地底永恒不变的岩石。这是一种不大容易发现的欢乐的源泉，但又必不可少。”艾米莉通过凯瑟琳表达了这样一种幻想，即爱是靠爱本身来维系的，相爱的人不需要做任何事，维系爱不需要任何主观意愿，维系它的是一种与维系天地相似的近乎神圣的力量。

在现实世界中，任何不局限于异性吸引力的成人之爱都需要一些坚定的意志和主观决定要在一起的决心，否则它（用凯瑟琳的话来说）“就像森林里的叶子”会掉落、枯萎，尽管在幻想的世界中并非如此。艾米莉并不幻想小说中的愿景可以在普通人的生活中实现，但她把自己的失望归咎于生活，而不是她的愿望。所以，她在小说中向恋人们致敬。

通过绿色导火索，催开花朵的力量

和其他浪漫主义幻想家一样，艾米莉·勃朗特想象孩子们可以在日常生活中体会无间的亲密和理想的愿景；在成年人中，这类事情只能被极少数人短暂地窥见。她通过阅读华兹华斯和雪莱的诗歌来了解浪漫主义的教义，在一定程度上，她还读过拜伦和弗里德里希·席勒的作品，但她很快就超越了她的老师们。她感知到永恒的力量，意识到愿景与童年之间的联系，所以她对那些成年人的妥协和行为无动于衷。

与华兹华斯不同的是，艾米莉不关心通过教育孩子摆脱童年的任性幻想，来实现更大的社会利益的方法。与雪莱的不同之处在于，她并没有以牺牲日常交往为代价来实现自己的愿景。在华兹华斯的诗歌《我们是七个》中，小女孩说话的口气就像她死去的兄弟姐妹还在她身边。但希斯克利夫和凯瑟琳并没有这样的幻想，他们童年时期的亲密体验与他们周遭的现实并不冲突。华兹华斯会去追溯回忆《颂诗：忆童年而悟不朽》和《序曲》中那些记忆深刻的瞬间，但是希斯克利夫和凯瑟琳从不回头，因为即使他们获得了与愿景相冲突的成人经验，他们也不会失去幻想的激情。雪莱在《阿拉斯特》和《心之灵》中想象自己最深处的灵魂能与世界相通，想象自己在痛苦中死去，因为他没能在一个女人身上真正找到他内在灵魂的形象，但希斯克利夫和凯瑟琳从未幻想破灭，也从未怀疑他们的愿景在彼此身上得到了充分体现。对于希斯克利夫和凯瑟琳来说，他们对彼此的想象与现实完全吻合，不需要理想化的模糊和诗意的神话来滋养。

在艾米莉·勃朗特的浪漫主义信仰中，愿景和自然最终是一样的。她和大多数其他信徒一样，认为事物的真实面目存在于未经雕琢的自然中，而不是在腐败的城市里；高山峰顶比低地农场更适合做幻想之地。但与华兹华斯的不同之处在于，艾米莉认为自然界的愿景中不存在道德方面的规训，也无关玛丽·雪莱所提到的“事物间的道德关系”。在艾米莉看来，大自然的温柔不是善良的表现，其残酷也不是邪恶的。大自然中的火山力量是一种天性，它与人类的法理道德背道而驰。艾米莉的自然观从此广为流传，尤其是在美国。在美国，自然更像是一个无法和解的敌人，而不是一个养育万物的母亲，但不代表她周围的所有人都认同这个观点。比如夏洛蒂似乎就从未这样想过。

在十七世纪之前，几乎不存在一种不同于“人性”的非人类的自然观，也没有人想到人类的童年与自然密切相关的浪漫观念。古人在思考人类回归自然的可能性时，往往从拒绝人为的社会秩序、回归人类起源的自然状态的角度进行思考。这样的教义（后来与犬儒派思想家第欧根尼联系在一起）假定人性是自然的一部分，与自然并无不同。莎士比亚的《暴风雨》中的普洛斯彼罗谴责卡利班是“天生的魔鬼，教养也无法改变他的本性”，“本性”这个词指的是卡利班与生俱来的邪恶品质，而不是那些本来无辜但被卡利班的邪恶扭曲了的东西。早在十七世纪，约翰·弥尔顿和约翰·德莱顿的诗歌和散文中就出现了非人类自然观的早期痕迹，但该观念仍具有某种古怪和实验性的特征。约翰·洛克在十七世纪下半叶的著作中，仍然认为自然法则包括道德法则：自然虽然不能强迫人们按道德行事，但自然赋予人们按道德行事的义务。

在卢梭看来（或多或少与犬儒派的观点相同），只有原始人在未开化的森林中自由自在地依照自然生活过。但卢梭补充了一个古人从未想到过的观点：即使在现代社会，新生儿出生时仍处于一种自然状态，但伴随成长会逐渐受到社会习俗的束缚。童年被理解为一个独立的生命阶段，有其独特的特质，并不是像历史学家曾经坚持的是在十八世纪出现的那样。但是一个新的童年观，连同新的自然观，却的确是在那时出现的。在这些观念形成之前，人们倾向于认为儿童并不了解性，因为他们没有体验过性的欲望，但他们充分意识到性的存在，并且知道成年人对性有感觉。（这就是莎士比亚刻画孩子的方式。）后来，在十九世纪获得认可的新思想中，第一次出现童年对性毫无意识的说法，儿童既没有性欲也没有性知识。其结果是，童年被视为一个古怪且缺乏人情味的阶段，缺乏矛盾和自我，只能被影响和塑造，最终悲惨地陷入青春期的性苦闷和自以为特别的情绪中。

在艾米莉看来，神性既存在于自然中，也存在于像她这样孤独的幻想者的精神中，但它是一种非人格化的神。它没有外形，不宣讲教义，不颁布信条，而且与玛丽·雪莱想象的自然神性不同，它对性毫不关心。艾米莉思考这个问题时，她似乎相信自然的神性有时温柔，有时残酷，但她更倾向于关注自然的终极残忍，而不是偶然间的温柔。在一篇于布鲁塞尔完成的讲稿中，她回想起看到一只毛毛虫正在毁坏一朵花："那一刻，在我看来，宇宙就像一台巨大的机器，专门用来制造邪恶。"她总结的自然"是以毁灭为原则运行的：只有残害他人，个体才能继续生存”。然而，她知道蝴蝶是从毛毛虫变来的这一事实，这让艾米莉继续写道，蝴蝶“代表着未来世界”，而非大自然诞生出善良而非邪恶的另一面的象征，这是前后矛盾的。蝴蝶没有揭示一个与毛毛虫所象征的积极与消极共存的自然，而是向人们展示了“一个有着永恒幸福和荣耀的帝国”，这与自然界的残酷完全不同，但也同样源于大自然，正如美丽的蝴蝶源于充满破坏性的毛毛虫。就像过去两个世纪的许多作家和思想家一样，艾米莉·勃朗特似乎认为，当你看到了自然或其他事物最糟糕的一面，你就离它的真相最近了。

当凯瑟琳的父亲启程前往利物浦时（从那里他将带着襁褓中的希斯克利夫回来），凯瑟琳让他给她带一根鞭子（好让她骑马时马跑得更快）。对于还是孩子的凯瑟琳而言，鞭子是她在有马匹存在的生物世界中专横和力量的象征，但还不是她成年后会残忍对待他人的表现，因为她还没有经历天性和精神的分裂，这种分裂会使她寻求掌控和权力来弥补她失去的亲密关系。直到青春期伊始，凯瑟琳和希斯克利夫的精神开始与天性分裂，他们才逐渐意识到自然就是一个以残忍的方式来证明自己权力的领域。他们在童年时没有意识到性别的差异，如今作为成年人，他们将这种差异作为残忍的理由，不仅对他人如此，对彼此也是如此。希斯克利夫现在将凯瑟琳视为一个虐待者。“你尽可以为了高兴折磨我吧，折磨死也没关系。”他对她说。“只要你让我用同样的方式自娱自乐就行。”他接着说。说起他打算和痴迷他的埃德加的妹妹伊莎贝拉私奔。希斯克利夫在他与伊莎贝拉的新婚之夜让伊莎贝拉怀孕后，便再也不理会她。在艾米莉对自然的阐释中，她将成人的性欲视为一种诅咒，它将人类驱逐出纯真的花园。但在玛丽·雪莱的作品中，性欲则是花园中一种天真的乐趣，而维克多·弗兰肯斯坦因不服从而丧失了这种乐趣。凯瑟琳和希斯克利夫对自然的深刻认同，与凯瑟琳那个思想软弱的弟弟辛德雷及其浅薄的文明观形成了鲜明的对比，当凯瑟琳问父亲要鞭子时，辛德雷要的却是一把小提琴。辛德雷为了对抗希斯克利夫而挥舞着的刀，最终割到了自己的手腕上，他在成人世界中徒劳的暴力，是对大自然中高贵残酷的一次拙劣的戏仿。

艾米莉从未因希斯克利夫和凯瑟琳的残忍而谴责他们，尽管书中的次要人物反复表现出残忍。哈里顿·恩肖绞死了一窝幼犬，这件事只在一个从句中一带而过；林顿·希斯克利夫虐待小狗；年轻的凯瑟琳在被性爱教化之前，曾以敌人的悲伤为乐。对艾米莉来说，残酷和忍耐是生活的自然条件，与幻想的自然之美毫不矛盾。她最喜欢的狗名叫“管家”，除了主人外，它对任何人都非常凶狠。当它满身是泥躺到霍沃斯牧师公馆的床上休息时，她打破了它的这个习惯——她赤手空拳地打它，把它的脸都打肿了。[①]她接受痛苦和给别人施加痛苦时一样镇定自若——当她被一条据说患有狂犬病的狗咬伤时，她从火里拿出拨火棍，直接灼烧自己的伤口。

艾米莉·勃朗特和萨德侯爵一样，坚信残忍是人类共有的天性之一。与萨德不同的是，她没有对这个话题进行哲学探讨的冲

① 这个故事受到质疑，理由是多年后，勃朗特家的仆人接受采访时，表示不记得这件事。勃朗特一家彼此之间都保留了许多秘密，对其他人更是如此。——作者注

动，也不想说服其他人认同。相比于在研究生研讨会上阐述离经叛道观点的教授们而言，萨德并不算太危险（这也是萨德最近在学术界流行的原因之一）；相较之下，艾米莉·勃朗特是一个更为可怕的人物，因为她把所有的争论和讨论都抛在了身后。如果我们还不了解人性的残酷，她会觉得无须讲给我们听。因为天性不是可以教授的东西。

遥远的安慰

艾米莉·勃朗特有时把大自然看作制造残忍和毁灭的机器，有时也发现了其他泛神论主义者所获得的慰藉。在她的一首诗中，她听到了大地灵魂深处的声音。大地告诉她，对于人们内心的疯狂渴望，“没有哪里会比大地更像天堂”。诗人的激情和灵感已经消耗殆尽，但失去激情并不能成为拒绝理想尘世的理由：

> 大地不再能激励你了吗，
>
> 你这孤独的梦想家？
>
> 激情无法点燃你了，
>
> 自然就该退场吗？

没有别的神灵能够抚慰这个孤独的梦想家，只有大地。“既然没有别的神能保佑你，回来与我同住吧。”这是大地的邀约。在《呼啸山庄》中，自然对那两个寻求亲密关系的梦想家有着特殊的同情，即使他们并没有注意到自然对他们有兴趣。当凯瑟琳和希斯克利夫分开时，自然本身也被猛烈地撕裂——在希斯克利夫离开呼啸山庄，和凯瑟琳（十五岁，已经完全意识到自己的女人身份）分开的那个晚上，屋角的一棵树被雷暴劈成了两半，一根巨大的树枝倒在了烟囱上。

还是孩子的时候，凯瑟琳和希斯克利夫以一种天真而又富于幻想的方式来理解死后的生活。凯瑟琳的父亲去世后，她和希斯克利夫先是“放声大哭”了一场，但后来，正如奈丽·迪恩所发现的那样，“两个小灵魂用我们无法想象的有效方式互相安慰着。在他们天真的谈话中，天堂被描绘得如此美丽，这世界上任何人都做不到……”在艾米莉的宇宙中，当充满幻想的孩子长大后，不再对自然融为一体充满热情时，她仍然可以在自己身上发现荣耀的景象，仍然可以瞥见未来的世界。在有关冈德尔岛王国（艾米莉和她的妹妹安妮在孩提时代创造出的一个地方）的戏剧诗中，演讲者安慰他们自己——亡灵在天堂中正注视着他们。正如艾米莉在她的一首著名的非戏剧诗中所写的那样：

外在的世界是那么无望，

我倍加珍惜内心世界。[①]

她的宇宙之神，是一个由她自己的想象来创造、选择和崇拜的神明。她在另一首诗中得意扬扬地写道：

我是不是错了，这样去供奉，

在那里不能怀疑信仰，也不能期待绝望，

既然我自己的灵魂可以满足我的祈祷？

说吧，愿景之上帝，为我辩护，

说我为什么选择了你！[②]

艾米莉的诗表明，她认为这个幻象之神既存在于她的心中，

① 出自艾米莉·勃朗特的《致想象》。——编者注

② 出自艾米莉·勃朗特的《为我辩护》。——编者注

也存在于自然界中，但她不相信其他人也拥有同样的想象，而且她头脑清醒，所以无法忽视这样一个问题，即如何将这些想法以连贯的方式整合起来。正如弗吉尼亚·伍尔夫所写的那样，艾米莉竭力要对人类和永恒的力量"说些什么"，而她努力追求的，似乎是一份难以完成的联姻声明，目标是将人类愿景和非人类自然合二为一。①

和艾米莉·勃朗特一样，《呼啸山庄》中的凯瑟琳·恩肖也渴望两件事：一是走进非人类的自然世界；二是逃出身体的牢笼，进入愿景的王国。凯瑟琳对大自然的渴望是如此强烈，以至于有一次她梦到自己死后去了天堂，为回到人间而悲伤地哭泣，她哭得如此可怜，天使们生气地把她扔回到荒原上，她在那里醒来时，喜极而泣。

后来，在凯瑟琳弥留之际，她希望死在她的愿景世界里，"逃到那个光辉灿烂的世界里去，"她说，"永远在那里，不要透过泪水模糊地看到它，不要透过痛苦的心墙向往它，而是真的与它在一起，真正融入其中。"艾米莉渴望一个"像这大地一样"的天堂（就像大地在诗中告诉她的那样）。凯瑟琳的两个愿望，一个是在自然中生活，另一个是在死亡中看到愿景，这两个愿望相互矛盾。《呼啸山庄》的悲哀之处很大程度上在于艾米莉的信念，即你可以分别拥有自然或愿景，但你不能两者兼得，又或者两者都无法得到。而艾米莉，这位浪漫的梦想家渴望一个她注定永远找

① 艾米莉·勃朗特似乎认为想象力存在于她的内心，但其力量则来自外部自然界巨大而非个人的力量。"我心中的神明"之所以存在，是因为她的内在和外在都存在一种非人格化的自然神性。——作者注

不到的家。

叙事的所知与历史的所不知

和所有错综复杂的小说作品一样，《呼啸山庄》是由书中同时讲述的两个故事组成的。其中一个故事是叙述本身，故事一页一页地向读者讲述一系列的事件，从第一页1801年洛克伍德到达呼啸山庄，到他养病期间听奈丽·迪恩讲述的几十年前发生的事情，再到最后一页，当他得知希斯克利夫的死讯以及哈里顿和小凯瑟琳即将结婚的消息时，他在1802年又短暂地回到山庄。另一个故事是可以从叙述中提取或推断出的历史，按照书中发生事件正常的时间顺序，而不是被讲述的顺序。《呼啸山庄》的历史始于1771年左右，从希斯克利夫和凯瑟琳的童年开始（在小说的第四章），直到1802年洛克伍德站在希斯克利夫和凯瑟琳的墓前（全书最后一章）。

创作这样一本书的乐趣，当然也是阅读它的乐趣，在于组织和领会这两个故事之间复杂的双人舞。该书的历史是事实和事件的简单排列，是一部讲述维多利亚时代早期教育和婚姻的小说。书中的历史表明，希斯克利夫和凯瑟琳自杀了，因为就像《大卫·科波菲尔》中的朵拉和《米德尔马契》中的卡苏朋先生一样，他们的利己主义、暴力或其他道德缺陷使他们无法成为婚姻故事中的男女主角。在他们死后，哈里顿·恩肖，这个几乎被所有人鄙视的隐形主角，出于对小凯瑟琳的爱，他从无知中成长起来，而小凯瑟琳现在也看到了他隐藏的价值，因此两个人都得到了婚姻的回报。希斯克利夫在复仇的痛苦中所非法积累的财富被洗白了，并由这对年轻夫妇继承，他们可以毫无罪恶感地享受这一切。在《呼啸山庄》的历史中，两个拥有美貌、财富和希望的年轻人最终走入婚姻，这也是艾米莉希望她的读者从她的书中找到的甜蜜故事，就像圣诞馅饼中的糖果一样。

相比之下，小说的另一层叙事升华为一个简朴而崇高的愿景，一个被创作者的塑造力量所改变的故事。故事开始于活着的希斯克利夫和死去的凯瑟琳的生死相隔，结束于希斯克利夫死后他们灵魂的结合。奈丽·迪恩告诉洛克伍德，乡下人都相信希斯克利夫的灵魂在人间游荡。在故事的最后几段，当洛克伍德去拜访他们的墓地时，一个吓坏了的牧童告诉他，他看到希斯克利夫和凯瑟琳的幽灵一起出现在荒原上。尽管希斯克利夫和凯瑟琳的身躯安息在大地里，但他们的灵魂却在荒原上相遇，对他们来说，那是比天堂更令人满意的地方。

这一层叙事隐藏得如此之深，以至于过了大半个世纪后，才有人注意到它。1926年，英国律师查尔斯·珀西·桑格写了一本小册子，名为《呼啸山庄的结构》，由莱纳德和弗吉尼亚·伍尔夫的霍加斯出版社出版。桑格在小册子中指出，《呼啸山庄》并非如艾米莉·勃朗特的姐妹和所有其他早期读者所认为的那样，是一部粗犷的天才之作，而是一部极具数学思维的杰作，书中的每一个细节都与阴历、季节以及地球的稳定周期等存在隐秘联结。（桑格的研究后来得到了其他学者的补充。）一个隐藏得特别好的例子是，凯瑟琳的去世和小凯瑟琳的出生，都是在3月20日。奈丽·迪恩在提到小凯瑟琳的生日时不经意地提到了这个日期，距离她说起凯瑟琳生下女儿两个小时后就去世了这一话题中间隔了好几章。《呼啸山庄》一书显然完成于1845年和1846年，那时是3月20日，正值春分。凯瑟琳是自然的化身，所以在春天的第一天去世，并诞下女儿。再举一个例子：小凯瑟琳出生时是“一个瘦小的七个月大的早产儿”，而这距离希斯克利夫在离开了很长时间后回到呼啸山庄刚好六个半月的时间。这就说明，希斯克利夫并不是孩子的父亲，如果他是的话，他和凯瑟琳就不会因为他们的分离而感到伤心欲绝。但是他在附近的出现就足以让凯瑟琳怀孕，也许正是由于这种生理上的兴奋，促使凯瑟琳在第一次听到希斯克利夫的归来时投进了丈夫的怀抱。

希斯克利夫和凯瑟琳的天性力量非常强大，足以改变他们周围的几乎所有人，但他们所引发的变化类型却因对方是什么样的人而有所不同。希斯克利夫的出现让在大自然中才能感到自在的凯瑟琳孕育了一个生命。而在本书的开头，凯瑟琳以幽灵的身份出现在洛克伍德的梦中，并影响了他一直压抑在心中的文明精神。早些时候，在一个彬彬有礼的海滩度假胜地，洛克伍德胆小得不敢回应一位年轻女子的微笑。现在，在呼啸山庄的狂怒和激情的影响下，当他在梦中看到另一个年轻女子——死去的凯瑟琳时，他暴跳如雷：“恐惧使我发狂，我把她的手腕拽到那个破了的玻璃面上，来回摩擦，直到鲜血流了下来，浸湿了床褥。”

洛克伍德关于凯瑟琳的梦在叙事中隐藏着更深层的含义，似乎没有人注意到这一点，洛克伍德尤其没有注意到。他的梦直接引出了故事的结局，通过梦境，呼啸山庄这座庄园也终于摆脱了在洛克伍德到达之前一直受过去的历史折磨着的痛苦。

详细来说，是因为在凯瑟琳去世后的这些年里，希斯克利夫一直在尽其所能以合法的方式占有画眉山庄和呼啸山庄，这与激情无关，也与他对凯瑟琳的感情无关。令众人困惑不解的是，他所要做的，就是摧毁这两座庄园以及其中的一切。他这种破坏的动机似乎因为他想报复那些珍惜这两处房子的人，包括已经死去的敌人和那些活着的继承人。除此以外，还有一种无法言说的希望，即通过摧毁每一个入侵自然景观的人造事物，从而摧毁那些将他自己与凯瑟琳和自然隔离开来的阻碍。出于同样的原因，他安排在他死后，将他和凯瑟琳的棺材的侧板拆除，这样他们的身体就可以溶解并腐烂在一起，人类建造的人工屏障就可以被非人类的自然，即开阔的荒原所取代。然而，在洛克伍德首次造访呼啸山庄并在一年后返回的这段时间里，希斯克利夫突然之间失去了摧毁这两座庄园的兴趣——“我已经失去了欣赏毁灭它们的能力了，我懒得去做无谓的破坏了”——他转而开始毁灭自己。

评论家们一直对希斯克利夫突然改变意图背后的动机感到迷惑不解，但艾米莉其实将解释藏在了眼皮底下，放在了书的开头，在突然发生转变的几百页之前。希斯克利夫将他自己的新目标与他的新感觉联系起来，他可以在凯瑟琳侄子哈里顿和小凯瑟琳鲜活的脸上看到已故凯瑟琳的影子。但在他们在庄园里成长的那些年里，他从来没有在他们身上看到过凯瑟琳的影子，现在他能感觉到凯瑟琳的存在，只是因为书中最缺乏幻想的人——洛克伍德，无意中给了他一个想法，让他觉得凯瑟琳正在荒原里等着他。在这本书的历史中，这件事发生的时间要早一些，但就故事的叙事而言，它可以追溯到书的开头几章，惊慌失措的洛克伍德把他的梦告诉了希斯克利夫，希斯克利夫猛地打开窗户，抽泣着说：

“进来吧！进来吧！凯瑟琳，快来吧！哦，来吧——再来一次！啊！我的心肝儿！这次就听我的吧，凯瑟琳，最后一次！”按时间顺序来说，这件事发生在希斯克利夫和奈丽·迪恩的谈话之后不久，希斯克利夫告诉奈丽·迪恩，他被自己的信念折磨着，因为他相信凯瑟琳的鬼魂在地球上游荡，藏在附近勾着他的魂，他却看不到。如今，因为洛克伍德也说自己“看到了”凯瑟琳，希斯克利夫更加坚定了自己的信念，相信她就在附近。他也相信，死后他还能再和她在一起。他不再为使之绝望的浪漫激情而分心去策划摧毁这两座庄园。只有他还活着的这个事实，才阻碍着他不让他称心如意。他告诉奈丽·迪恩：“我单单只有一个愿望，我整个人和一切感官机能都在渴望夙愿得偿。”

因为希斯克利夫和凯瑟琳一样，他是一个幻想家，他洞悉了事物的无形之心，但除了他的复仇计划，他不知道如何处理他的幻想乃至他的整个存在。就好像他是一个无助且可随意操控的孩子一样，他的方向是由迟钝且没有想象力的成年人为他设定的。一位学者曾经写过一篇文章，兴奋地揭露奈丽·迪恩为“呼啸山庄中的恶棍”，其依据是一些明确的证据，比如奈丽通过把关键事件告诉别人或对他人隐瞒，在很大程度上塑造了书中许多的个人不幸和情色灾难。事实上，奈丽的确塑造了大部分情节，但她并没有秘密计划，也没有恶意。她只是一个像洛克伍德那样缺乏想象力、缺乏激情的成年人，她既有普通的正派气质，又有适度的倾向保持舒适。她做出的都是普通而随意的决定，那些超凡脱俗的幻想家们对此不屑一顾。艾米莉绝望地认识到，只有成年才能胜利，愿景和童年终将消逝。

记得呼吸

在《呼啸山庄》一书前半段，凯瑟琳通过拒绝进食加速了自己的死亡。最后，希斯克利夫用同样的方法自杀了。他的行为是出于他的内心所需，那是比食物和水更重要的东西，而他自己浑然不知。“我得提醒着自己要呼吸，几乎也得提醒着自己的心脏要跳动！”他对奈丽说，“我做任何事都是被迫的，即便是再微不足道的事情。我被迫注意到身边一切活着的或死去的事物，但它们都和一个无处不在的想法紧密相连。”

故事情节发展了几页之后，他注意到奈丽收走了堆在他面前的那些盘子，尽管他已经好几天没吃东西了，他还是被迫表现出了惊讶：“我是饿得不安宁，可好像又吃不下去。”他决意要达到自己的目的，以至于不能再顾惜自己的肉体。他在四天不吃不喝之后，悄然死去了。当奈丽发现他的尸体时，他的手正垂在窗台上，在窗格子上刮着，就像洛克伍德在梦中把凯瑟琳的手腕拉过碎玻璃那样。在接下来的一章，也就是最后一章，牧童看到希斯克利夫和凯瑟琳的灵魂在荒原上团聚，但是理性而传统的洛克伍德受到墓地里飞蛾、花朵和柔风的启发，用平淡的话语驳斥了牧童的幻想：“何以有人想象出来，那些长眠者在如此安谧宁静的土地之中，却不得安谧宁静地沉睡。”他错了：在艾米莉个人信念中，看似平静的大地充满了神性和力量。写下这个结局的两三年后，艾米莉·勃朗特因结核病去世，在她死前的几天，她一直拒绝进食，也不说话。村里的木匠说，她的棺材是他做过的最窄的棺材。

拒绝进食就是抗拒自己的身体。在艾米莉去世一个半世纪后，这种绝食行为往往被视为由时尚或文化等外部因素引起的流行病症。但艾米莉并不会受到这些外部压力的影响，文化压力往往只会影响那些已经有了屈服动机的人。驱使人们否认身体的最强大动机是意识到身体的失控。当身体开始产生最令人不安、无法控制的冲动时，就是童年结束和成年开始之时，那也是与身体抗争的冲动最强的时候。在《呼啸山庄》中，这也是希斯克利夫和凯瑟琳感觉到童年经历的亲密统一彻底地消失的时候。

希斯克利夫对凯瑟琳的激情超越了英国国教婚姻仪式中所说的“抛弃一切”。他积极地憎恨除他们之外的所有人，拒绝所有依赖他人的方式，包括食物、住所和衣物，也拒绝在虚弱、受伤或生病时寻求照顾和安慰。他排斥他人的冲动最终会导致他对自己身体产生相应的排斥。他和凯瑟琳都深信他们彼此心意相通，这就要求他们把自己的身体视为障碍。希斯克利夫抓住垂死的凯瑟琳的手臂时，奈丽看到“(凯瑟琳)没有血色的皮肤上留下四个明显的蓝色印记”，他不仅仅是在对凯瑟琳强烈的情感中专横跋扈，而是试图突破她的灵魂，就像他期待着他们死后分解的身体会融为一体一样。[①]

崇拜物和观念

情爱中的两大混乱：一方面是对多个伴侣的渴望，却不对

---

① 希斯克利夫和凯瑟琳一生的情感逻辑就像刘易斯·卡罗尔的小说《镜中缘》中的疯狂茶话会一样，“规则是，明天有果酱，昨天有果酱，但就是今天没有果酱”。在希斯克利夫和凯瑟琳的爱情中，“昨天”是童年，“明天”是死亡。——作者注

任何一方做出承诺；另一方面是对一个伴侣的痴迷，而排斥了所有其他类型。第一种混乱的典型形象包括苏丹和他的后宫三千，唐·璜和他的一夜情以及匿名邂逅者。第二种混乱的典型形象包括特里斯坦和伊索尔德，罗密欧与朱丽叶，还有希斯克利夫与凯瑟琳。第一种混乱是通过在每个夜晚按下"重启"键，从头开始，来试图逃避时间和变化的不确定性，永远不成长，永远不进入人生的下一个阶段，永远不成为拥有过去和未来的成年人。第二种混乱是通过放弃不受控制的身体，转而追求精神、灵魂或幻想的固定结合，来逃避时间和变化的不确定性。第一种混乱是试图拒绝死亡，第二种混乱是试图借用死亡的转化力量而得到拯救。

当希斯克利夫说他注意到任何东西都"和一个无处不在的想法紧密相连"时，他是在深刻阐述那些无形且抽象的情感观念和道德意义。艾米莉在描写希斯克利夫和凯瑟琳时用词格外小心，她让希斯克利夫把柏拉图的"观念"指称为一种无形的、非物质的天堂形式，是一种"普世"观念（正如柏拉图的名字经常被翻译成的那样）。在《会饮篇》中狄奥提玛告诉苏格拉底，一种普世的观念比任何世俗的人、场所或事物都要优越：爱人和哲学家的目标是从短暂的世俗事物上升到永恒的普世观念。希斯克利夫已经从有形的物质和身体的世界上升到了无形的普世观念的领域，除此以外，他无法去想任何事物。

柏拉图式的"观念"是一种崇拜对象，一种无生命的物体，不是一种看得见的崇拜物，而是一种无形的、升华了的东西。从道德和情感上讲，一个崇尚善与美的哲学家，就像一个对一只鞋或一只脚眉目传情的恋物癖者。两者都选择了某一个人的抽象性或象征性替代品；两者都喜欢一种自身无欲无求的东西，它们什么也不要求，同时也不亏欠什么。与其说这是情爱的混乱，不如说这是对情爱的完全排斥。希斯克利夫在最后的日子里是安详的，因为在他死后，他无须采取任何具体行动就可以拥有他想要的东西。

艾米莉·勃朗特希望通过结合死亡来重新找回童年失去的想象，她避开了时间、成长和爱的现实。在这些现实中，分裂永远无法完全克服，所有的感情，甚至最强烈的感情，都是五味杂陈的。她只关心人类经验的一小部分，但她比那些视野开阔的人对这一部分看得更为清楚。《呼啸山庄》的力量来自她对冲动的理解，这种冲动或多或少地隐藏在每个人的心中，那就是要找到一个逃避时间和变化的避难所；她也理解即使你永不屈服于这种冲动，你也要为此付出代价。弗兰肯斯坦的创造物注定结局悲惨，因为他缺少一个成长的童年。而希斯克利夫和凯瑟琳注定结局悲惨，因为他们出生于一个光辉灿烂的童年，他们宁愿选择死亡也不愿接受成长带来的各种可能和不确定性。

艾米莉·勃朗特 *Emily Brontë*

艾米莉·简·勃朗特，1818年出生于约克郡的索顿，是圣公会牧师帕特里克·勃朗特与玛利亚·布伦威尔的女儿；1848年在约克郡的哈沃斯逝世。她的作品以笔名艾利斯·贝尔出版，直到她死后，其作者身份才为人所知。她的诗作连同夏洛蒂·勃朗特与安妮·勃朗特的诗一起，见于《库瑞尔、艾利斯与阿克顿·贝尔诗选》（1846年）中。《呼啸山庄》（1847年）是艾米莉·勃朗特一生中唯一的一部小说。

第 3 章

成长：《简·爱》

Jane Eyre

夏洛蒂·勃朗特和艾米莉·勃朗特有着同样的双亲，大部分时间都生活在约克郡同一所偏僻的牧师公馆里，并接受了大致相同的教育。但两姐妹对自然、社会、道德、情爱和真理的书写和思考方式却几乎完全相反。艾米莉想要在一个封闭的关系中体验崇高的道德和愿景。夏洛特想要同伴，来寻求正义和爱。《呼啸山庄》中讲述的关于童年、成长和成年的一切都与《简·爱》背道而驰。在《呼啸山庄》中，人类相互交流的一切手段——包括语言、写作、绘画以及各种各样的身体接触——都毫无借鉴价值，政治和宗教的公共世界也几乎不存在。而在《简·爱》中，生活不能失去语言、文字、绘画和人与人之间的肢体接触，在这里，与情爱有关的亲密关系与正义和自由的公共伦理密不可分。

尽管《简·爱》充满了各种幻想和不可能，但它展示了英国小说中一种最深刻的叙事方式——情爱和伦理生活交织在一起。这部小说之所以能做到这一点，部分原因在于它理解自己所幻想的情爱和伦理诉求，并承认其幻想的不可能性。夏洛蒂清楚地看到了艾米莉忽略的一切。《呼啸山庄》是一部精雕细琢的作品，但《简·爱》更加宏大。大多数读者或多或少会对《简·爱》个别方面感到不满，要么是故事情节强加给罗切斯特先生的暴力惩罚，要么是叙述者拒绝同情被囚禁的疯女人伯莎·梅森，要么反感简·爱那看似坚定的自我满足感。但诸如此类的种种，都是夏洛蒂在向读者揭示小说人物那些令人不舒服的事实。但如果读者坚持喜欢幻想胜过真相，他们就很容易忽视这些事实。

即使是最能理解这部作品的评论家也会注意到本书的一个重要疑点：《简·爱》是一部关于教育的小说，但女主人公似乎不需要教育。（她一再认为自己必须学会变得不那么容易激动和叛逆，但她错了，而将她从错误中拯救出来的，不是教育，而是她所经历的具体事件。）简所面对的问题是，在现实世界中，只有经过漫长而艰难的学习过程才能解决这些问题。她遭遇了许多出乎意料的难题，但学习的问题对她来说似乎出乎意料地简单。随着年龄的增长，她面临的选择越发困难。而正确的答案变得越来越难找到，错误选择的后果变得越来越危险。但与现实中其他人的不同之处在于，简从来不从错误中吸取教训，因为她从不犯错。她学会了控制和排解自己的激烈情绪。这些情绪引发了她身体上和实际生活中的不适，这种不适不是因为自我质疑而引发的道德上的不适。在学习如何控制自己情绪的过程中，生活给她上的是实践课，而不是道德课。她屡次遭受痛苦，但最终总会做出正确的道德选择，虽然她从未接受过这样的教育。夏洛蒂提供了一个如何行动的详细模型，但是最奇怪的是，作为一本教育小说，她却似乎没有提供任何指导学习行为的模型。

《简·爱》这部作品中的瑕疵，似乎是夏洛蒂有意为之的。

简学到的不是如何行动，而是如何相信。与现实中的我们不同，她不会通过反思错误的行为来学习，因为她没有犯错，所以也很难从错误的行为中吸取教训。她的学习是对错误信念的反思，因为那些错误的信念曾诱使她去做出错误的行为。怀着对世界的好奇和被不公对待的愤恨，她教育自己必须谨慎思考自己的选择，在正确选项尚不明朗时，她必须以思考作为行动的基础。在危机时刻，她能坚持的只有信念：

> 我必须要坚守在清醒时的原则，来抵抗现在的迷乱。法律和原则不仅仅是为冷静而设的，更是为肉体和灵魂都陷入迷狂时……它们是有价值的——我一向这样坚信。如果说我现在不再相信它，只能证明我已经陷入迷乱，而且是彻底的迷乱，我的血管里像着了火，心跳快得已数不清。原定的信念，已下的决心，是我此刻唯一且必须坚持的东西，我要牢牢守住。

几乎她遇到的每个人都试图告诉她该相信什么，以及如何相信——每个人都用不同的方式告诉她相信不同的事情——但她必须找到自己的信念。在《简·爱》中，和现实生活一样，正确的选择就那么几种，但每个人都在以自己的方式学习如何做出正确的选择，每个人的方法都不一样。你只能自己去学习属于你的方式，你可能学会了凭直觉，或学会了靠信念来决定。在这种教育中，老师、向导和导师都没有提供任何帮助，最多只是言传身教或以身示范，你必须在没有他们的帮助或是忽略他们帮助的情况下，自己做出决定。

在《呼啸山庄》中，人们从困难里什么都没学会；但对于

《简·爱》来说，没有苦难什么也学不到。简在童年被迫受苦，可以说是一种自相矛盾的幸运，她的苦难让她将童年视为一种无知和不公平的状态，而不是成年人叹息着怀念的天堂。简在童年遭受了相当卑劣的对待，这些残酷的遭遇让她从不与压迫者产生共鸣。开篇几章描绘了简童年的第一个折磨者，她的表兄约翰·里德。如果你在现实生活中见到他，会觉得他有些像长大后的希斯克利夫一样，只不过没有艾米莉赋予他的梦幻般的光芒。约翰·里德宣布："这整幢房子都是我的，或者说，过不了几年都是我的。"他把一本书扔向简，把她砸到流血，并且在她反抗时粗暴地抓住她。小说几页之后，简写道，他曾"扭断鸽子的脖子，弄死小孔雀，放狗去咬羊，摘掉温室中葡萄藤上的葡萄，掰下花房里珍贵花木的幼芽"。不平等是童年时期最为普遍的感受，被亲戚们看作低人一等的简，尽管她竭力讨好，还是受到虐待，而约翰·里德，以及他那两个傲慢无礼的姐妹却被娇生惯养着。

亲密关系与平等

《简·爱》记录了一段从孩童走向成人的旅程，也是一段从不平等走向平等的旅程。实际上，它们是同一个旅程，只是名字不同而已。简在一开始所遭受的不公正待遇，是由成年人幼稚的行为所造成的。而她最终所获得的那种平等，只有那些已经学会独立的成年人才有可能得到。她得到的不是《呼啸山庄》中的亲密关系，而是平等。《简·爱》一书中没有人沉迷于寻求亲密无间的结合，而这种渴望正是《呼啸山庄》的情感动力源。亲密关系是一个与道德无关的目标，一个听起来很有吸引力但几乎无法实现的愿望，在现实的情感生活中，对此痴迷的人大多是情感至上的人或是暴君。相比之下，平等是一个虽然困难但更为可行的目标，在私人领域和公共世界中都具有深刻的情感和伦理意义。所以，有些多疑的读者怀疑不公才是《简·爱》的主旨，因为他们认为要么是简最终战胜了罗切斯特，要么是简屈从于罗切斯特的掌控，这两种关系都是不平等的。但根据小说内容可以发现，夏洛蒂认为简和罗切斯特的关系是一种近乎完全平等的状态。

与排斥任何拒绝加入的人的亲密关系不同，简和罗切斯特所享有的平等，也适用于除他们之外的其他人。爱情寓言中有一种传统，当相爱之人战胜一切找到幸福时，失败的追求者必须被放逐并受到羞辱，但是《简·爱》中的失败追求者——传教士圣约翰·里弗斯，他最终以寄来一封信来表示自己的胜利。他的信来自遥远的印度，那并不是一个被放逐的地方，而是他选择去完成使命的地方，也是他想让简同他一起去的地方。他在职业方面追求的平等，与简和罗切斯特追求的平等一样。正如简写到的，在印度的里弗斯“像巨人般一一砍倒阻塞在这条路上的信仰和种姓上的偏见”。但是他为简提供的是一段无爱的婚姻，这段婚姻的主要目的是让简帮助他为上帝服务，他愿意为了别人的利益而牺牲自己和简的那份平等。笔者将在这一章后面详细分析，在为平等而战的过程中，里弗斯以及他所有加尔文主义式的自律和英雄般的自我否定并非独有，他还有一位盟友，一位如果他见到定会吓坏了的盟友——疯狂、卑鄙的纵火狂贝莎·罗切斯特（婚前她的姓氏是梅森）。

平等与不平等

要想在《简·爱》的世界里成为一个成年人，你必须逃避或战胜在童年时接受的不平等。从盖茨海德府开始，简遭受了她舅舅的遗孀里德太太和里德家三个孩子的压迫。简最初反抗约翰·里德时，一个仆人警告她，永远不要“因为太太好心把你跟里德小姐、里德少爷放在一起抚养，你就以为可以和他们平起平坐了”。之后简被送进了洛伍德学校，在那里，她和其他所有学生在勃洛克赫斯特先生的管理下受苦受难。勃洛克赫斯特先生是洛伍德的司库兼经理，也是其富有的创始人之子。他声称自己“侍奉一位其王国不属于这个世界的主”。他解释说，他的使命就是要“克制这些女孩的七情六欲，教导她们要简朴持重，不打发辫，不穿华丽衣服”。要叫她们时刻牢记自己卑微的受慈善捐助的身份，最平常的方法就是让她们欣赏自己那些穿着华丽的女儿们。

但是，通过倾听洛伍德的同学海伦·彭斯的观点，简学会了另一种看待精神王国的方式。对于在学校受到的羞辱，海伦一点儿也不像简那样生气。她相信自己的良心，相信公正的存在，这使她对自己所遭受的残酷毫不在乎。她具有一种道德层面的永生观，并信任守护生命的无形之灵。海伦的永生观在她的一种信念中体现得最为极致，她说，“没有人教过我这种信念”，它“把希望给予每一个人，它使永生成为一种安息，一个宏伟的家，而不是恐惧和深渊”。简尊重但拒绝接受海伦的这种信念，因为简坚信，面对尘世的冷漠和仇恨，她无法获得精神上的满足。简认为，仅仅是自己觉得自己好，被自己的良心所爱，是不够的，她对海伦说:“要是别人不爱我，那我宁可死掉，这也比活着强——我受不了孤独和遭人憎恨。”

后来，作为一个已与罗切斯特先生订婚的成年人，简重返盖茨海德府。在那里，她发现儿时折磨她的约翰·里德已经自杀，里德太太也因此而身心俱残，但仍然坚信简要低她一等。回想起儿时的遭遇，简说:“我感到痛苦，然后又感到愤怒。我决心征服她，不管她的本性和意志如何，我要做她的女主人。”虽然她并没有依自己的冲动行事，去征服那个自己曾经被统治过的地方，但也是过了几天之后，她才放弃了这个想法。当时，她正思考着里德太太濒临死亡“这个重大秘密”，想到了海伦临终时说的话，那也是她的信仰——每个脱离了躯壳的灵魂都是平等的。这个想法让她原谅了奄奄一息的里德太太。

海伦临终前的话语表达了她的信念:“上帝是我的父亲，是我的朋友。我爱他，我相信他也爱我。”简在书的后半部分也采纳了海伦的这个信念。不过简从海伦那里学到的，并不完全只是海伦的想法。如果你回头看看海伦临终遗言中的几页，看看她对“脱离了躯壳的灵魂”这番话的真实阐述，你会发现她并没有提到“平等”。海伦说:“把希望给予每一个人，这种希望能使永生成为一种安息，一个宏伟的国度，而不是恐惧和深渊。”海伦相信“堕落和罪恶会随着这个累赘般的血肉之躯一起烟消云散，最后只留下精神的火花”。这火花将会回到“它所在的”天堂（这也是海伦的信仰最为奇特之处），然后精神的火花会被“传达”给一位天使，然后再传达给地位最高的天使之一——撒拉弗。

她信仰的这一方面与其说是来自正教，不如说来自古代教义，笼统来说是新柏拉图主义，它关注的是上帝永恒、抽象的一体性，而不是道成肉身的基督和众多个体的物质世界。在海伦的神学理论中，或多或少地与新柏拉图主义一样，精神的火花在通过天使提升的过程中，似乎并没有保留个人属性，而是成为“传达”给天使的某种声音。这种瓦解后又再次统一的神学观念，与简所理解的完全不同。简所相信的（以及夏洛蒂·勃朗特在其他地方说她所相信的）是古老的普世主义，它肯定了所有个体的灵魂，无论他们选择做什么，都将最终得到拯救。而如果地狱真的存在，它也不应该是一种永恒的诅咒，而是一种净化程序，每个灵魂最终都会从中（平等地）得到救赎。与海伦的教义不同，简的版本强调平等，因为简被强加在她身上的不平等所折磨，而海伦对平等则漠不关心。简的平等学说不是别人教给她的，而是她在痛苦经历中自己学习领悟的。

简采纳平等原则时经历了情感上的破釜沉舟，其全面影响直到小说后面才完全显现出来。简带着平等的观念从盖茨海德回到了罗切斯特的桑菲尔德庄园，在插入的一章（除了简短的开头和结尾章节之外，这是书中最短的一章）之后，她将她新接纳的平等原则应用于她感情生活的第一次危机中。罗切斯特操纵着她，让她向他表白爱意，这样他就可以顺理成章向她求婚。于是，她用一段陈述表达了她的爱，而她关于主张平等的宣言成为这段话的高潮：

难道就因为我一贫如洗，默默无闻，长相平庸，瘦弱矮小，我就没有灵魂，没有真心了吗？——你错了！——我的灵魂跟你一样丰富，我的心胸跟你一样

> 充实！要是上帝曾赋予我一点姿色和充足的财富，我就可以让你对我无法自拔，就像现在我对你一样。我现在不是凭着习俗、常规，甚至也不是凭着我的血肉之躯跟你说话，而是我的灵魂在同你的灵魂对话，就仿佛我们两人都已离开了人世，站在上帝跟前，彼此平等——我们本来就如此！

“我们本来就如此”，罗切斯特重复道，他一边吻着简，一边又说着，“就这样，简！”简反驳他说：“对，就这样，先生，可又不是这样。”脱离了躯壳的灵魂可以像她所宣称的那样平等，但活着的人却不是。海伦对这种矛盾无动于衷，因为她知道自己即将死去，并且把全部希望都寄托在了死后的生活上。但是简想活下去，正如她对海伦所坚称的那样，她受不了孤独和遭人憎恨。在书的其余部分中，她活着的意义是在地球上找到一种身体上、性别上和经济上的平等，一种与海伦口中同天堂里的平等一般同样程度的平等。

在实现世俗平等之前，她必须努力克服许多障碍，其中最大的障碍就是她自己。当她与罗切斯特订婚时，他把她当作一个洋娃娃，穿着华丽的长袍，打扮得珠光宝气。简通过设计一种受虐狂式的表演来回应这种待遇。她设计的方法是为了减轻被“占有”的感觉（她用这个词形容自己的生活是罗切斯特施舍的对象），在这个过程中，她尽可能多地折磨他。在“折磨了他”之后，她又怂恿他也用同样的方式对待她：“现在我得到的已不是爱抚，而是鬼脸；不是紧紧地握手，而是在胳膊上拧一下；不是吻一吻脸颊，而是使劲拉一下耳朵。”他们俩都很享受这种折磨。“的确，这样做常常惹得他颇为恼火，可是总的来看，他还是挺高兴的。而绵羊般的驯顺，斑鸠般的多情，一方面会更助长他的专横，另一方面也不见得能符合他的心意，满足他的判断，甚至适合他的趣味。”至于她从罗切斯特那里受到的惩罚，“这样很好，眼下我倒真的更喜欢这种有点粗暴的宠爱，而不想得到什么更温存的表示”。

通过坚持这种互相折磨的残暴行为，简把一种原本无法忍受的权力关系变成了一种甜蜜的情趣游戏。但她知道这个游戏是在掩盖一些更为严重的事实。她厌恶罗切斯特的社交能力和身体力量，因为她感受到了一种更加危险的诱惑，即在精神层面屈服于他。相比屈服，她宁愿自己取悦他，对此她解释道："我未来的丈夫正在成为我的整个世界。还不止是整个世界，几乎成了我进天堂的希望了……在那些日子里，因为这个由上帝创造出的人，我甚至忘记了上帝的存在。我把他当成了我的偶像。”在这一点上，虽然简愿意为了爱情接受不平等的婚姻，而夏洛蒂想要更多。从简对她和罗切斯特之间情趣游戏的描述就能窥见一二，夏洛蒂很清楚简和罗切斯特的游戏具有耗费精力的特质，但更为重要的是，游戏中的伴侣倾向于忽视对方的个体性，将彼此视为主导者和顺从者的化身。情爱生活中最深层的悖论之一就是，简越是迷恋罗切斯特，他就越不像是一个具体的人，不是活生生的、脆弱的人类，而是“我的整个世界”，一个强大但不带人情味的“偶像”。

自然之神及其他

因为发现罗切斯特还有一个妻子，并且无法离婚，简和罗切斯特的婚礼被迫中断。在之后的几个小时里，简遭遇了她感情生活中的第二次道德危机。罗切斯特提议他们可以一起离开英格兰，在其他地方重新开始生活。[①]简情不自禁地想要去同情他，同时还有隐隐约约的优越感在作祟，她提醒自己："想想他的痛苦，想想他的危险处境。"当罗切斯特和她讲起他的婚姻故事，讲到他是如何被他的家庭和伯莎的家庭所欺骗时，简惊声叫道："我同情你，真心诚意地同情你。"罗切斯特知道简的同情只是一种伪装的优越感，因此接下来的谈话中他提起这一点，并试图操纵她的同情，渐渐说服她加入他的行列：

> 简，其他人对我的同情和怜悯是对我的侮辱，是一种伤人的礼物，我完全可以把它扔回到送礼的人的嘴巴里。因为那种怜悯产生于一种无情而又自私的心灵，是一种听到不幸的事所感到的幸灾乐祸，其中夹杂着对遭受痛苦的人表示漠不关心的轻蔑。但是，你的同情和怜悯并不是这样的。简，从你面孔流露出的、从你眼睛里溢流出来的神色，从你起伏的胸脯和颤抖的手，我能体会出你心里的同情不是那种怜悯。我亲爱的，你的同情是饱经苦难的爱情之母。它的痛苦是神圣的热恋在临产时的阵痛。我欢迎它，简。让它的女儿自由地降临吧。我正张开双臂等着接受她呢。

简可以抵制这种诱惑，但她也被自己的怜悯、被自己的卑微所诱惑。当那晚罗切斯特留她独自一人时，她问自己，为什么要

① 由于种种原因，离婚近乎不可能。在1857年以前，英格兰的每一次离婚，都需要通过一项特别的议会法案。以罗切斯特的金钱和人脉，他有能力通过这样的方案，不过这种尝试是徒劳的，因为只有一方犯下通奸罪才有可能离婚，而从法律意义上讲，伯莎不能被判犯有通奸罪，因为她是疯子，无法对自己的行为负责。——作者注

在乎自己是否结婚呢?“这世上有谁在乎你?你所做的又会伤害到谁?”简用英雄般的语言回答了自己的问题:

> 然而回答仍然是不屈不挠的——“我自己在乎我自己。越是孤单,越是无亲无故,越是无依无靠,我就越是要尊重自己。我要尊重世人认可的法律,我要坚守我在清醒时的原则。”

这一段可以说是小说中情感最为炽烈的语言之一,它的感情之强烈似乎暗示了夏洛蒂·勃朗特藏于小说文字中的深刻感受——你的自我价值感会直接影响你将选择哪种恋爱关系。[①](对于夏洛蒂来说,她似乎是通过反思自己对已婚校长康斯坦丁·海格的单相思总结出的。回到英国后,她给海格写了一封充满崇敬和激情的信,并成为他们书信往来的最后一封。与简·爱不同的是,她知道自己爱上了一位有妇之夫,而且他的妻子就好好地和他生活在一起。)

追求平等是《简·爱》的核心,平等之所以能克服所有社会和经济的不利因素,因为它是大自然所拥有的巨大、本能的力量。《简·爱》关注的是平等,而且与《呼啸山庄》中追求注定失败的亲密关系截然不同。夏洛蒂颠覆了艾米莉所坚信的童年与自然的标准浪漫方程式。在《简·爱》中,大自然与成年人关系密切,因为大自然与小说世界中的一切事物一样,都是有道德的,而人

① 简·爱拒绝接受罗切斯特在欧洲游历时与情妇之间的那种关系,也是一种在轻视自己和轻视情人之间摇摆不定的关系。这种关系在现代被称之为“开放”婚姻,在这种婚姻中,双方可以自由地选择不同伴侣。接纳这种关系的人,大多认为自己不配享受性忠诚,以及由性爱产生的亲密、信任。除此以外就是那些自我价值感过于膨胀的人,他们无法想象伴侣与他们居于平等地位,对他们来说短暂的、不留缺憾的婚外情是最好的。——作者注

类只能通过痛苦来习得大自然早已掌握的道德。简与自然的关系与统一性和永恒无关，而是相互帮助和相互需要的关系。在简最孤独的时刻，她视自然为她的母亲和朋友，就像海伦·彭斯视上帝为父亲和伙伴一样：

> 大自然对我似乎亲切而宽厚，尽管我觉得自己无家可归，可她依然爱我，而我，从人们那里只能得到疑心、鄙弃和侮辱，这也让我更怀着子女般的依恋紧紧依偎着大自然。至少今天晚上，我要成为她的客人，因为我是她的孩子，我的母亲会收留我，既不需要金钱，也不要我付出任何代价。

临近书的末尾，当简准备接受里弗斯冷冰冰的求婚，进入一段无爱的婚姻，并“顺着他意志的洪流，冲进他生存的深渊”时，她听到一百英里之外的罗切斯特在呼唤她的名字。她坚持认为，这既不是幻想，也不是超自然力量的干预，而是“自然的作用——不是奇迹的力量，是自然本性尽了最大努力将她唤醒了”。

自然之所以会尽最大努力，是因为简早就赢得了她的关心和照顾。在书的开头附近，在盖茨海德府被传唤时，简没有立即回应，而是先打开窗户，喂饱了一只饥饿的知更鸟；之后，在洛伍德学校，当简的朋友回到校舍时，简留了下来，“把我在森林里挖出来的几根树苗种在了我的花园里，我担心如果我把它们留到早上，它们就会枯萎了”。在这部小说的道德世界里，像这样小小的善举（诸如简在订婚后的那个早晨给一个乞丐几个硬币的馈赠之类）和大型善举一样重要。在小说的结尾，大自然苏醒了并帮助了简，就像简帮助大自然阻止了一些树苗的枯萎一样。非人格化的自然照顾着简独特的个性：在她接下来的浪漫和情爱危机中，当她准备将自己淹没在里弗斯生存的深渊中时，自然发出了一种声音，呼唤着她的名字来提醒她唤起自我："简！简！简！"

里弗斯通过压抑对美丽的罗莎蒙德·奥利弗的渴望——一种强烈的本能——来否定大自然的力量，他克制住了转过头去看她的冲动，尽管一听到她的声音，他就会浑身震颤。加之罗莎蒙德明确表示希望等到他的回应，而她富有的父亲也表示，他很荣幸让里弗斯做他的女婿，这些都让里弗斯难以拒绝。但他还是通过超强的自我克制，克服了对罗莎蒙德的欲望，转而向简求婚，虽然他既不渴望与她结婚也不爱她。他只是把简视为传教工作的有用工具，而不是一个独特的值得被爱的人。简曾留意到里弗斯碾碎了他脚下一丛尚未开放的雏菊，同时压碎了他心中对罗莎蒙德的渴望——就像小约翰·里德把盖茨海德的花蕾折断一样——他只有在碾碎了大自然赋予他的本能的情欲力量后才能向简求婚。

《呼啸山庄》中那棵被闪电击中的树，在希斯克利夫和凯瑟琳被迫分开的那个晚上，树枝被扯断了。在《简·爱》中，这棵树有着明显不同的对应版本。就在罗切斯特向简求婚的当天晚上——他忘了提起被他锁在三楼卧室里的妻子——闪电击中了果园里的一棵马栗树，把它劈成了两半。几天后，简看着那棵树残骸的裂缝，突然看到月亮出现了——"月轮一片血红，被乌云半掩着，她似乎只向我投来困惑和忧郁的一瞥，随即又躲进了厚厚的云层。"简听着风声那"狂野而忧郁的哀号"跑开了。

在小说的世界里，月亮想要警告简她的道德困境，却因为无能为力而感到困惑和沉闷不已。在一个更加危险的时刻，当简的内心正因罗切斯特未婚同居的提议而做激烈斗争时，月亮终于成功了。简辗转难眠，梦见月亮出现在多云的夜空中——

月亮还从没这样破云而出过——只见它将一只手伸出，拨开乌黑的云层，在夜空中露出的不是一轮圆月，而是一个洁白的人体，它将光华的额头俯向大地，目不转睛地盯住我。它开口与我的精神进行交流，那声音遥远得无法测量距离，可是又近得像是在跟我说悄悄话：

"我的女儿，逃避诱惑吧！"

"母亲，我会的。"

简没有父母，只有里德太太，一个可以对应为童话故事中邪恶继母的形象。那些孤儿，或者不愿承认父母存在的孩子，很容易被这样一种幻想诱惑——将大自然视为他们唯一的父母。（这种幻想曾出现在索福克勒斯的悲剧中，剧中俄狄浦斯声称自然是他的父母，以避免承认莱乌斯和乔卡斯塔是他的父母。）在《简·爱》中，这个幻想之花编织成了一个眼花缭乱的神话。简承认有两个神灵：从海伦那里了解到的上帝被她视为父亲，而提醒她警惕的月亮女神则被她视作母亲。

《简·爱》完成了一项几乎不可能完成的壮举，将浪漫的自然崇拜与一神论融合成一种信仰。简的两个神都有着相同的目的和目标，而且不同于《弗兰肯斯坦》和《呼啸山庄》中的自然神灵，简的更像"人"，也就是说，都可以用第一人称说话，并以第二人称称呼，在这个意义上，人类可以与每一个神灵建立个人关系。当简告诉自己要遵守上帝的戒律，因而拒绝了罗切斯特一起逃离英格兰的想法时，小说中几个段落后"月亮"就登场警告她要抵制违背戒律的诱惑。再几章之后，当简被里弗斯（后来发现是她的表哥）从饥饿中拯救出来时，她受到了里弗斯的姐妹玛丽和戴安娜的欢迎和安慰，她们的名字分别指代着给予正义和怜悯的基督教上帝和给予警告和安慰的自然女神。

在艾米莉的诗歌和《呼啸山庄》中，神灵是没有面孔的。它们要么体现了自然的神性，要么成为内在对应物，即诗人心中的神和愿景。夏洛蒂拟人化的神性具有一张人类的脸和严格的道德准则，相比之下，艾米莉的理念或许更为连贯、更符合哲学传统，即认为“神”更像是数学原理或宇宙运行的规律，而无关人类的短暂性和无序性。但是夏洛蒂相信拥有人之面孔的神，本身也拥有一些智力上的优势。《呼啸山庄》中非人格的自然神性，就像哲学家的理性一样，与接受这种观念的个体没有任何联系。也就是说，自然和永恒的理性，对人类毫无兴趣。在夏洛蒂的个人神性中，看似如此类人的天真品质，使观察者的人格对它具有决定性影响。在夏洛蒂的世界里，人类的人格深深嵌进自然之中，人类的人格和与之相关的事物被理解为整体不可分割的一部分。而且，与艾米莉渴望肉体的消逝与死亡不同，夏洛蒂描绘了一种追求人与自然统一的冲动，这样人格就可以在宇宙中自由选择与之契合的，并成就个体自身价值。正如许多关于普遍问题的伟大辩论一样，表面上天真的立场，往往拥有相当负责、深刻的内涵。

简的神灵之所以选择帮助她，是因为简选择了接受帮助。他们之间的关系是自愿的，而不是命运或缘分的问题。是简自己主动决定遵守她所描述的“上帝赐予、人类认可”的法律。自然和宗教帮助她，但从不强迫她。没有任何超自然的力量引导她前进。

简生活在一个行为自由的世界里。①

性别的不公

简的每一个保护神，不论是父性的基督教神还是母性的自然女神，都捍卫着两性平等且不妥协。月亮女神警告简的“诱惑”不仅仅是通奸的诱惑，还有像罗切斯特之前的情妇们那样去接受屈从的诱惑。罗切斯特本人对他和那些情妇之间的关系没有任何幻想。“花钱包下一个情妇，”他对简说，“是仅次于买下一个奴隶的恶劣行径。这两种人不仅道德品格低下，地位通常也相当低下，跟他们亲密地生活在一起会使人堕落。我现在最恨回忆起当初跟塞莉纳、嘉辛塔和克莱拉一起度过的那些日子。”简从这些话里得出了“明确的推论：假如我忘掉了自己的身份，忘掉了自己受到的教育，用任何借口、任何辩解，或者受到任何诱惑，去步那几位可怜姑娘的后尘。那么，他将来总有一天也会用同样的心情回忆起我，也会用同样亵渎的语言来描述我”。夏洛蒂明白，成年人之间不平等的性关系必然是没有爱的；她似乎也感觉到，在无爱的关系和有爱的关系中，性会产生不同的生理和情感上的感觉。

甚至在简得知罗切斯特的妻子被锁在阁楼上之前，至少在道德或情感上，她已经将他视为女奴的主人，这种想法早在他们订

① 夏洛蒂·勃朗特最后完成的一部小说是《维莱特》，其中的女主人公生活在一个完全不同的世界里。露西·斯诺说：“命运之神用她强有力的手握住了我，掌控了我的意志，指示了我的行动。”她相信自己的生活受制于“一位看不见的命运仲裁者”，而且“命运已经书写了他们的旨意”。简·爱的选择是自然出于道德对她的回报。而露西·斯诺因为海上一场突如其来的风暴淹没了她所爱的人，同时也失去了幸福。夏洛蒂认为成功和幸福是自己选择的结果，而失败、悲惨则是命运的产物，这种说法未必自相矛盾。这是她的一种更为深刻的信念，即个人和神灵最终会产生良善，而邪恶是自然和社会力量的产物，这些力量始终缺乏人情味。——作者注

婚期间的一次不愉快的权利游戏中就出现了：

他格格地轻声笑了出来，摩擦着双手。“哦，看着她，听着她说话真有趣！”他大声赞叹。“瞧她多奇特，多泼辣！哪怕拿土耳其皇帝后宫的全部嫔妃来换这个小个子英国姑娘，我也绝不会答应，尽管她们有羚羊似的大眼睛，天仙般的身材，还有一切的一切！”

这样的比较刺痛了我。“我可丝毫也比不上你的那些后宫嫔妃，”我说，“所以千万别把我当成她们那样的人。要是你对嫔妃之类的事有爱好的话，先生，你就赶紧去伊斯坦布尔的市场，把你在这儿不知怎么花才好的所有闲钱全带上，买它一大批女奴吧。”

“那我在讨价还价，忙着购买成吨成吨的肉体和各种各样的黑眼美人时，简，你要做点什么呢？”

“我将打定主意，去做传教士，去向那些受奴役的人宣传自由，当然也包括你那些后宫嫔妃……”

在这里，她幻想自己是一名传教士。书中几章之后，她的表哥里弗斯试图说服她成为一名真正的传教士。里弗斯差一点儿就成功了，因为他给了她一个机会，让她去印度，成为她当时想象中的自己：一个传教士，向那些被奴役的人宣扬自由。

在简所接受的教育中，为了性爱而牺牲两性平等的诱惑，相对来说是比较容易拒绝的。当罗切斯特要求她做他的情妇时，简只是稍微犹豫了一下就离开了他。但她发现，如果以牺牲自己在性别方面的平等为代价，而换取通过里弗斯的传教工作为其他女性争取性别平等的机会，这种诱惑很难抵制。作为一部关于教育和成长的小说，她试图放弃成长带来的好处，以便让其他人能够成长并接受教育。这是一种隐藏着优越感的诱惑，通过自我牺牲和责任感所带来的荣耀，将自己升华至她想要帮助的那些人之上，对她来说，这比任何屈从的诱惑都要危险得多。

简第一次见到里弗斯时，他已经计划了好几个月，准备“离开欧洲到东方去”开始传教士的工作。但他没有说明，或者可能他也不知道具体要去何处。当他在欣赏简画的罗莎蒙德的肖像画时，简问他等他到了“马达加斯加，或者好望角，或者印度时”是否也想要一副肖像画。简其实是在提醒他，他的计划特别不明确。她意识到他在和姐妹们同住的房子里并不自在，于是心想，“喜马拉雅山脉，或者非洲南部的卡菲尔丛林，甚至是瘟疫流行的几内亚海岸的沼泽，也许更合适他”。直到后来，里弗斯才间接地通过让简学习印度斯坦语，来透露他的目的地是印度。至于为什么会选择印度，而不是当时英国传教士活跃的地方，他并没有给出理由，但书中明确指出，他渴望完成的事业，是与简和罗切斯特早些时候面临的同样一个问题——性别不平等——有关。

夏洛蒂·勃朗特在写《简·爱》的多年前，已经想过像里弗斯那样去印度传教。在已存资料中可以发现，她曾探讨过这个问题，和她妹妹艾米莉一样，是她在布鲁塞尔时写的。这是一部名为《印度寡妇的献祭》的小说，讲述了一种自焚殉夫的传统仪式。这种仪式名义上是寡妇的自愿行为，但实际上，是因为社会对她施加了不可抗拒的压力。①夏洛蒂的文章开篇就开门见山地指

① 研究认为，殉夫制似乎始于英国人将欧洲的财产观念引入印度后，是一种避免亡夫财产流入遗孀家族的手段。虽然欧洲人对这种做法感到愤怒，但这并没有减少被献祭寡妇的死亡率。——作者注

出，印度“是一个奴隶”。她问道：“只要它还屈从于傲慢而残酷的等级制度的专制统治，它的钻石和黄金又有什么用呢？”“等级制度”这个词被特意写成了大写，强调了殉教者的命运源于残忍的不平等。她立刻问自己：“戈尔康达的所有矿脉，是否就像很久以前东方三博士在东方看到的伯利恒之星发出的一道光？”正如夏洛蒂·勃朗特在她文章中所指出的那样，英国殖民当局曾禁止强制自焚殉夫，但这一禁令收效甚微，因为寡妇们坚称她们是自愿牺牲自己的。在文章的结尾，夏洛蒂想象着小说里的那位寡妇能够放弃她的牺牲——“但是并没有，不知是她的骄傲还是信仰，支撑着她一直坚持到最后”，那位寡妇坐在丈夫的尸体旁，任凭烈焰吞噬了火堆。

同样的殉教仪式在《简·爱》中也是一种安静而执着的存在，从简与里弗斯和罗切斯特的关系背景中就可以看出这一点。有一次，罗切斯特没缘由地给简唱了一首歌，结尾是这样的：

> 她用永矢不渝的一吻，
>
> 发誓与我共生死。
>
> 我得到了无法名状的幸福，
>
> 我爱别人，——也为别人所爱。

简佯装生气，“他提出了一个异教徒般的说法，到底是什么意思？我可没有打算与他一起死，他可得明白这一点……我和他一样，有权在我寿终正寝的时候自然死去，但是我要等到那个时刻到来，而不是用殉夫的方式去死”。后来，戴安娜试图劝阻简不要和里弗斯一起去做传教士，不管她是否以他妻子的身份去做，她说：“你太漂亮了，也太优秀了，不应该在加尔各答被活活烤死。”里弗斯在印度的工作，就像去过那里的许多传教士一样，主要关注的是殉夫者，以及其他性别歧视的问题，如新生女婴被杀行为。里弗斯向简明确表示过，他需要她帮助他在印度开展女性方面的工作。

正如夏洛蒂习作的开篇一样，《简·爱》将两种“等级制度”联系在了一起：东方的殉夫制和西方的奴隶制。罗切斯特的妻子伯莎·梅森是一位富有的西印度种植园主的女儿，拥有“大量”财富；夏洛蒂无须将种植园主描述为奴隶主，因为每位读者都知道，他们就是奴隶主。当简把自己想象成一个传教士，去向那些被奴役的人宣讲自由时，她的读者可能还记得上一章求婚场景中的一个细节，当时罗切斯特提到他曾经见过的一只“西印度昆虫”。在那之前的几章里，简得知罗切斯特曾在西印度群岛待过一段时间，她感到非常惊讶。当罗切斯特最终讲述他的婚姻故事时，他把牙买加描述成一个疯狂且混乱的国度：伯莎的母亲“被关在疯人院里”；她的哥哥是“一个彻头彻尾的哑巴白痴”；伯莎本人则“放纵且不贞洁”。伯莎现在被锁在桑菲尔德庄园，她身材魁梧，又凶又黑。人们很难忽略，此处伯莎的形象与叛逆的奴隶有着明显的相似之处。伯莎的母亲被认定为克里奥尔人，这个词指的是出生在西印度群岛但有欧洲（有时是非洲）血统的人；这个词不指代肤色或任何其他身体特征，通常指某个特定的人。[①]罗切斯特称伯莎的“母亲是克里奥尔人”，而伯莎本人并不是克

① 据《牛津英语词典》记载，著名小说家弗雷德里克·马里亚特上尉在1832年出版的一部小说中写道，他笔下的一个人物“是克里奥尔人，出生于西印度群岛，父母是法国人”。伯莎的母亲叫安托瓦内塔，这个名字暗示了她的意大利血统，尽管夏洛蒂·勃朗特更有可能把她想象成西班牙人。——作者注

里奥尔人。

在夏洛蒂同时代的人看来，非洲的奴隶贸易和印度的殉夫制在道德上存在明显的相似之处，部分原因在于，这两种罪恶都遭到了温文尔雅、不屈不挠的立法者威廉·威尔伯福斯的反对。威廉·威尔伯福斯是夏洛蒂福音派圈子里的大英雄，在这个圈子里，新生的男孩通常被命名为威尔伯福斯。[①]威廉·威尔伯福斯在两项重大立法胜利中扮演了主要角色：一是结束了大英帝国奴隶贸易的法案（主要影响了英属西印度群岛）；二是为英国传教士争取到去印度传教的资格。东印度公司在那之前一直将英国传教士排除在外，因为他们怀疑英国传教士是捣乱分子，会破坏殖民当局的既定路线。

并非书中每个生活在英国殖民地的人都涉足了“等级制度”的罪恶之中。简的叔叔约翰·爱也是一个岛民，但是他与西印度群岛上等级森严的岛民完全不同。简最终从他那里继承了财富（他是在罗切斯特有意娶简的消息曝光了之后才知道她的存在的）。约翰·爱住在马德拉岛，那里的奴隶制在十八世纪就已经被废除。他的财富来自葡萄酒贸易，与糖贸易不同的是，葡萄酒贸易没有受到奴隶制度的污染。小说的年代顺序表明，约翰·爱的财富可能是在1807年至1814年间积累的，当时马德拉岛被英国短暂统治，之后才被归还给葡萄牙。

二十一世纪初对《简·爱》的文本分析倾向于认为里弗斯实

---

① 十九世纪早期的英国福音派基督教的社会和政治目标与后来许多自称为福音派的宗教运动不同。夏洛蒂·勃朗特和她的圈子所推崇的福音主义是代表自由和平等的社会和政治激进主义的代名词，他们也是推动立法，以限制英国磨坊和工厂的工作时间，废除大英帝国的奴隶制和奴隶贸易的重要力量之一。——作者注

际上是英国帝国主义的代理人，通过他的专制人格暗示了帝国主义的压迫。就像许多提供简单答案的教条主义一样，总有一天这些答案会显得很天真。伯莎·梅森在西印度群岛的父亲是夏洛蒂笔下的英国殖民者形象，而相比之下，在东方的里弗斯则是英国传教士形象；一个是剥削者，一个是解放者。梅森留下的遗产是疯狂、混乱和死亡。而里弗斯，正如简在小说最后几段讲述的，他在印度的工作为那里留下了启蒙和自由的遗产。“他坚定、忠实、虔诚，精力充沛、热情洋溢、无限真诚地为他的同类勤奋地工作着。”在这个背景下，“同类”一词表示整个人类。“他为他们开辟艰难的前进之路，他像巨人般一一砍倒阻塞在这条路上的信仰上和种姓上的偏见。”

一方面，里弗斯具有“老兵神勇先生的严厉”，在约翰·班扬的《天路历程》一书中，神勇先生是妇女和儿童的特殊保护者；另一方面，里弗斯与书中的另一个人目标相同，尽管那个人与他有着最遥远的道德距离。那个人就是伯莎·梅森，她疯狂又混乱，更像是疯女人黛利拉而非神勇先生，但她在用自己的方式与里弗斯同样反对的不平等作斗争。里弗斯猜不出他自己与疯女人之间有何相似之处，而伯莎这个小说角色也只是逐渐在被人们所理解。直到二十世纪，才有人发现伯莎和简之间的心理和道德联系，而伯莎和书中其他人物之间更深层次的联系尚未被人发现。

罗切斯特先生竭力掩盖简和伯莎之间的联系。“你们看看这区别有多大啊！”婚礼中断后，当他的两位新娘出现在同一个房间里时，他惊叫道。“对比一下这一对清澈的眼睛与那一双血红的眼球，对比一下这张面孔与那一副面具，对比一下这个身材和那个大块头。”在《一间自己的房间》中，弗吉尼亚·伍尔夫似乎是第一个发现简与伯莎之间隐藏联系的人，但她认为这是书中的错误，而不是书中设计的关键要素，这一点后来才被人们发现。她引用了简在桑菲尔德庄园三楼走廊上的一段思考：

> 人们通常认为女人应当安安静静的，可是女人也有着和男人一样的感受。她们也要施展自己的才能，也要有她们的用武之地。她们对过于严厉的束缚，对过于绝对的固化，也会和男人一样感到十分痛苦。相比那些享有较多特权的男人们，如果他们认为女人们应该只消满足于做做布丁，织织袜子，弹弹钢琴，绣绣布包，那他们的胸襟未免太狭隘了。要是女人们想要打破习俗和常规，去做更多的事情，去学更多的东西，他们就忍不住谴责她们，嘲笑她们，那他们也未免太没有头脑了。
>
> 就在我这样独自待着的时候，不止一次听到过格雷斯·普尔的笑声……

格雷斯·普尔是伯莎的看守人，简那时还不知道伯莎的存在。在这一点上，简认为格雷斯是那个在上了锁的三楼发出可怕笑声的人。弗吉尼亚·伍尔夫丝毫不带讽刺意味地评论道：

> 这是一处生硬的转折……格雷斯·普尔的突然出现打断了内容的连贯性，令人摸不着头脑。人们或许会说，写下这些文字的女子要比简·奥斯汀更有天赋；然而，细读一遍，注意书中的这种突兀，这种激愤，你就会知道，夏洛蒂的天赋永远不能完整和充分地表达出来。她的书中必然有扭曲变形之处。行文本该冷静时，

她却带了怒火去写。

弗吉尼亚·伍尔夫写这些的时候是1928年，那时还没人看出夏洛蒂实际上是在冷静地完成这段连续性的叙事，在“完整和充分地表达”她的天赋，因为还没有人认识到伯莎是简的另一重人格。如果简和伯莎没有任何关系，那么弗吉尼亚·伍尔夫并不会发现所谓的不连贯。第一个暗示简和伯莎可能有密切联系的人似乎是艾德里安·里奇，她在1973年的一篇文章中写道，尽管伯莎有暴力行为，但“有趣的是，她并没有攻击简”，而且“伯莎的可怕形象出现在简和一桩尚未完成的婚礼之间，这使得她发现自己只是罗切斯特先生的依附者，而不是与他平等的人”。

艾德里安认为，小说中的女性正团结在一起，保护简·爱免受父权制的侵害。1979年，桑德拉·M. 吉尔伯特和苏珊·古芭在艾德里安·里奇论文的基础上，首次在书中发现了简和伯莎之间更为密切的联系。她们在《阁楼上的疯女人》一书中表明，伯莎是简的黑暗替身。孩提时代的简和成年的伯莎都被别人指责为邪恶的、狂热的和不道德的。作为孩子的简和作为大人的伯莎都被锁在一个房间里，发出可怕的尖叫声。（“多么可怕的叫声啊！”还是小简·爱大声喊叫时，管家惊呼道。“多么可怕的叫喊啊”，简听到伯莎的呼喊时心想。）就在简打算和罗切斯特结婚的前夜，伯莎走进了简的房间，穿上了简的结婚礼服，把简吓坏了，也就在那一刻，简在自己的镜子里第一次看到了伯莎的脸。简一直试图说服罗切斯特，婚礼时她想戴一块朴素的金色方布，而不是他为她买的昂贵的新娘面纱，但是她没有成功。而后，伯莎把昂贵的面纱撕成了两半，把碎片踩在地板上，从而终结了这场争论。

第二天早上，简去参加婚礼时，“最终还是戴着一块朴素的金色方布”。早些时候，当简在思考男女之间的不平等之后，听到格雷斯·普尔的笑声时，她听到的其实是那个疯女人对不平等含糊不清的抗议，而这种不平等正是简本人在她那些充满激情且条理清晰的论述中分析过的。

有一次，伯莎从锁着的房间里逃出来的时候（看守她的格雷斯·普尔当时喝多了），她选择了一种具有象征意义的反抗形式：她放火烧了罗切斯特的床。简冲过去救罗切斯特的时候，看到他的房间“外面有一根蜡烛在燃烧”，“就在走廊的席子上”。在房间里，“火舌在床上窜来窜去，窗帘也着了火。在火焰和烟雾中，罗切斯特先生一动不动地躺着，睡得很熟”。整个场景就像是一个印度殉夫者的画面：丈夫一动不动地躺在妻子点燃的烟雾和火焰中。在一些西方对于殉夫者的描述中（虽然夏洛蒂的法语习作中并没有提到），都是寡妇拿着点燃火葬的蜡烛。通过放火烧了一个活着的丈夫的床，然后走到安全地带，伯莎·梅森以暴力拒绝了殉夫制，并为殉夫自焚的妻子报仇。

在本书开头的一个情节中，在盖茨海德府的里德太太家里，简自己就是殉夫制心理的受害者。在自卫时打到了约翰·里德之后，她被锁在“红屋子”里，“像其他反叛的奴隶一样”感到绝望。红屋子是里德太太已故丈夫的神圣纪念。“他就是在这间屋子里咽气的，在这里停灵，也是在这里他的棺材被殡仪馆的人抬出去。从那往后，一种悲哀、神圣的气氛就笼罩并保卫着这屋子，使得不常有人闯进这里。”房间的焦点是“一张架着粗大红木架的床，上面挂着绛红色锦帐，像座神龛似的摆放在房间正中央”。

简被囚禁在这个用来祭奠亡夫的房间里，一个充满宗教仪式的地方，她深信命运的不公，最后看到窗外的灯笼火焰，她惊恐地尖叫起来。简被迫忍受童年时代的不公，就像伯莎被囚禁在桑菲尔德庄园一样，而在印度，里弗斯正试图比伯莎更加有效地消除这种不平等。

当简与里弗斯以及他的姐妹们生活在一起时，伯莎实际上继续在为简工作，尽管我们和简在伯莎的行动发生很久之后才知道。那天晚上，罗切斯特在桑菲尔德庄园为简的离去独自黯然神伤时，伯莎放火点燃了简用过的那张床——这次最后一次唤起对殉夫者的回忆。罗切斯特冒着极大的生命危险，试图爬上正在熊熊燃烧着的屋顶来救伯莎，而伯莎却纵身一跃，结束了自己的生命。（伯莎是在逃避罗切斯特呢，还是在逃避她为自己点燃的火葬堆？）罗切斯特虽然受了重伤，却可以自由地结婚了——大约在同一时间，简的叔叔去世了，给她留下了一笔遗产。伯莎死了，简继承了一笔财富和一个未来的丈夫。似乎是某种莫名其妙的嫉妒促使伯莎毁掉了简的床，但她这么做却给简带来了很多好处。

伯莎的死也是简情感成长的一个关键阶段。所有在童年和青春期折磨着简的愤怒和怨恨都随着伯莎一起消失了，同样消失的还有青春期对浪漫的渴望，这也是简吸引罗切斯特的一部分。简终于长大成人了，当她听着里弗斯的求婚时，她第一次受到了成年人的诱惑——那是一种令人厌倦的诱惑，既要接受退而求其次的东西，同时还要努力说服自己它不是退而求其次的选择。

读者，我嫁给了平等

在书的开头，简被送到洛伍德学校之前，勃洛克赫斯特先生来拜访里德太太，要求见一见这位十岁的准学生。他告诉简，坏人会下地狱，并问她必须做些什么才能避免这种下场。简回答说："我要保持健康，不要死掉。"

她的回答虽然存有简单的错误，却是这本小说中成人世界的真理。简眼中的平等、公正包含道德上的权利，甚至是义务，她知道这需要通过她身体力行才能实现。保持健康，通过身体这个媒介来享受世界，是击败地狱凶残力量的一种方式。当她被塞进红屋子里，陷入稚气的绝望时，她也曾一度想像希斯克利夫和凯瑟琳一样"饿死自己"，但她立即从道德的角度审视自己："那当然是一种罪行，我能死吗？"后来，她向罗切斯特明确表示，她和任何更富有、更漂亮的人一样，都有享有性爱的权利，就像当时英国的小说惯例所允许的那样。再后来她才明白，同圣约翰・里弗斯的无爱婚姻与同罗切斯特先生的不婚爱情一样，都是一种亵渎。

夏洛蒂通过简身体和灵魂的斗争来展示不同基督教派别之间的斗争。勃洛克赫斯特先生虚伪的虔诚把衣着简朴和劳其筋骨的观念强加给洛伍德的学生们，并以地狱之火威胁简；海伦以敬畏之心期待天堂的救赎，这使她能对自己经受的人世间的苦难漠不关心；里德太太的女儿伊莉莎退出了礼拜式的高教会圣公会，前往比利时，皈依了罗马天主教，成为一名女子修道院的院长，并把自己的财产捐给了这个修道院；罗切斯特有时听起来像是一个自学成才的新教神学家，他曾自言自语地谈及在妻子还在世时娶简："我知道我的造物主会惩罚我。我只会因为神的审判而罢手，至于他人的意见，我才不屑去管。"在一次让简"悲伤到难以言喻"的布道中，里弗斯宣讲了一种冷酷的加尔文主义信条，在这种信条中，必须牺牲所有的肉体愉悦，遵循宿命才是人类获救的唯一路径，而不是选择自己的命运。简拒绝了这一切教义，即使她同时也尊重海伦的基督教信仰，以及里弗斯的信仰，只要她拒绝嫁给他就行。她找到了新信仰——必须遵守法律，且遵循自己内心认可的法律。对她来说，法律是上帝赋予的，是人类批准的，是她自己编纂的。毫无疑问，里弗斯对她的看法是错误的，因为他确信自己最清楚上帝希望简以传教士的身份加入他的印度之旅。

正如夏洛蒂所理解的那样，婚姻既是一种性关系，也是一种法律关系，还是一种神圣的象征。在这里，和其他许多人一样，她将《公祷书》铭记在心。书中要求丈夫在他们交换誓言后对妻子说："我替你戴上戒指，娶你为妻，我以谦卑的躯体崇敬你，我把世上最好的东西奉献给你。"然而，婚姻的日常现实不同于这三种意图的陈述，祈祷书的语言指向了这种现实的最终意义。戒指是恒久不变的象征；性行为是一方崇拜另一方的表现手段；[①]世俗物品的赠予表明婚姻不仅需要精神和性，同时也需要社会和经济上的相互关系。简觉得自己要奉命去实现这种婚姻，就像她奉命去爱邻居如爱自己。

---

① 美国新教圣公会在脱离英格兰教会后，于二十世纪八十年代修订祈祷书时，删去了"我用躯体崇敬你"这句话，这可能是出于神学层面的原因或其他。英国的清教徒一直试图将这句话从英文版本中删去，但没有成功。——作者注

婚姻誓言之所以对简和夏洛蒂都很重要，其中一个原因是，就像任何誓言一样，它要求做出婚姻誓言的人承担责任，否则他就会成为一个骗子。简拒绝了错误的婚姻，先是在书的中间与罗切斯特，之后是在书的结尾与里弗斯，通过这些拒绝，她逃离了建立在谎言之上的婚姻。在简那未完成的婚礼上，当牧师按照传统要求说："如果你们当中有人知道任何能够阻碍使你们成为合法夫妻的事情，务必现在就说出。"罗切斯特的沉默本就是一种谎言，如果他有机会宣读誓言，就等于他撒了更多的谎。里弗斯作为一名圣公会牧师，深知如果他要娶简，当他被要求用"我用躯体崇敬你"这句话来宣告他对她的爱时，他就是在撒谎。简拒绝了罗切斯特和里弗斯，也相当于解救了他们两人。她把罗切斯特从孤独而不平等的境地中解救了出来，否则他就得和一个自己终将鄙视的情妇一起生活。她拯救了里弗斯，使他不必在私人生活中对她实行暴政，同时又要在公共生活中以解放他人为事业。夏洛蒂清醒地认识到，里弗斯解放他人的冲动，并不会因为他私下压制他人、让他人按自己的方式行事而有所削弱。

只有等到简从她的叔叔那里得到了一笔财产（她把四分之三的遗产分给她的表亲后，她仍然很富有），并且在罗切斯特受伤后终于与过去和解，不再骄傲地将自己视为给予者的时候，简才能与罗切斯特平等地结婚。这两个变化都是有意为之的。简虽然知道自己无须财富加持就应该和罗切斯特"在上帝的面前"平起平坐，但只要她还活在这个世界上，就得忍受世俗的不平等。而且夏洛蒂相当实际与现实，她知道经济方面原因是避不开的。罗切斯特的受伤给他与简之间的关系带来了更令人不安的变化，在某种程度上，每个读者都在抗议夏洛蒂对她主人公造成的伤害。D. H. 劳伦斯认为《简·爱》在描写罗切斯特的创伤时“接近色情”，并将夏洛蒂·勃朗特归入“色情人物”之列，对这些人来说，“性和发泄没什么区别”。(这是一个奇怪的投射，因为劳伦斯用同样的说法描述了他所认可的《恋爱中的女人》里的鲁伯特·伯金和乌苏拉·布兰文。) 在劳伦斯对《简·爱》的解读中，“性变得有点淫秽，让人沉溺其中，但又让人鄙视。在罗切斯特先生被烧伤、失明、毁容并沦为无助的依赖者之前，他的性爱并不‘体面’。只有历经羞辱变得谦卑之后，才勉强得到认可”。

这种评论似乎贬低了《简·爱》的价值。这本书不仅是一部心理小说，也是一部以夸张暴力为特征的民间故事集。它像是从民间故事衍生出来的故事片段，罗切斯特受伤不是为了羞辱他的性冲动，而是把他变成一个可以享受平等关系的人。他的创伤打破了他在自己周围筑起的情感围墙。这是一个深刻的道德悖论，它们不是惩罚，而是迈向回报的第一步。罗切斯特之所以会受伤，是因为他爬到桑菲尔德的屋顶上，试图将伯莎从她点燃的大火中救出。他这一举动比书中任何事情都要更加勇敢和慷慨。伯莎的纵身一跃而死，让他重获再次结婚的自由，而他的伤痛让他有可能和简一起迈入一段平等的婚姻。正如简幸运地在书的开头经历了苦难一样，罗切斯特幸运地在书的结尾遭受了苦难。一旦他失去了让简将其视为偶像的精力和力量，简便可以爱他这个人本身，而不是他的男子汉气概。

一个具有象征意义的事实是，尽管他因为受伤而无法正常使用他的手和眼睛，但他的性能力并没有减弱，通过与简的婚姻，他第一次当上了父亲。（受他监护的阿黛尔似乎并不是他的孩子。）他的创伤还得到了部分的逆转："当他把头生子抱在怀里时，他能看出那男孩继承了他曾有过的那双眼睛——又大、又亮、又黑。"简在之前选择离开罗切斯特时，她放弃了巨大的情欲诱惑，放弃了被一个比自己更强大、更好的人拯救的幻想。当她回到他身边时，她并没有幻想自己将成为他的救命恩人，因为他所剩的力量足够照顾自己。

凯瑟琳和希斯克利夫的结合是如此的完整，以至于其他人都被排除在外。简和罗切斯特的婚姻是如此的美满，以至于可以容纳其他人。"因此，我的爱德华和我都很幸福。尤其使我们感到幸福的是，我们最亲爱的那些人也同样幸福。戴安娜·里弗斯和玛丽·里弗斯都结了婚。她们每年轮流来看望我们，我们也去看望她们。戴安娜的丈夫是一位海军上校，他是个英武的军官，也是个善良的人。玛丽的丈夫是一位牧师，是她哥哥在大学里的朋友，从他的造诣和品行来说，完全配得上她。菲茨詹姆士上校和沃尔顿先生都很爱他们的妻子，她们也很爱他们。"

简和罗切斯特的婚姻虽然具有社会属性，但大自然使这桩婚事成为可能，不过大自然并没有召唤他们冲到荒原上去。正如简在书中对植物和鸟类的关爱得到了大自然的回报一样，她接管了她与里弗斯及其姐妹们共同居住的家园，也得到了大自然的奖赏。当简变得富有后，她做的第一件事就是持家，她在一次与里弗斯的对话中描述了这个过程，结束时她严肃地开了个玩笑，说自己讲的仿佛是仪式和入会，以及家的神圣意义：

我的第一个目标就是清扫干净，（你理解这个词的全部意义吗?)把沼泽山庄从卧室到地下室彻底打扫干净。第二个目标是用蜂蜡、油和无数抹布把它擦一遍,直到它干净到重新闪闪发光。第三个目标是按数学的精确性安排好每一张椅子、桌子、卧床和地毯的位置。然后,我要把每间屋子里的壁炉都烧得旺旺的,用的煤块和泥炭多到几乎让你破产。最后,在你妹妹到来的前两天,汉娜和我还要全力以赴地打鸡蛋、拣葡萄干、磨香料、配制圣诞节蛋糕料、剁肉饼馅儿,还要举行其他各种各样的烹调仪式。对你这样的门外汉,用一般语言实在没法充分表达出我们的忙碌景象。

在书的最后,当简和罗切斯特一起走到费恩迪恩家外的田野时,罗切斯特再次求婚:“我们应当毫不拖延地结为夫妇。”简用一个简单的短语结束了这一章,在上下文语境中,这句话充满了巨大的情感力量:“我们走进林子,朝家里走去。”这最后一句话道出了她新生活的一切。在此之前,她在别人家里最多只拥有一个房间,但她对沼泽山庄的照顾,为她赢得了一个属于自己的家。和罗切斯特一起回到他家的举动,让罗切斯特的家成为她的归处。翻过这一页,我们在“回家”之后看到的下一句话是:“读者啊,我和他结婚了。”

简和罗切斯特各自忍受了孤独和寂寞才走到了这一步,因为在夏洛蒂所感知的世界里,通往亲密花园的所有道路都要经过孤独的沙漠,没有人可以不接受孤独就获得亲密。当简说,“我和他结婚了”,她依然在保持自我,坚持说“我”而不是“我们”,因为只有作为互相独立、平等的个体才有资格获得亲密与婚姻。

夏洛蒂·勃朗特 *Charlotte Brontë*

1816年出生于约克郡的索顿，是圣公会牧师帕特里克·勃朗特与玛利亚·布伦威尔的女儿，1855年在约克郡的哈沃斯逝世。1854年，她嫁给了A. B. 尼科尔斯（她父亲的助理牧师），去世时已经怀有身孕。她的著作以库瑞尔·贝尔的名字出版，她的作者身份直到十九世纪五十年代早期才广为人知。她的诗作见于《库瑞尔、艾利斯与阿克顿·贝尔诗选》（1846年）中。她的第一部小说《教师》在她死后出版（1857年）。她一生出版了《简·爱》（1847年，库瑞尔·贝尔编；1848年第二版），《谢利》（1849年）以及《维莱特》（1853年）。

第 4 章

婚姻：《米德尔马契》

Middlemarch

《米德尔马契》中的九个角色都完成了一段从孤独出发，以婚姻为终点的旅程——其中一位角色经历了两次，还有一位已经启程，但终点尚不明朗。《米德尔马契》一书用荷兰绘画特有的细节感刻画了这些人物以及他们追求的心理和生理景观。通过乔治·艾略特冷静的现实主义和温文尔雅的成熟，她坚持认为，她讲述的故事是由日常生活中的普通现实驱动的，它具有生活中所有的常规、失望、无聊和妥协，还有所有的单调无序，以及交织了黑暗与光明的灰色地带。然而，《米德尔马契》的中心故事——多萝西娅·布鲁克冲动而不幸地嫁给年迈的卡苏朋先生，以及她后来又冲动且成功地嫁给年轻的威尔·拉迪斯拉夫——在很大程度上并不像书中所坚持的那样写实。在其清醒理性的背后，《米德尔马契》陶醉于传奇和神话的奇异之处。多萝西娅的故事虽然有着平淡无奇的日常，但在其整体发展轨迹和形式上，它是由神话般能量和实现愿望的幻想所驱动的，也正是这种幻想驱动了希斯克利夫与凯瑟琳以及罗切斯特与简的故事。

我相信，只是从乔治·艾略特的写作生涯来考虑，而不是这本书本身的价值来看的话，《米德尔马契》是一部伟大的英国小说。在我看来，乔治·艾略特并不是像查尔斯·狄更斯或弗吉尼亚·伍尔夫那样了不起的小说家。《米德尔马契》的伟大之处在于它用雄辩的口才表达了作者的两个方面：一是拥有对人物的缺点做出严厉判断的智慧，二是具有原谅他们的缺点并认同他们愿望的同情心。在该书最精彩的时刻以及整个故事的形态中，这两个方面并没有冲突，而是共同努力，看到真相，同时感受到爱。

玛丽·安·埃文斯成年后将她的名字拼写为玛丽安·埃文斯，并以笔名乔治·艾略特开始出版她的小说。她是首位以真相的追寻者自居的英国小说家，并因此而受到尊敬和接受。[①]她在道德层面充满激情的智慧，她不仅将理论和思想当作需要思考的命题，而且将它们当作强烈感情的表达。在她看来，只有当一种想法表达或回应了人类的巨大需求时，才有能阐明未被理解的需求，并教会我们发现这些需求的想法，才值得去思考。就像玛丽·雪莱理解维克多·弗兰肯斯坦身上理智和情感之间的联系一样，乔治·艾略特明白，思考和激情并不是相互对立的，而是对同一事物的不同表达。对她而言，只有理解了对应的想法，才能全面理解一种情感；只有理解了对应的情感，一种想法才能完全有意义。

她还明白，一种想法不能仅仅因为它表达了一种深切的需要就被证明是合理的，它要想被认真对待，必须经受住冷静理智的

---

① 弗吉尼亚·伍尔夫曾记录了这样一个传奇：在其他人的小说因被视为无足轻重而被排除在外时，学术派代表伦敦图书馆仍将乔治·艾略特的小说上架，但这反映了十九世纪人们的一种真实感受，即乔治·艾略特不同于纯粹的小说家。——作者注

冷眼审视。《米德尔马契》声称拒绝幻想和传奇的感性诱惑，它用一种冷静的现实主义的方式，证明了书中关于婚姻和道德的观点是可信的，而不仅仅只是希望它们可信，这一点与充满激情宣泄的爱情、婚姻小说完全不同。

但正是幻想和神话促使《米德尔马契》获得了令人满意的结局。多萝西娅·布鲁克和威尔·拉迪斯拉夫最终在大自然赋予他们的一道闪电下走到了一起，那电光把他们照亮，这样他们就能看到彼此的相互需要。这里的大自然，是一种神话般的、梦幻的、仁慈的大自然，它也曾通过闪电，照亮了凯瑟琳和简的爱情生活。

《米德尔马契》在艺术上和思想上的成功，部分取决于乔治·艾略特的理性哲学的智慧。在前几章中，她的哲学智慧始终拒绝神话世界，同时也整理了没有神话仅凭理性无法发现的真理。

《简·爱》赞颂并美化了神话中在危急时刻出现的自然神灵，与《简·爱》不同，《米德尔马契》则试图完全掩盖那些神灵，或者将他们伪装成普通的凡人。在《简·爱》中，扮演父母角色的神明都想给简同样的东西：一种平等的感官婚姻——既能满足肉体，也能满足精神。《米德尔马契》和《简·爱》一样存在两个神明，只不过他们的目标不同。《米德尔马契》的两个神灵：一个是原始、赋予万物生命的自然，他想要给多萝西娅一个平等的婚姻；另一个是愤怒的道德，他派遣一位复仇天使，名叫威尔·拉迪斯拉夫，降临到多萝西娅的世界，他鼓励多萝西娅去惩罚那些反对她的人。每一个神灵都是一个独立的神话故事主题，他们共同编织成了《米德尔马契》。故事的第一种叙事借用神话腔调，戏剧化地表达了整本书中所表达的智慧。第二种叙事则在一个令人印象深刻的施虐心理场景中爆发，表明即使叙述者的声音平淡无奇、沉着冷静，但也蕴含着藏于每个人内心中的愤怒。

从知识到婚姻

《米德尔马契》中有五段婚姻情节，分别为：多萝西娅·布鲁克和卡苏朋先生的故事，多萝西娅的妹妹西莉亚和詹姆士·彻泰姆爵士的故事，罗莎蒙德·文西和特蒂斯·利德盖特的故事，玛丽·加斯和弗雷德·温西的故事，以及多萝西娅·卡苏朋和威尔·拉迪斯拉夫的故事。在所有的这些情节中，就像几乎所有婚姻小说的情节一样，关于谁该选择和谁结婚的问题，理智与情感彼此争论不休。

玛丽安·埃文斯本人在经历了一系列失败的婚姻后，在35岁时终于找到了一位理智与情感都符合她标准的伴侣。她和G. H. 刘易斯一起生活了25年，刘易斯是一位博雅的作家，在科学、文学和历史等领域都颇有建树，她深爱且仰慕他，和他在一起的快乐时光为她的小说创作激发出无限能量。①

在开篇部分，《米德尔马契》似乎在说，理智应该赢得与情感的论辩。年轻而又热情善良的多萝西娅嫁给了以自我为中心的老卡苏朋先生，这是一个极其错误的选择，不是因为她对感情让步太多或太少，而是因为她缺乏明智行事的知识。与书中其他人不同的是，她能够意识到自己缺乏知识，但她却犯了一个智力上

① 玛丽安·埃文斯和G. H. 刘易斯虽然以夫妻的身份生活在一起，但他们不能结婚。因为从法律层面看，刘易斯无法与他的妻子离婚，即使他的妻子早已离开了他。玛丽安·埃文斯在信件、旅馆登记簿以及其他任何不需要她法定姓名的地方，她都称自己为玛丽安·刘易斯，称刘易斯为她的丈夫。——作者注

的错误——在永远无法获得知识的地方寻找知识。

多萝西娅误入歧途、任性、自私，但《米德尔马契》的前几章坚持认为，她不应该为自己的错误而受到指责。叙述者将责任归咎于冷漠的世界和不公的社会，这两者共同挫伤了一个女人对知识的渴望。然而随着故事发展，叙述者的观点也发生改变。最后，多萝西娅做出了正确的选择，不是因为她终于获得了知识，而是因为她在神话的力量指引下，基于本能地做出了正确的选择。与其说是她寻求的知识拯救了她，不如说是"无意识的、心跳加速的生命"起了作用。

除了在最后通过本能取得了胜利，以及在多萝西娅短暂接近知识的一些时刻，《米德尔马契》倾向于将知识作为行动和道德唯一有用的起点，特别是作为选择丈夫或妻子的唯一起点。书中的每个人都面临着棘手的知识问题：如何充分了解自己和他人，以选择合适的丈夫或妻子；如何充分了解自己的工作，以避免迷失在盲巷或神秘莫测的沼泽；如何保护客观知识不受主观意愿的影响；等等。几乎每个人都面临或回避择偶的问题，而且他们通常都会选错，因为他们没有根据知识做出自己的选择，而是让别人"根据传统、美貌、虚荣，或者仅仅是忠诚"来为他们做出选择。

虽然现在看来，乔治·艾略特这种主张依赖知识的论点已毫无新意，但在当时，她有意识地提出了一个棘手的论点，宛如现代的伽利略发现了情感的潜在模式，并捍卫她所观察到的真理一般，与传统权威和自我中心的错觉对抗到底。她感到一种迫切需要，在一个宗教无法给予帮助的世界里，重新为行动确立新的基础。《米德尔马契》一书认为，宗教和哲学必将被知识所取代。开篇的“序曲”以阿维拉的圣特雷莎为例，指出了多萝西娅故事的寓意。特蕾莎“热情、理想的天性要求史诗般的生活”，就像多萝西娅的天性渴望远大理想一样。特蕾莎“发现了她的史诗”，找到了一种堪与史诗媲美的生活方式，在罗马天主教修女的召唤下，她创造了一种全新的修道院秩序。圣特雷莎式的生活曾经受到宗教的启发，但到了现代只能受到知识的启发。在现代世界中，一个可能成为特蕾莎的人却“得不到任何连贯的社会信仰和秩序的帮助，而这些信仰和秩序本可以为热切渴望的灵魂提供知识”。

最后那几个字浓缩成一句话，表达了一种完整的思维方式，一种完整的意识形态——意志的真正向导是知识，虽然过去有各种社会公认的信念或多或少地充当了知识的替代品来指导意志。

到了现代，像多萝西娅这样热情的灵魂找不到合适的位置，因为社会信仰和秩序已经瓦解，因为男女之间的不平等使她无法获得所需的知识。因此，她的热情只得在“朦胧的理想和女性的普遍憧憬”之间转换，在想做好事却不知道做什么的理想主义愿望和对爱和孩子的本能渴望之间反复摇摆，“结果前者被贬斥为多余的幻想，而后者则被指责为背离了信念”。

在《米德尔马契》中，知识能赋予事物生命。乔治·艾略特通过一个崇高的隐喻来表现知识如何赋予生命，并如何将不相干的事物连接起来。当多萝西娅与卡苏朋先生度蜜月之旅时，她为自己对罗马的困惑印象感到不知所措（同时，她也正为自己婚姻感到困惑）。叙述者谈到，“对于那些拥有知识的人，当他们看到罗马时，他们的知识会给一切历史形态注入活的灵魂，找出一切对立现象之间隐蔽的变化轨迹”。那么，罗马在他们眼里就是精神文明的圣殿。但在缺乏知识的人看来，罗马不过是一堆废墟而已。在书中的几个章节之后，多萝西娅最终自我觉醒了，并通过帮助罗莎蒙德和拉迪斯拉夫而获得了道德上的胜利，尽管她误认为拉迪斯拉夫是因挑逗罗莎蒙德而受到了伤害，但是她的同情证明了她的自身价值，而且这份价值不是道德层面的，而是知识层面的，“知识所创造的价值，将消弭我们无知时候所看到的一切”。

在《米德尔马契》中，知识赋予事物生命和意义，知识是一个整体，互相联系。知识谴责我们的过失，要求我们有道德。但是在《米德尔马契》的世界里，知识是一种匮乏资源，这不仅因为不公和冷漠阻断了探寻知识的道路，还因为知识本身的属性。但关于知识的属性，乔治·艾略特与自己产生了分歧。在她的散文和书信中，她采用了哲学的复杂观点，即所有的知识都是由头脑从冷漠宇宙及其原始物质中选择和塑造的，知识并不是简单地等待精明的观察者去发现它，而是由人脑发现并塑造了它。在小说中，她再次阐述了对冷漠宇宙的看法，但也渴望宇宙能富有同情心一些，最终给那些热情寻求知识的人以回报。《米德尔马契》中最重要的知识是第二种知识——一种道德和情感的知识，它不像科学知识那样客观，但同样真实，同样与现实密切联系。在《米德尔马契》描绘的世界里，这种知识存在于外部世界，你必须找到它进入你内部的方式，这样它才能从被动理解转变为生活各个方面的主动行为——包括婚姻的选择。乔治·艾略特虽然渴望知识，但她也理性地怀疑冷漠的宇宙压根不会给予这种知识。

在完成知识赋予罗马生命的后面两章之后，乔治·艾略特又开始担心知识是否可以做到这一点。在罗马，多萝西娅最后一次与威尔·拉迪斯拉夫交谈时，她问他如何成为一名诗人：

> 那得看情况而定（威尔回答说）。想要成为一个诗人，必须要有一颗敏感的心灵，它能够随时洞察事物最细微的变化，而且能迅速地感知一切，因为洞察力是一只训练有素的手，善于在感情的弦上弹出各种声调。总之，在诗人的心中，知识可以立即转化为感觉，感觉又可以像新的知识一样爆发出火花。对一般人来说，那种状态只能偶然得到。

“但是你把诗歌本身漏掉了，”多萝西娅回应说，“我认为，要成为一个诗人，首先得懂何为诗歌。”多萝西娅接着说，她理解威尔对于知识转化为感觉的说法，“因为那似乎正是我所体验到的”，但是她又一直认为自己缺乏能激发感情的知识。她也注意到，威尔将诗歌本身剔除出去，也剔除了能承载响亮情感和弦和灵感火花的载体，但正如威尔所说，“只能偶然得到”的情感与火花，无法存在于像诗这样有韵律且无限延伸的载体中，也不存在于任何维持婚姻或生活的东西之中。

在《简·爱》的世界里，自然和精神指引着那些陷入困惑的人。而在《米德尔马契》的世界里——几乎直到最后一刻——所有人都必须独自寻找出路。在现代性探索方面，威尔·拉迪斯拉夫和多萝西娅·布鲁克是两个相当特别的人物形象。古代的英雄们从一开始就知道他们在寻找什么，他们开启旅程时目标明确，清楚他们想要回到伊萨卡[①]和佩涅洛佩[②]身边，或者偷走金羊毛[③]，或者找到圣杯[④]。与古代的英雄们不同，乔治·艾略特笔下的现代流浪者不知道他们在寻找什么，他们必须找到能告诉他们应当要什么的知识。在乔治·艾略特的下一部也是最后一部小说《丹尼尔·德龙达》中，主人公在得知自己是犹太人后，就获得了这种知识，他去了巴勒斯坦，去寻找为社会信仰服务的史诗——仿佛他是《米德尔马契》"序曲"中的圣特雷莎的再版，只不过性别、所处时代和信仰有所不同而已。但是对于《米德尔马契》中的追寻者来说，不可能有史诗，或是史诗般的宏大目标。乔治·艾略特在多萝西娅爱情故事的结尾写道，多萝西娅发现了一种知识，这种知识不仅是她对自己内心的了解，也是对宏大目标的了解。将多萝西娅和威尔凑在一起的闪电并没有给予他们永远在一起的力量。仅仅几分钟后，当威尔准备离开时，多萝西娅用一句话永远地留住了他："啊，我再也无法忍受了，我的心要裂开了。"

现代知识，现代选择

所有人做出人生中最重要的选择，都是基于他独特的清醒的认知和盲目的信任。在你自认为深思熟虑并做出正确选择前，你的选择其实早已确定了，真正影响你决定的是你知识的可靠程度

① 位于希腊西部，是荷马所著史诗《奥德赛》的主角奥德修斯（也是古希腊神话中的一位英雄，对应罗马神话中的尤利西斯）的故乡。——编者注

② 奥德修斯忠贞的妻子，在奥德修斯远征特洛伊失踪后，拒绝了所有求婚者，一直等待丈夫归来，忠贞不渝。——编者注

③ 偷走金羊毛的是古希腊神话中的英雄伊阿宋。——编者注

④ 这里指的是加拉哈德，他是亚瑟王圆桌骑士中最纯洁的一位，且独自一人找到了圣杯。——编者注

与承受风险的能力。所以，左右你选择的因素，可能是连你本人都没有意识到的。乔治·艾略特比其他任何小说家都更为深刻地直面了选择在道德和情感层面的后果。

在《米德尔马契》的前几章中，阅历不足的多萝西娅用一种年轻而天真的方式来表达知识的重要性，这一点受到了小说中的叙述者的认可。

“我常常无法做出决定，”多萝西娅对她那好脾气却不太聪明的邻居詹姆士·彻泰姆爵士说，“但那是出于无知。正确的选择始终在那里，但我就是发现不了。”后来，她用更加宏大的措辞表达了这个想法，也恰好回应了叙述者在书的“序曲”中所说的话：“由于时代不同了，我们不能再依靠幻想的指引，也不能依靠神灵的向导，由于祈祷助长情绪而非指示，那么唯一的明灯岂不只剩了知识？”当多萝西娅据此推理，“只有饱学之士才掌握着灯油，那么谁比卡苏朋先生更有学问呢？”她显然是错的，她把“男性的知识领域”想象成“可以向一切真理攀爬的垫脚石”。但她的错误仅仅在于她对男性知识的信任，以及她对别人而非自己知识的依赖。在书的最后，当多萝西娅与威尔·拉迪斯拉夫结婚时，乔治·艾略特提供了一个关于多萝西娅道德高尚的证据——她在蒙着面纱的知识神殿面前始终保持着谦逊：“多萝西娅本人从未想过，她比别的女人更值得赞美。她总觉得，要是她再好一些，懂得多一些，她一定可以做得更好一些。”

在英国小说家中，乔治·艾略特独树一帜。她的小说比其他任何英文小说都阐释了更多的知识和更多的智慧。但是像她这样成熟的现代智慧很容易变得有些天真，这种天真心理使她无法看到自己的偏见。乔治·艾略特的现代偏见在于，她认为知识是行动的最有效起点。在《米德尔马契》中，她从未明确质疑过自己的信念，即正确的知识指向了正确的选择，尽管小说结尾的神话色彩指向了相反的观点。她从未明确质疑过这一点，即正确的选择已经存在，它在等待我们去发现。对于我们必须学会提出的问题，她也早已有了答案。

当她写道，《米德尔马契》中雄心勃勃的年轻医生特蒂斯·利德盖特为自己设定了一个科学问题，当他无法找到“等待的答案”时，她理所当然地认为，所有重要的知识都是这样形成的——它已经存在，静候提出正确问题的人来探寻。

《米德尔马契》是少数几部可以说探讨知识危机的小说之一。这个危机是乔治·艾略特的自我挣扎与和解，一方面是她坚信行动需要知识；另一方面是她不确定在做最重要的决定时，是否拥有足够的知识以确定自己做出了正确的选择。任何你仅凭知识就能做出的选择都是微不足道的，无法写成一部小说。一个重大的选择，比如选择和谁结婚，或者选择生儿育女，无论掌握多么充分的信息，都需要通过积极主动的承诺，使它成为正确的选择，尽管失败和错误仍有可能发生。道德知识不像科学事实或历史事实那样客观，它也不是永恒不变的，它并不存在于柏拉图主义的天堂里，等待着被发现。它总是不可避免地同时包含主观自愿选择和客观知识。多萝西娅在罗马惨淡的蜜月生活中已经意识到了这一点。听了卡苏朋先生对一些壁画的枯燥描述“大多数人认为值得一游”后，她提出了一个更加重要的问题：“但是你对它们有兴趣吗？”然而，几段之后，她“羞愧地发现自己只是感情的牺牲品，好像除了感受以外她什么都不知道”。她以后会发现，只有通过感受这个媒介，她才能知道任何对她的生活有意义的事情。

《米德尔马契》开篇和结尾的问题是：当周围的世界没有指引、没有榜样、没有方向时，多萝西娅该如何选择自己的生活？在乔治·艾略特笔下冷静的叙述者看来，夏洛蒂·勃朗特在十九世纪四十年代已经给出了答案，但只是一堆未经检验的概念，混杂着自然和宗教，是一种天真而热情的摸索。乔治·艾略特在1871年和1872年写下多萝西娅的故事，这些故事大约发生在小说写作的40年前。但乔治·艾略特将多萝西娅的问题描述为一个新的问题，一个以前从未发生过的问题。

一个新的问题似乎需要一个新的答案。与过去两个世纪的一些作家一样，乔治·艾略特有意识地认为自己是现代的。在她看来，她所处的时代，已经不能再以过去的经验作为当下的指南，年轻人必须找到自己的生活方式，而不是将老年人作为他们的榜样。在这个意义上，玛丽·雪莱和勃朗特姐妹并不现代。玛丽·雪莱迅速摆脱了丈夫的幻想，即新的时代呼唤新的道德；勃朗特姐妹也从来没有想过她们已经出生在一个全新的时代，或者她们和她们的同代人必须找到新的生活方式，以取代曾经有用但现在已经过时的生活方式。要成为现代人，就要相信过去与现在之间的彻底决裂。你可以像玛丽·雪莱和夏洛蒂·勃朗特那样，完全跟上时代的步伐，但又不会太现代。

就过去几个世纪的西方社会和知识氛围来说，现代性被频频提起，但它也可以被理解为一种精神状态，而不是一种客观事实，这或许更为有用。现代性是区分一个人所处的年代与早些年代之间关系的一种特殊界限。从这个意义上说，欧里庇得斯、约翰·多恩和托马斯·哈代是现代派，而索福克勒斯、威廉·莎士比亚和查尔斯·狄更斯则不是。弗吉尼亚·伍尔夫在她的一些小说中是现代的，但在另一些小说中则不是。正如约翰·多恩半开玩笑半认真地写道，现代作家相信“新哲学让一切都陷入怀疑”，而现在，每个人都必须第一次重新创造自己：

> 人人自觉，
> 欲成凤凰，
> 唯有他是与众不同的那一种。

凤凰绝对是独一无二的，没有祖先，没有朋友，没有伴侣，也没有家谱。

多萝西娅·布鲁克是一只凤凰，被不合时宜地安置在她叔叔位于米德尔马契附近乡间别墅的舒适社交圈中。她找不到适合的伴侣，也没有父母或朋友帮她找。就算有人给她帮忙，她也不想要。当她嫁给卡苏朋先生时，她希望他能成为一条通向古代智慧的道路，引导她走向现代性。但卡苏朋先生毫无智慧可言。他就是一个二手信息的存储库，里面都是无用的、碎片的、与个人经验无关的信息。他盲目而自私地娶了多萝西娅，就像从古代雅典喜剧到现代喜剧中所有心怀鬼胎的老男人一样，都想娶一个年轻貌美的女人。《米德尔马契》把这个关于老男人好色的笑话转变成了一个关于历史变迁的论题——它不仅仅是一个老男人试图控制年轻女人情爱生活的故事，也是一个老社会试图限制、挫败和掌控新社会的故事。乔治·艾略特还讽刺性地指出，希腊和罗马戏剧中的前辈们虽然给了卡苏朋“灵感”，但卡苏朋并不像前辈们如此精力旺盛，并指出阻碍年轻女性和老人的不仅是衰老，还有死亡。在“死亡之手”一节中，多萝西娅在卡苏朋先生死后得知，他在遗嘱中写了一份附录，规定如果她嫁给威尔·拉迪斯拉夫，她就必须放弃从他那里继承的财产；玛丽·加斯也了解到，贪婪而富有的彼得·费瑟斯通（由于几次婚姻周转，彼得·费瑟斯通成了玛丽·加斯和弗雷德·温西的叔叔）所写的许多遗嘱中，最后一份遗嘱将他的全部财产留给了一个不知名的私生子，与负债累累的弗雷德没有任何关系，而此前弗雷德还希望能分得一份遗产，至少能让他有足够的钱去结婚。

在《米德尔马契》的后几章中，多萝西娅意识到卡苏朋先生不会提供任何信息，于是逐渐学会自己去寻找知识，她像科学家一样，不带偏见地理解数据。等她蜜月结束后回到英国，也就是威尔·拉迪斯拉夫从罗马回到英国探望她的时候，“她不再挣扎于对事实的感知，而是调整自己以适应对事实最清晰的感知”。在书的结尾，经历了一个黑暗的灵魂之夜，当她意识到自己的情感时，她已经能足够理解眼前的一切，足以在威尔·拉迪斯拉夫即将永远离开她时承认并宣布了她对他的爱。而在最后一幕，在她和威尔宣告爱情的高潮时刻，她仍然在谈论知识，这次是一个穷人的妻子所需的家庭知识：“我知道一切的代价。”一开始，她怀着隐隐约约的幻想，幻想着自己会受到一位高人一等的丈夫的启发，但最后她下定决心，要为自己学习平等婚姻日常中的实用知识。

多萝西娅·布鲁克和威尔·拉迪斯拉夫都极具现代性，然而和他们生活在同一个世界里，和他们同样年轻的人，却没有任何现代可言。玛丽·加斯和弗雷德·温西似乎不应出现在《米德尔马契》中，而应当出现在另一部小说里，也许是一部十八世纪的乡村小说。在寻找婚姻道路的过程中，他们面临着与多萝西娅和拉迪斯拉夫不同的问题，但也找到了不同的解决方案。这是因为，他们的性格是根据一个粗糙且古老的模型所构建的，而不是乔治·艾略特在塑造主要人物时所使用的那种复杂的现代模型。多萝西娅和拉迪斯拉夫受到现代社会的诅咒，他们都从过去的“乐园”中被驱逐出来，被迫努力寻找自己所爱的人，必须努力去成为自己想要成为的人。玛丽和弗雷德不需要这样的努力，他们不需要知道他们是谁或者他们爱谁，因为他们从一开始就知道。当他们还是孩子的时候，他们就曾用阳伞上的铁圈私定终身。

玛丽坚持拒绝弗雷德的理由是他不愿做他自己。当他继承财富的希望破灭时，他扬言要成为一名牧师，但玛丽和弗雷德一样清楚，他不想成为一名牧师，所以她拒绝嫁给一个不能忠于自己的人。玛丽还有另外一个追求者，卡姆登·法德尔牧师，一个受人尊敬的男人，她和其他所有人都很喜欢和敬佩他，但她还是拒绝了他，即使那时的弗雷德已经身败名裂。法德尔是一名负责任的牧师，虽然没有工作激情或敬业精神，但他有足够的自知之明，知道自己根本不应该成为一名牧师。尽管玛丽从未这样说过，但她拒绝了法德尔，因为她担心弗雷德无法通过这次考验——决定成为或不成为自己应该成为的那个人。弗雷德最终通过了考验，他拒绝了未来牧师的职位，转而为玛丽的父亲工作，一方面是为了偿还欠他的债务，另一方面是为了成为他更想成为的那种人（玛丽一直也这么认为）。虽然从其他几乎任何方面来看，法德尔都更胜一筹，但是弗雷德尽管软弱，却更正直。

弗雷德和玛丽可以通过他们的正直来衡量他们对自我的坚持程度。尽管在不同的时期，他们的坚持程度有些差异，但他们的本质自我却没有变过，因为他们始终知道自己的本质，所以他们不会像多萝西娅那样遭受无知的痛苦。他们可以通过接受他们已经知道的东西来解决眼前的困难。对于像多萝西娅这样本质上充满活力的现代角色来说，这样的解决方案是不可能的，他们必须在遥远的地平线上寻找知识，而每当他们接近知识的时候，知识就会逐渐消失。

落伍或超前

《米德尔马契》中具有现代性的人物，特指那些知识的追求者，他们将知识当成对无知的利己主义的惩罚。在这本书里，一个人只有经历了婚姻的不幸之后，才能知晓美满婚姻所需的知识。多萝西娅的经历符合这条规则，但只有她有幸能获得第二次机会时，她才能使用她来之不易的知识。

虚伪的福音派教徒尼古拉斯·布尔斯特罗德想要从精神上和经济上统治整个米德尔马契，他自信地走在镇上的大街上，没有意识到周围的每个人都知道他那些有罪的秘密——他害死了喝醉的勒索者拉弗尔斯，骗取了本该由威尔·拉迪斯拉夫的母亲继承的财富。自以为无人知晓自己罪恶秘密的还有利德盖特，一个拿了布尔斯特罗德钱的共犯。当他的妻子罗莎蒙德向大家发出晚餐邀请时，还在为遭到了所有人的拒绝而困惑不已。利德盖特不知道罗莎蒙德发出了请柬，也不知道所有人都拒绝的理由是他涉嫌教唆布尔斯特罗德犯罪，当然，他也不知道罗莎蒙德已经开始幻想与威尔·拉迪斯拉夫调情。而威尔·拉迪斯拉夫愤怒地拒绝了罗莎蒙德，这让罗莎蒙德震惊不已。当她因此在利德盖特的怀里哭泣时，利德盖特还不知道她为什么哭泣。

在《米德尔马契》中，婚姻中的一方总是对另一方的想法、行为相当无知，而知识又因姗姗来迟无法派上用场。多萝西娅了解到卡苏朋先生对威尔·拉迪斯拉夫的深仇大恨，是在知道了他的遗嘱内容之后。卡苏朋先生永远不会知道，威尔出现在布鲁克先生附近的房子里，并不是他妒火中烧时以为的——因为多萝西娅的勾引，而完全是布鲁克先生的主意。利德盖特和罗莎蒙德是在摧毁了彼此的希望之后才了解对方的想法的。即使在典型的静态人物卡勒布和苏珊·加斯的婚姻中，丈夫的慷慨签名赔上了妻子的积蓄与儿子接受教育的机会，妻子得知时也为时已晚。

所有这些婚姻里的秘密，都是由于《米德尔马契》中存在一个与物理或化学原理一样普遍的定律：知识既不可或缺，但又难以获得。这个定律支配着书中的所有生活，而不仅仅是婚姻生活。保守派学者卡苏朋先生和前瞻派医生利德盖特都是追求知识而不得的人，他们和书中其他人一样无法掌握婚姻或情感生活的要领。卡苏朋先生和利德盖特先生的故事生动且戏剧化地呈现了《米德尔马契》一书的主题——情感和思想密不可分。

卡苏朋先生打算用一生的时间来完成这本《神话之钥》。他希望通过这本书证明，世界上所有的神话系统都“揭示了一种古老的腐败”——也就是说，这一点存在于宗教启示之中。卡苏朋先生是英国国教的牧师，但他以学术来体现他的信仰，他的学术目标是要确认基督教会的权威，而不是传授任何道德或伦理的真理。他不为名义上受他照顾的教区居民做任何事，他花钱雇用了一位助手来替他完成牧师的工作，除了早上布道的工作——这仍是卡苏朋先生的责任，尽管他在小说中从未真正履行过。就像小说中关于卡苏朋先生出现在教堂的一幕中，故事讲述者说："那天早上卡苏朋先生没有布道。"而由此我们也能推测出他作为一名丈夫时的表现。

卡苏朋先生的研究始于这样一个假设，即《圣经》中记载的上帝的话语和行为皆为真，而且存在一种"故事原型"。简单来说，故事和人物都是真实的，比如蛇、杀人的兄弟、洪水、沙漠中的游荡等等，而且这些故事之间还有某种联系。由于巴别塔的灾难，人们被不同的语言所分开并且被分散到不同的地区，最初的故事原型也因为人类流散而被曲解，而这些故事在每一次的复述中都再次被扭曲。卡苏朋先生认为，故事的原始痕迹仍然存在于各种版本的神话之中，唯有像他这样勤奋的学者才能够辨别出原始真理与扭曲的神话形式之间的"对应关系"，而扭曲的神话形式是导致真理退化的原因。乔治·艾略特解释了卡苏朋先生对其作品价值的看法："一旦掌握了真正的位置并在那里站稳脚跟，神话的广袤结构将变得清晰可辨，不，还会因为相互呼应而折射出耀眼的光芒。"毫无疑问，卡苏朋先生将多萝西娅视为某种角色的原型，一个忠诚的妻子和贤内助，而不是一个有她自己的需要和意图的人。

卡苏朋的研究方法在1774年也许还算得上有效，当时雅各布·布莱恩特出版了《古代神话的新体系或分析：剥离寓言传统的尝试》一书。到了十九世纪三十年代初期，德国的历史研究表明，这些文化和世界上的其他文化一样都是独立产生的。这些研究的真正含义是，圣经故事既不是人类物种的中心故事，也不是人类物种的起源故事，而且，由于没有哪种文化可以自称为原始文化，因此没有哪种文化拥有古老或固有的权力，可以凌驾于任何其他文化之上。简言之，所有的文化都可能是平等的。

作为一名学者和一名丈夫，卡苏朋先生并没有准备好接受关于平等的新观念，也没有准备好接受比他认知更为广阔的世界观。他的学识正在被丢弃（正如威尔·拉迪斯拉夫向多萝西娅解释的那样），因为他不了解其他世界正在发生的。如果卡苏朋先生懂德语，他会少走许多弯路。乔治·艾略特立即揭露了拉迪斯拉夫先生蔑视卡苏朋先生的原因——“即便年轻的拉迪斯拉夫先生对德国作家知之甚少，但是怜悯他人的无知并不需要了解得多深入。”卡苏朋先生无论是在学术上还是在婚姻上，都已经致命地、不可挽回地落伍了。他总是后知后觉，不仅因为他已经被历史所超越，还因为他恐惧而自私地拒绝从过去中走出来。在那本书中，只有现代性才能带来希望，不管希望有多么渺茫，而卡苏朋先生却是一个反现代的人。

拉迪斯拉夫解释说，德国人“在历史研究方面走在了前面”。在使用笔名乔治·艾略特之前，玛丽安·埃文斯本人在追随德国人的脚步方面比英国的任何人都更加努力。在放弃了青少年时期那种狂热的宗教信仰后，她开始对考文垂[①]的朋友们所宣扬的新

① 英国英格兰西米德兰郡城市。——编者注

历史思想感兴趣，他们宣扬的这种思想一部分是向德国学习的，一部分是自己构建的。她开始把《圣经》当作历史文献来研究，而不是作为揭示真理的思想。她的第一本书出版于1846年，应邀翻译了大卫·弗里德里希·施特劳斯的《耶稣传》，这是德国人对福音书极具开创性的一次研究，它声称将尝试从虚构的神话中筛选历史事实，然后证明基督教传统本身就是虚构的事实，而远非卡苏朋先生所认为的那样，是被揭示出来的真理。施特劳斯对宗教的批判和历史方法与玛丽安·埃文斯的一致，尽管她觉得他的书没有同情心，很冷漠。

几年后的1854年，她翻译了另一部反抗传统宗教教条的德语作品，路德维希·费尔巴哈的《基督教的本质》。她觉得这本书温暖而富有同情心，并以一种狂喜、胜利的风格呈现了费尔巴哈对爱之超然力量的思考。在费尔巴哈看来，基督教的上帝和其他所有神一样，是人类想象力的产物。其他宗教中的神和基督教的上帝之间的区别在于，基督教的上帝如此热爱这个世界，以至于让人意识到爱是他们超越自身存在的一种方式，是他们实现所谓神性的一种方式。神性始于人类个体之间的爱，最终达到对全人类的爱。玛丽安·埃文斯最欣赏费尔巴哈的地方似乎是他意识到了人性之爱的神性，而他对正统神学的批判使他成为欧洲革命者中的关键人物。

乔治·艾略特将以施特劳斯和费尔巴哈为首的激进欧洲思想译为英语，并广泛传播。在这种“思想媒介”的角色中，她催生了一种新的知识分子类型——使徒，这种类型在接下来的一个半世纪里变得更加普遍，他们将法国和德国令人振奋的现代理论带到零经验的英国。作为施特劳斯和费尔巴哈的译者，她的社会角色类似于一个世纪后的让-保罗·萨特、马丁·海德格尔和米歇尔·福珂的第一批英文译者。与这些继任者不同的是，她没有刻意要跟上时代的步伐，但已经走在了新兴知识的最前沿。先锋派思想已经开始在巴黎出现，虽然还没有出现在考文垂和伦敦，但玛丽安·埃文斯觉得自己有义务也渴望沉浸在历史和科学最汹涌的新浪潮中。

从欧里庇得斯到现在，自觉的现代作家们一直关注人类行为是如何被无意识动机、生物必要性和诸如历史、文化、技术和社会等非个人力量支配的。在十九世纪早期，最先进、最现代的心理科学是颅相学（现已被证明是伪科学），通过绘制你颅骨上的凸起来确定你的情感和道德品质。1845年，格拉斯哥大学设立了颅相学教席，夏洛蒂·勃朗特和她同时代的大多数人一样，认为颅相学是一门有效的科学。当海伦·彭斯朗诵维吉尔的诗时，简·爱突然意识到了她的“崇拜器官”，并注意到罗切斯特的额头上“突然缺少了本该出现的温文尔雅的仁慈迹象”。但对夏洛蒂来说，颅相学只是她智力版图中的景观之一。相比之下，玛丽安·埃文斯对颅相学的态度要严肃得多，认为它是一种新的知识工具，需要她积极运用。在她翻译施特劳斯的作品《耶稣传》时，曾根据颅骨的石膏模型给她自己安排了一次完整的颅相学分析，分析的准备工作包括剃光她的头发。

不过在她创作《米德尔马契》之前，她就放弃了颅相学，转而研究更可信的科学。但特蒂斯·利德盖特的故事表明，在写作过程中，她仍然坚持认为科学知识和道德交织在一起。利德盖特和卡苏朋一样，希望找到看似无关的事物的统一起源。他问自己：生物的各个器官是由什么构成的？他对活体组织的看法和对女性的看法是一样的，他致力于寻找定义所有活体组织的本质，而不是关注它们的个体独特性。乔治·艾略特生动地描述了他的研究："原始组织是什么？利德盖特就用这种方法提出了问题，虽然不完全符合答案的要求，但这种难以找到准确词汇来形容的情况经常发生。"在法国最新研究的引领下，利德盖特力求"证明所有组织的同源性"，并识别出唯一的"原始组织"。但他是在把自己带进一条死胡同，因为（乔治·艾略特似乎是这么认为的）每个器官的起源都有它特殊而独特之处。就像德国语言学家们已经揭示了各个民族神话独立进化的理论——每个民族神话都源于它自己独立的起源，《圣经》并非它们的唯一起源。在德国历史理论中，她找到了解放现代性的突破点，她又倾向于将其应用于生物学理论中。

利德盖特使用了最先进的科学仪器，"显微镜，研究人员以全新的热情与信任再次开始使用它"。但是，正如小说中呈现的那样，他找不到答案，因为他在寻找错误的东西。卡苏朋太落伍，而利德盖特太超前。他年轻时对一位法国女演员冲动的爱情——事实证明那位女演员是一位女杀手——以及他对罗莎蒙德的突然追求，都证明了他在情爱生活中掌握了错误的知识。他无法找到他所追求的幸福，因为他在寻找一种永远找不到的东西，不是一个真正的女人，而是一个广义的女性理想的化身。法国女演员和罗莎蒙德似乎都体现了这种理想，所以他急于拥抱她们。只有在正午阳光下才能踏上成功之路，像利德盖特那样在晦暗的黎明中摸索是找不到的，像卡苏朋先生那样在无望的黄昏暮色中行走也是永远无法找到的。

乔治·艾略特对知识和科学史博学、细腻的描写，是其他任何英国小说家都做不到的，不过其中一个令人不安的点是，她被自己的知识偏见误导了，就像她在《米德尔马契》中同情的那些追求者被他们自己的知识偏见误导了一样。她认为在她那个时代已经被抛弃和怀疑的知识方法，会在下一个时代重复上演。卡苏朋先生被神话“故事原型”引入了死胡同，但类似的情况在二十世纪的结构主义理论中回归，这个理论（无论正确与否）认为所有语言和文化的变体背后都有一个统一的语法规律。甚至当乔治·艾略特在写作的时候，利德盖特对唯一起源的探索已经在马提亚斯·施莱登的细胞生物学和查尔斯·达尔文的进化论中得到了证实。施莱登认识到“生物体的基本粒子”就是细胞，而在查尔斯·达尔文的进化论中，所有生命形式都有一个单一的起源。

乔治·艾略特的作品主题与思想，更类似于她最鄙视的卡苏朋，而不是她敬佩的利德盖特。但与卡苏朋不同的是，她对自己的信念既相信又怀疑。在整部《米德尔马契》中，她似乎倾向于相信历史和科学知识的进步会不可避免地带来道德上的进步，并通过描绘多萝西娅的愿望来表达自己的心声——多萝西娅认为她对情感知识的习得必然将带来自己的道德进步。但在《米德尔马契》的讲述者看来，多萝西娅的假设似乎是错误的，叙述者认为只有具备充足的理性与科学知识，才能创造一个道德的世界，这也质疑了乔治·艾略特之前的观点。

模糊的符号，难懂的人

乔治·艾略特认为，重要的智力问题和情感问题都是有答案的，只是很难找到答案而已，因为我们总是用错误的方式提问。《米德尔马契》中的所有人物都是通过主观的美化或扭曲的滤镜来看待他人的。利德盖特认为罗莎蒙德具有理想妻子所必备的装饰性和顺从感。多萝西娅对卡苏朋先生充满了幻想，将其视为一个值得效仿的伟大灵魂。“因为我们不得不承认，即便我们对一个人不了解也不认识，我们还是可以仅凭一些表象就能对他做出一些错误的估计，甚至对他进行吹捧、颂扬、嫉妒、嘲笑，把他当作工具或钟情的对象，或者是丈夫的候选人。”多萝西娅本人比其他任何人都更想学会看清事物，她也许是文学史上第一个真正近视的小说女主人公。“我的眼睛有些近视。”她在开头的一章中谈到自己时说。书中的每个人都是道德上的短视者，但多萝西娅最终得到了回报，部分原因在于她充分意识到自己的短视。

《米德尔马契》始终处于一种压抑且持续的悲伤基调中，这种基调时而含蓄，时而明确，让人感觉每个人在某种程度上都只是叙述者口中的一串字符，不连贯，也不具有内在统一性。而乔治·艾略特去世一个世纪后，后现代继承了这种不连贯、无意义的状态，就像其他许多在二十世纪和二十一世纪看来都很新鲜的主义，早在十九世纪时就已经出现过。在乔治·艾略特的世界里，即使我们能够找到所需的知识，而非一堆不连贯的符号，我们也会发现这些知识是无法忍受的。“如果我们对所有普通人的生活都有一种敏锐的洞察力和感受力，那就会像听到青草的生长和松鼠的心跳一样，我们会死于寂静另一边的咆哮声。”事实上，我们中间着急赶路的人，往往对周遭的一切显得相当麻木。

“你的宗教是什么？”多萝西娅问威尔·拉迪斯拉夫，“我不是指通常所说的宗教，而是指对你帮助最大的信念。”拉迪斯拉夫回答道：“爱我所看到的一切善和美的事物。”威尔的回答虽然暗含调情意味（那时多萝西娅的丈夫还活着），但乔治·艾略特在书写这段时充满了哲理性的关怀：威尔就是这样的人，只有发现事物的美好之处，他才有可能爱上这个事物。他不会花时间去培养一些不完美的事物，他希望拥有天生值得爱的东西。这一点是多萝西娅和乔治·艾略特信仰的另一版本，即相信事实或理性知识是指引道德行为的明灯。

这种信念之所以会引起某些人的不满，并非因为它缺乏宗教支持，而是因为它缺乏仁慈、互助和宽恕。在《米德尔马契》一书的世界里，宇宙必须有所付出，提供一些善和美的东西，这样凡人才可以爱上它。正如乔治·艾略特在书中大部分时候所理解的那样，爱并不是一种相互需要的关系，一种只能存在于时间中，并随着时间的推移而改变的关系，而是这样一种关系——美好的东西已经足够美好，人们不必再因为爱它而冒任何风险。在《米德尔马契》的世界里，几乎所有的地方，爱都不需要你的信仰、希望或者慈悲，因为你爱的对象已经证明自己是值得的，不需要你的爱提供任何证明，包括宽恕。与现实生活不同，你的爱不会给予爱人善与美，或如果不够爱就无法感知对方的善与美，在这份关系中，即便相爱的人也是独立的个体。

《米德尔马契》所描绘的世界相当悲哀。在这个世界里，知识的目标，无论是关于神话、科学还是婚姻，其旅程的终点比起点似乎更加难以触及。《米德尔马契》中反复出现的主题是对逝去时光的怀念，那时人们可以满怀希望地开始一项伟大的研究或道德事业。叙述者这样描述利德盖特开始研究的那段时间：

> 我们总是认为，在美洲刚被发现时，一个勇敢的水手哪怕遇难也能发现一块新大陆，那个时候是世界上最美好的时代。就像1829年前后，病理学对于一个精力充沛的青年冒险家来说，也是一块新大陆，一个新美洲。就科学家和理论家而言，那是比现在更为美好的时代。

在《米德尔马契》简短的“终章”中，威尔·拉迪斯拉夫在伦敦的职业生涯也以同样的心情开始，同样预感到未来黑暗时代的到来，“威尔成为一个热心的公众人物，在改革开始的年代，他怀抱年轻的希望，对好的结果充满信心，而这种希望在我们的时代受到了很大的抑制……”“年轻”一词既指向年轻的爱情世界，也指朝气蓬勃的政治世界。

乔治·艾略特在她的书中不断地将知识和情感交织在一起。在知识领域，失望是不可避免的；在情感领域，失望也是不可避免的。《米德尔马契》的不凡之处在于，它将多萝西娅和威尔·拉迪斯拉夫的婚姻描绘成一个幸福的结局，但同时也是一个悲伤的结局。

更好与更糟

乔治·艾略特和夏洛蒂·勃朗特一样，认为夫妻平等是幸福婚姻的必要元素。但她唯一详细描写过的平等婚姻，是像卡勒布和苏珊·加斯或詹姆士爵士和西莉亚这样的古板之人的婚姻，他们对于婚姻缺乏野心或者激情。所有那些婚姻中只要有一方过于聪慧或充满激情，婚姻关系就很可能会出现不平等，进而引发不幸。

乔治·艾略特准确地发现了婚姻幸福的奥秘。当罗莎蒙德幻想她要是嫁给拉迪斯拉夫而不是利德盖特或许更幸福时，书中的讲述者对这一不切实际的幻想进行了道德上的批判："没有比这更错误的观念了，因为罗莎蒙德对婚姻的不满源于婚姻本身，是因为想要结婚，她就必须压抑自我，与她丈夫的个性无关。"小说中多次提到婚姻的条件，但无一例外地将其视为一种失败的痛苦。①

多萝西娅和卡苏朋先生的婚姻以及利德盖特和罗莎蒙德的婚姻都是不平等的，与其说是权力上的不平等（夏洛蒂·勃朗特也对这种不平等很感兴趣），倒不如说是内在的道德地位上的不平等。多萝西娅和利德盖特的道德感要高于卡苏朋和罗莎蒙德，乔治·艾略特的情感设定是，让这些道德感更高的角色善待不如他们的人。多萝西娅通过她英勇的慈悲，克服了她对卡苏朋先生的怨恨和愤怒，选择同意他的要求，承诺在他死后遵从他的遗愿，尽管他没来得及说出口。因为卡苏朋先生在见到多萝西娅之前就去世了，这也导致她无法遵从他的遗愿。在罗莎蒙德的社会野心失败后，利德盖特庇护她并对她宽容以待，他最终意识到她是被野心所驱使，而不是爱。同样地，哈丽特·布尔斯特罗德在丈夫的罪行被揭露后，安静而忠诚地坐在丈夫身边。在书的最后，当

① 无论在小说中的年代，还是作者创作的年代，离婚几乎是不可能的。多萝西娅和利德盖特被困在不幸的婚姻之中，就像《简·爱》中的罗切斯特先生一样。——作者注

多萝西娅在危机过后去拜访罗莎蒙德时，罗莎蒙德感到一种“像面对上级时的害羞和胆怯”。

这三位道德高尚的人物都给予了妻子或丈夫以同情、怜惜和安慰，虽然他们已经失去了从对方那里获得任何回报的希望。每个人都表达了一种怜悯，而这种怜悯不是出于爱——罗切斯特先生在《简·爱》中愤怒地拒绝了这种怜悯，认为这是上等人赐给下等人的礼物。多萝西娅被迫向卡苏朋先生让步，不是因为法律，而是因为“丈夫的天性和自己的同情心，这一切源自理想之爱，而非婚姻的枷锁”——也就是说，是出于一种抽象的爱，而不是对任何一个特定的人的爱。至于利德盖特对罗莎蒙德的承诺，叙述者解释道：

> 这个脆弱的女人是他自己选择的，他背上了她这个包袱，要为她的一生负责。他就只能背着这个包袱往前走，任劳任怨地一直走下去。利德盖特怀着无可奈何的哀怨，接受了他曲折的命运。

而哈丽特·布尔斯特罗德在她那名誉扫地的丈夫眼里高傲得可怕：“妻子的仁慈和忠贞将他从一种恐怖中解救出来，但是她的存在就是对他的谴责。在她面前，他始终顾虑重重，不敢向她供认一切，总是企图为自己辩护。”

所有这些行为的惊人之处在于，它们在道德上都是单方面的。每一个行为都是基于这样的幻想——只有对方需要宽恕，而自己并不需要。道德优越的一方毫不费力地承认他们的小缺点——小到不需要别人的原谅，而次等的一方则痛苦地承认或忍受他们的大缺点。从情感层面看，这没什么问题，因为几乎所有读者都会站在更具道德感的一方；但从心理层面看，这是不公平的。如果放在现实生活中，这样的和解只能是暂时的。小说家永远不会告诉你故事结束后发生的事情，地位较低的一方很快就有理由来拒绝自己的劣势地位，相互误解和挫败的循环又开始了。乔治·艾略特就曾在后记中提到了这一点，当罗莎蒙德恢复了足够的自信后，她开启了第二次婚姻，嫁给了一位富有的老医生，并将其视为“一种奖赏”。

有些人比其他人更漂亮、更聪明、更懂得爱、更仁慈，但只有那些极度残忍之人才坚信自己就是这样的，认为自己永远比其他类别的人更优越，自己永远不会陷入道德盲点，相信自己的愤怒总是正义的。乔治·艾略特通过剖析每个人的心理错误和困扰，从而确立了自己的道德权威，同时也把自己的男女主人公视为特殊群体，而这份特殊性不受小说中的普遍情况的限制。比如，她笔下那些婚姻幸福的夫妇之所以可以例外，主要因为她刻意避开深入描写这些夫妇。与此同时，她声称会用最严格的标准来审视尚未结婚的男女主人公，但她并没有交代任何有关多萝西娅与卡苏朋先生结婚的心理动机，只是陈述了多萝西娅天生比其他候选人更优越的事实，以及她的生活环境和受教育程度。多萝西娅属于特例，和她周围的每个人都不同，包括她的妹妹西莉亚，就像“在污浊的池塘里，一群小鸭中偶尔也会出现一只小天鹅，它在那里落落寡合，觉得自己无论如何也没办法生活在那样的水流中”。

《米德尔马契》的篇幅足够多，因此它详细阐述了这样一种感觉，即人类的品质天生就有优劣之分，即使面对着同一种诱惑，他们也会产生不同的感受。生而不平等是一种古老的说法，长久以来，它一直被用来为奴隶制辩护，认为财富和成功是上帝特别眷顾的标志。在柏拉图的《理想国》中，人类被划分为护国者、卫国者和生产者，这一点最令人难忘。在《圣经》、古典主义等对立思想出现前，伦理学已经存在了好几个世纪。它认为，最好的人和最坏的人有着同样的冲动和欲望，而面对诱惑时，拥有优秀品质的人往往会表现得和品质最差的一样。夏洛蒂·勃朗特在海伦·彭斯的“灵魂平等学说”和弗吉尼亚·伍尔夫在《达洛维夫人》和《幕间》的道德复杂性中均展示了这种理念。

在一部带有教育性质的小说中，以道德优越感为基础的价值观，比灵魂平等学说要更容易展现，但不那么有启发性。前者会赋予主人公一种与生俱来的优越感，即使是夏洛蒂·勃朗特也难以避免。尽管她的小说宣扬平等原则，但简·爱却是小说中唯一没有犯错的主角，她的平凡和贫穷只是那些内心本就有缺陷之人眼中的缺陷。乔治·艾略特也面临着同样的问题，尽管她笔力老练且极具天赋。《米德尔马契》的部分章节公正而清晰地表明，多萝西娅和其他人一样自私自利，但书中的其余部分似乎是在警告人们“高等人”和“低等人”通婚的悲剧性。

复仇天使

尽管多萝西娅高高在上，却无法找到自己的婚姻幸福之路，只能被《米德尔马契》这个世界中唯一一个比她优越的人从孤独中拯救出来。威尔·拉迪斯拉夫一开始也受自我主义的盲目的折磨，这种盲目也同样折磨着其他所有人，但他很快就因为多萝西娅学会了摆脱自己的利己主义，同时获得了自由、正直和力量。

拉迪斯拉夫不仅受到玩伴们的喜爱，也受到年长但同样渺小的诺布尔小姐的喜爱。诺布尔小姐非常爱他，甚至愿意用他的鞋当枕头。在书的最后几章中，威尔变成了一个不可思议的解放者，拥有了用爱救赎多萝西娅的能力，同时也拥有一种凶残的复仇力量，通过拒绝罪人布尔斯特罗德的钱和罗莎蒙德的爱，来惩罚他们。

在本书的主要人物中，只有威尔·拉迪斯拉夫可以在封闭的《米德尔马契》世界中自由来去。像希斯克利夫一样，他改变了自己，最终拯救了多萝西娅，将她从狭隘、停滞的米德尔马契带到了充满活力和未来的伦敦。除了威尔以外，小说中只有另外一个配角可以和他一样自在行动——勒索者拉弗尔斯，他来去无常，掌握了布尔斯特罗德的罪恶秘密。拉弗尔斯最终在痛苦中死去，也是罪有应得。相比之下，威尔则获得了婚姻、财富。但无论是威尔还是拉弗尔斯，他们在小说中都受制于一套特殊规则，这套规则与支配着其他人的规则不同。乔治·艾略特将这些特殊的规则带入了她本可以创作的相当现实的故事中，因为她需要这些特殊规则来推动故事情节的发展。

夏洛蒂·勃朗特笔下的女主人公习惯于将她们的情人——可能是她们的雇主或老师——称为“我的主人”，但这些女主人公同时也渴望平等。她们最终获得的平等不仅是权力上的平等，也是道德上的平等。罗切斯特试图从大火中救出伯莎的充满道德的英雄行为弥补了他之前所有的错误，使他在道德上与简平等；而他所受的伤也让他在力量上与简平等。相比之下，乔治·艾略特从未放弃她对威尔·拉迪斯拉夫固有的道德优越感的幻想。在书的结尾，当多萝西娅发现拉迪斯拉夫和罗莎蒙德亲密交谈时，她坚信威尔背叛了她，于是她冷冷地走了出去，而实际上威尔一直在言辞激烈地向罗莎蒙德解释他只爱多萝西娅。不管罗莎蒙德之前犯了多少错误，在这一幕中她并没有犯任何道德上的错误，但威尔发现自己因为她的出现而受到如此严重误会时，他变得非常愤怒，这是可以理解的。当罗莎蒙德声称自己可以用手指来抚慰威尔的痛苦时，他怒吼："别碰我！"语气像是刚挨了一鞭子似的。当她以讽刺的口吻回应他，告诉他可以轻易地去追多萝西娅并"解释清楚你爱的是她"时，他找到了"发泄他怒气"的方法：

> 解释！叫一个男人去解释他是怎样落进地狱的！说明他究竟爱的是谁！在她面前，我从来不需要思考爱或不爱的问题，因为她对我而言，就像呼吸一样自然。我宁愿握住她的手死去，也不愿握住别的女人的手活着。

在下一段中，尽管威尔什么也没说，但他的表现相当冷漠和残忍：

> 这些话像毒箭一样射向罗莎蒙德的心窝，她几乎已经意识不到自己的存在了，仿佛陷入了一个可怕的梦境。在利德盖特大发雷霆的时候，她那种绝不认错的冷漠态度，那副默不作声、理直气壮的神气消散殆尽，转而变成了一种不知所措、令人费解的痛苦，在她从未经历过的鞭笞面前，她如履薄冰，局促不安。她感到，有一种与她的天性格格不入的东西，像一团火似的在她的意识中熊熊燃烧。当威尔把话讲完的时候，她像是生了一场大病，变得可怜异常，她的嘴唇苍白，眼睛无神，

也没有眼泪。如果这时站在她对面的是特蒂斯，他会心疼她这副可怜相，然后俯下身子安慰她，用他那强壮的手臂拥抱她，尽管这些举动在她看来都是十分廉价的。

让我们原谅威尔没有这种怜悯的行动吧……

从这一段中我们似乎看到了虐恋小说的影子，虽然在《米德尔马契》这样满是尊严和权威的书中着实令人吃惊。惩罚性的鞭笞、燃烧和撕咬，美丽的受害者和病态的痛苦，不知悔改的折磨者，都是像《O娘的故事》[①]这样的书才有的元素。正如罗莎蒙德因被羞辱而改变，带着她"流浪的幻想……可怕的鞭笞"，顺从地回到她已经"控制"着的丈夫身边。第二天，多萝西娅和罗莎蒙德说话时，无意中加入了这种控制和惩罚，并引发了相应的反应："罗莎蒙德突然给悲伤压倒了，仿佛她心中的创伤又被人用针给挑开了，她再也忍耐不住，歇斯底里地哭了起来……"

在《简·爱》中，罗切斯特和简之间互相折磨和俘虏的交流则是一场严肃的角色扮演游戏，是两个情人用程式化的方式表达不平等的危险，而不是为了找到解决方法才这样做。游戏本身并不是目的，当他们通过角色扮演以外的其他方式解决不平等时，他们自然会对游戏失去兴趣。但在《米德尔马契》中，威尔对罗莎蒙德的折磨本身就是解决危机的方法，它也展示了小说中的一条重要线索——乔治·艾略特似乎没有意识到幻想背后的悲哀之处，这是一个必然会受到打击的幻想，她也没有意识到，试图通

---

①《O娘的故事》，又译《O的故事》，是由波莉娜·雷阿日（Pauline Réa）所著的一部虐恋题材的法国小说，是虐恋文学的现代经典之作。作者真实姓名为多米尼克·奥利，是法国著名的文学批评家、杰出翻译家、伽利玛出版社审稿委员会唯一女审稿人。——编者注

过伪装来掩盖紧张的关系只是徒劳的。《简·爱》中的恋人则是相当坦诚的，因为他们能够逆转支配和顺从的角色，因为他们都对彼此悬而未决的关系感到焦虑，而且双方愿意放弃伪装来解决他们所焦虑的问题。互相关心的简和罗切斯特逐渐变得成熟，虽然受过伤，但依旧愿意做出改变。而威尔和罗莎蒙德则与之截然相反。

在《米德尔马契》的世界里，人们对感情都缺乏决心，因此也不愿经历共同的改变所可能带来的困难。在威尔折磨罗莎蒙德的那一部分中，小说明确指出两人的疏离关系：他对她漠不关心，而当她知晓此事后相当惊讶。当多萝西娅和威尔第一次向彼此讲述他们对善良和美好的喜爱时，乔治·艾略特形容他们“像两个可爱的孩子一样看着对方”——而不是像那些了解成长和改变之痛苦的成年人。四十多章之后，到了小说的高潮部分，他们终于承认对彼此的爱意时，他们又变得像孩子一样，先是“双手合十，像两个孩子一样，望着外面的风暴”，之后，多萝西娅告诉威尔，她没有多少财产，并“以一种孩子气的哭腔”和他说话。对于威尔和多萝西娅，就像希斯克利夫和凯瑟琳一样，成年是亲密关系的障碍，而非实现亲密关系的手段。

闪电的启示

与希斯克利夫和凯瑟琳一样，威尔·拉迪斯拉夫也与自然有着特殊的关系。虽然《米德尔马契》一书中从未明确说明自然和威尔·拉迪斯拉夫之间的联系。但每当拉迪斯拉夫出场时，乔治·艾略特总能设法暗示这一点。威尔体现了自然本身的能量：

“他看上去就像春天的化身，空气中充满了他的精神。”他无意识的行为就像大自然的反应，有时他摇摇头，“有点像一匹精力充沛的马”。多萝西娅只有在和威尔在一起的时候，才能真正地融入大自然。在他们早期的一次会面中，“两人互相对视着，犹如两朵刚刚开放的鲜花”。

当简·爱接受已婚的罗切斯特先生时，闪电发怒了；而当多萝西娅接受卡苏朋先生时，闪电却并没有如此；而当多萝西娅从罗马蜜月之旅回来，在卡苏朋的家里遇到威尔时，天气只是阴雨绵绵而已。勃朗特姐妹一次又一次地幻想大自然会在关键时刻做出同样壮观的干预。当威尔和多萝西娅即将分开，却无法表达对彼此的爱意时，“电光又猛烈一闪，把他们彼此呈露在对方眼前”，威尔“痉挛般地”抓住了多萝西娅的手。在这部医学专家的小说中，“痉挛”象征着一种无意识的运动，这种运动是自然和本能的产物。从这里可以看出，乔治·艾略特同玛丽·雪莱和勃朗特姐妹一样，都或多或少地认同自然主义的影响。

当然，在现实世界中，每个人都习惯于这样一种认知：尽管你对大自然抱有种种希望，但它却无动于衷。甚至有一些狂热分子把地震或洪水归咎于神的愤怒，即便如此，他们也不认为自然本身是愤怒的。人人都可以看到，大海、陆地和天空都对人类的痛苦和幸福视而不见；人人都知道，那些大自然同情人类的神话无非是人们自我安慰的幻想。不过，这些幻想也并非完全是错误的。当你看着大海、陆地和天空时，如果只能看到大自然的冷漠，也许是因为你自身的问题。

大海、陆地和天空虽然冷漠，但它们的确是一种比人类更为宏大的存在。人类以自己的身体为标准，生活在一个以米为计量单位的小尺度上，而自然则往往以公里或更大的单位来度量。在这个尺度上，大自然对人类的思想和情感最为感兴趣。它用头痛和消化不良来惩罚愤怒和恐惧；它以稳定的心跳和深度的睡眠来奖励爱与信任。《米德尔马契》的闪电激发了威尔和多萝西娅的内在自我，使他们想起性爱中始终存在的脆弱和饥饿，对温暖和触碰的需要，还使他们想起了叙述者在书的开头就不屑一顾的“忠诚的感情”。《简·爱》神话一般的同情的天性，以及《米德尔马契》的最后几章所展示出的情感，与叙述者理性且绝对的否定相比，要更为真实一些。乔治·艾略特在最后使拉迪斯拉夫和多萝西娅恢复了与自然的全面关系，这是她最慷慨的举动，也是体现她明智的伟大标志。

从婚姻到成年

成为威尔·拉迪斯拉夫的情人后，多萝西娅变得孩子气了；但作为卡苏朋的妻子，她早已不是小孩。当她意识到罗莎蒙德出轨，也就是背叛了威尔·拉迪斯拉夫时，她对罗莎蒙德展开了一番道德说教：

> 婚姻是与其他一切完全不一样的东西（多萝西娅说）。“它所构造的亲密关系，甚至包含着可怕的（也就是令人敬畏的）因素。哪怕我们更爱另一个人，超过了那个……那个成为了我们伴侣的人，那也无济于事……”可怜的多萝西娅，她的心在剧烈跳动，这使她只能断断续续往下讲，“我是说，在那种爱情中，婚

> 姻不允许我们这样做。我知道，那种感情或许很宝贵……但它会扼杀我们的婚姻……我们应当挽留住婚姻。至于我们的丈夫，如果他爱我们，信任我们，可是我们不能回馈他，只能给他的生活带来灾难……”

这段表达背后的深意，以及多萝西娅思考如何说出这段话的过程，是乔治·艾略特富有想象力的表现之一。当多萝西娅看着威尔·拉迪斯拉夫和罗莎蒙德亲密在一起时，她痛苦了一整夜，哀悼自己无法得到威尔的爱。然后，随着黎明的到来，多萝西娅强迫自己勇敢走出痛苦，这一幕成为十九世纪小说中最精彩的章节之一。她拉开窗帘，朝窗外望去：

> 路上有一个背着包袱的男人，和一个抱着孩子的女人。在田野里，她能够看见一些移动的身影，那也许只是牧羊人和他的狗。远处弯弯的天边出现了鱼肚白，她感到世界是如此广阔，人们正慢慢醒来，迎接这新一天的劳作和辛苦。她也是这主动汹涌向前发展的日常的一部分，她不能躲在奢华的小天地里，只做一个旁观者，也不能让个人的痛苦遮住她自己的眼睛，忽视了其他一切。

她对于“也许那是牧羊人和他的狗”的犹豫不决，暗指她生理上的近视，而不是她道德层面短视的象征。多萝西娅通过个人的痛苦和道德觉醒，发现了自己存在于自然的连续性中，而威尔从一开始就毫不费力地发现了这种连续性。未被提及的是，这个发现不是知识的产物，而是由一场误会引发的觉醒——多萝西娅误会了拉迪斯拉夫和罗莎蒙德的关系。

多萝西娅在清晨思考的这一幕，折射出乔治·艾略特对费尔巴哈著作的理解。多萝西娅之所以想要帮助罗莎蒙德摆脱诱惑、忠诚于婚姻，她的这种责任感是基于一种对生命和人性的总体感受。但是多萝西娅所说的话，不仅是说给罗莎蒙德听的，也是说给自己的。只要她仍是卡苏朋先生的太太，她就无法享受与威尔之间的爱情。虽然她已经拒绝了卡苏朋先生无理的要求，但她的拒绝与他的死亡同时发生。所以，当她向罗莎蒙德谈起出轨之爱“会扼杀我们的婚姻”时，她也在指她的丈夫被他们紧张的婚姻关系所累。卡苏朋从未“爱过和信任过”多萝西娅，他始终通过自己利己主义的扭曲滤镜来审视她，但现在多萝西娅已经学会更多地关心活着的人而不是死去的人，更专注于爱别人而不是被爱。她已经悄悄地放弃了对壮丽、史诗般生活的幻想，转而追求一种有爱、平凡的生活。在书的开头，因为西莉亚传话说，詹姆士·彻泰姆爵士认为多萝西娅喜欢他，多萝西娅被激怒了：“说我喜欢他，这对我来说是一种冒犯。而且，如果我愿意接受一个人为我的丈夫，‘喜欢’一词无法准确形容我对他的感情。”而在八十章后，当多萝西娅证实她已经接受威尔·拉迪斯拉夫做她的丈夫时，西莉亚问道：“他很喜欢你吗，多多？”多萝西娅回答说：“希望如此吧！至少我很喜欢他。”

几行之后，她平静地确认，对她来说最重要的知识是通过共情所获得的知识，共情字面上的意思是与之感同身受。当西莉亚问起多萝西娅和威尔是如何订婚的，多萝西娅深情地拒绝了她：“不，亲爱的，你只有经历过我所经历的，否则你将永远无法明白。”也就是说，你需要共情才能懂得。

多萝西娅对罗莎蒙德所说的这段话，其深度在于，通过一段极其不幸的婚姻，她了解到所有婚姻中令人敬畏的“亲密”。在这里，乔治·艾略特抛开了过去驱动多萝西娅成长的救赎、孤立、优越感等宏大幻想，承认了和解和内心宁静才是生活真谛。然而，这个现实的时刻很短暂。几页之后，乔治·艾略特用一道闪电把多萝西娅和威尔联系在一起，用一个粗糙且缺乏说服力的“结局”，让威尔·拉迪斯拉夫找到了他的公众事业，而多萝西娅什么都没做，就对“世界日益增长的美好”产生了“不可估量”的影响。

乔治·艾略特在多萝西娅上段发言中所解构的“神话”，与她在多萝西娅的故事中所塑造的“神话”是一样的，即婚姻是一种逃避不幸的手段，像威尔·拉迪斯拉夫这样的救世主可以带着你远离一切，进入永恒的知识和爱——其实是同一种。多萝西娅告诉罗莎蒙德，婚姻带来的不是逃避，而是一种强烈而亲密的关系，在这种关系中，夫妻双方可以选择给对方带来痛苦或幸福，也可能两者兼而有之。而激发多萝西娅和威尔内在觉醒的那道闪电，是一个高度浓缩的隐喻——从爱到婚姻的转变，虽然她并没有采用小说最为人称道的现实主义笔法和细节来描绘这一转变，但是在多萝西娅身处黑暗的苦难中，当她面对自己那自私而不完美的前夫时，乔治·艾略特试探性地指出了一种更加深刻、更难以描述的转变：从坟墓般的婚姻中挣脱，去寻找鲜活的爱情。

乔治 · 艾略特 *George Eliot*

原名玛丽 · 安 · 埃文斯，1819年出生于沃里克郡纽尼顿，是房地产商罗伯特 · 埃文斯和克里斯蒂娜 · 埃文斯的女儿；于1880年在伦敦去世。她受洗时名叫玛丽 · 安妮（Mary Anne），但她一直使用玛丽 · 安（Mary Ann）的拼写，直到1851年开始使用玛丽安（Marian）这个名字。从1854年到1878年G. H. 刘易斯去世，她一直与他生活在一起。1880年，就在她去世前几个月，她嫁给了约翰 · 克劳斯。她翻译了大卫 · 弗里德里希 · 施特劳斯的《耶稣传》（1846年，匿名出版）和路德维希 · 费尔巴哈的《基督教的本质》（1854年，以玛丽安 · 埃文斯的名字出版）。她的小说、故事和诗歌都以乔治 · 艾略特的名字出版，到1859年后，她的作者身份才广为人知。她的小说包括《教区生活场景》（1858年）、《亚当 · 比德》（1859年）、《弗洛斯河上的磨坊》（1860年）、《织工马南传》（1861年）、《罗慕拉》（1863年）、《费利克斯 · 霍尔特》（1866年）、《米德尔马契》（1871年至1872年，分八个部分出版）、《丹尼尔 · 德龙达》（1876年，分八个部分出版）。

第 5 章

爱情：《达洛维夫人》

Mrs. Dalloway

《达洛维夫人》是一本关于爱的书，每个人都想得到这种爱，但是没有一个成年人能真正给予或得到这种爱。彼得·沃尔什深爱着克拉丽莎·达洛维这个人本身。他爱的不是她的美貌、智慧、力量、热情，因为所有这些特质也可能以其他组合形式，存在于成千上万个他不在乎的人身上。彼得对这些特质不感兴趣，当他分心去思考克拉丽莎的特质时，他反而会感到恼火。相反，他爱的是被他称为“克拉丽莎本人”的，那个独一无二的人。

走在伦敦街头，彼得听到教堂敲响半点钟的钟声，他觉得那声音好像是一个人。

> 仿佛是什么有生命的东西想要坦白，想要四散开，想要带着一阵幸福的颤栗去歇息，沃尔什内心激动地想，这正如克拉丽莎穿着一袭白衣，随着钟声走下楼梯。那便是克拉丽莎本人……

就其特质而言，其他人对克拉丽莎的评价或许更为准确一些：一个中年社交圈中的女主人，好客却拘谨，热情却脆弱，缺乏激情，也没有激发激情的能力。三十年前，她曾拒绝嫁给沃尔什。沃尔什知道她所有的缺点和局限，也从来没有把她理想化过。他爱的是真实的她。在他眼里，她只要出现在那里，就能重塑他的世界。在他眼中：

> （克拉丽莎有着）女性特有的出色的天赋，不管在何处，她都能创造自己的一方天地。她走进一个房间，即便那里挤满了人，但人们只会看到克拉丽莎，就像他记忆中每一次的那样。并非是她妩媚动人，事实上，她一点儿也不美，没什么独特的地方，谈吐也从没显出格外机智的样子，尽管如此，她就是令人难忘，而且相当令人难忘。

在小说的最后，他对克拉丽莎的爱在一种幻觉中得到了回报。就在克拉丽莎的宴会上，他坐在房间里等她，当她走进来时，那种欣喜若狂猛然攫住了他。另一边，克拉丽莎的老朋友萨利·西顿已经等得不耐烦了，她站了起来，对克拉丽莎的丈夫说了几句话，准备离开，沃尔什也打算跟着走了。

> "就来了，"沃尔什说道，他却仍然坐着待了一会儿。他思忖着：这是怎样的恐惧？这又是怎样的狂喜？究竟是什么使我变得异常激动？
>
> 是克拉丽莎，他自言自语。
>
> 因为她就在眼前。

沃尔什不知道的是，就在一两分钟之前，克拉丽莎的内心也经历了一次震动。在得知年轻的退役军人赛普蒂默斯·沃伦·史密斯因战争阴影而自杀后，她发现自己蜷缩在一个"小房间"里，并对于死亡噩耗肆无忌惮地闯入她精心打造的欢乐、华丽的宴会中感到一种恼怒的憎恨。赛普蒂默斯知道他将被转移到疗养院，在那里，他的医生会基于他的症状替他选择接下来的生活，但他选择了死亡而不是屈服。当克拉丽莎想到他时，她意识到，在他自杀的疯狂行为中，他捍卫了自己的人格完整性，而这种人格完整性正是她在她自己的生活中所背弃的。她的自我认知，以及她对赛普蒂默斯富有想象力的同情，使她的内心发生了转变。即使只是一瞬间，她重拾了自己长久以来一直拒绝的完整人格，她回到了她的宴会上，在那里，沃尔什感觉她的存在是一种梦幻般的荣耀。

直到《达洛维夫人》接近尾声，克拉丽莎才意识到“克拉丽莎本人”的存在。在此之前，她更像一个附属品，她的存在取决于她的丈夫，取决于她与某人或某物的关系。

> 她有一种极为荒诞的感觉，感到自己成了个隐形人，没人能看见她，也没人认识她。再也不会有结婚生子这回事了，剩下的唯有与人群一起，古怪且庄严地向邦德街迈进，剩下的只有达洛维夫人自己，甚至都不再是克拉丽莎了，而是理查德·达洛维夫人。

当克拉丽莎“情绪化地、做作地”介绍她的女儿，说“这是我的伊丽莎白”时，沃尔什感到有些恼火，因为那样好像伊丽莎白只是一个与克拉丽莎有关系的人，而不是作为独立的自己。“这是我的伊丽莎白，”沃尔什后来问自己，“为什么不简单地说‘这是伊丽莎白’呢？”他知道克拉丽莎冷漠无情，却还是坚持爱她本人。“那便是她的可恶之处——这种冷漠深深埋藏在她的心底。今天早晨和她谈话时，他又感到了这一点。可是他依旧深爱着她。她有一种奇异的魅力，能拨动人们的神经，对，她能把人的神经拴在琴弦上拨弄。”

虽然沃尔什并不知道，但克拉丽莎对他同样存有爱意，只是没有那么强烈。她把这种感情视为对过去的怀念，而与当下的生活毫无关系。早在书的第三段，她就想起了他：“他的话总能叫人记住，还有他的眼睛、他随身携带的小刀、他的微笑，以及他的坏脾气。千万桩往事早已烟消云散，而——说来也怪！——这些平淡如水的话却会牢记心头。”这和喜爱沃尔什本人并不完全一样，但比起她对丈夫的感激，或者对女儿的占有欲，这份感情更接近于爱。当沃尔什离开后，她始终念念不忘，“她会突然想到，倘若他此刻在她身旁，他会说些什么？——有些日子和情景会使她静静地思念他，回忆中已没有了往昔那种怨愤。”

他现在不在她身旁，因为她选择做理查德·达洛维夫人。当她不再追忆曾经有一个叫克拉丽莎的人的过去时，办宴会成为她生活的全部。在她的想法中，她将她的宴会描述为“一种奉献——联合，创造嘛”。她补充道：“然而，奉献给谁呢？”她还试图为自己开解：

> 或许是为了奉献而奉献。不管怎样，这是她的天赋。除此之外她没有一丁点儿才能，不会思考，也不会写作，甚至连弹钢琴也不行。她分不清亚美尼亚人与土耳其人，却一心想讨人喜欢，结果总是滔滔不绝地说一大堆废话；她至今都不知道赤道是什么东西，倘若有人问她，那她可要难堪啦。

她知道她不会将她的天赋送给任何人，更不会送给她邀请的那些客人。她对那些客人的感觉可以说从轻微的喜欢，逐渐转变为消极的冷漠，再到强烈的反感。她唯一迫切想见的两位客人是沃尔什和萨利·西顿，不过她从未给他们发过邀请函，因为她没想到会在伦敦见到他们，没想到他们会出现在她家门口，只是因为他们在宴会当天碰巧来了伦敦而已。

“必须”，他们说

《达洛维夫人》的情节，简而言之，是从开篇句“达洛维夫人说她要自己去买花”——在这句话中，一个名为达洛维夫人的女人独自去花钱买一些装饰品——到结尾句，达洛维夫人已经变成了克拉丽莎。尽管注意到这一转变的只有沃尔什和克拉丽莎本人，沃尔什是通过他幻觉中的恐惧和狂喜而注意到的，而克拉丽莎是在自己的“小房间”里觉醒的。

《达洛维夫人》是英国小说（甚至是所有小说）中最深刻、最感人的一次探索，它探讨的是一种爱，这种爱以自身为价值，这种爱重视“克拉丽莎本人”胜过有关她的一切，胜过她所说或所做的一切。对内在与外在力量的探索，让这本书具有非凡的深度。在《达洛维夫人》中，爱的最大阻力就是权力。在书中的大部分时间里，克拉丽莎·达洛维坚持在爱情面前不为所动。她每天花很多时间安慰自己，在他们还年轻的时候，她拒绝与沃尔什纠缠不清的婚姻是正确的。她钦佩并希望自己是一个足够坚韧而不被强烈情感所感动的人。她想，如果她可以成为其他人的话，她希望自己能像贝克斯伯勒夫人一样，人们说她主持义卖市场的开幕式时，手里还拿着那份电报，电报上报道说——她最疼爱的儿子约翰在战争中牺牲了。但克拉丽莎也会本能地避开任何掌握权力的人，她是书中少数几个有足够的道德、智慧，能够理解权力的诱惑及其代价的人物之一。

克拉丽莎周围的几乎每个人都以自己的方式崇拜某种非人性化的、难以捉摸的、形式未知的力量。当一辆装有遮阳窗户的官方汽车在邦德街上谨慎地穿行时，伦敦人全都全神贯注地站着，他们根本不知道里面可能是谁：

> 但是，没有人知道他们究竟看到的是谁的面孔。是威尔士王子？是王后？还是首相大人？是哪个人的面孔呢？谁也说不上。

白金汉宫外的人群看着驶近宫殿大门的汽车，却从未看到它进入，因为他们都把注意力转向了一种更新奇、更无名的力量，他们盯着一架在空中“写字”的飞机，飞机上的无名飞行员正在拼出一个不起眼的广告，而大多数人甚至都无法辨认出广告中的那些字母。[①]

书中神经病医学专家威廉·布雷德肖爵士是最生动的权力化身，他通过社会和法律的力量成功扼杀了病人的自主性和自我意识。只有克拉丽莎和赛普蒂莫斯的妻子卢克丽西娅厌恶威廉爵士。但克拉丽莎被分为两个部分，一个是内在的自我，一个是外在的女主人。只有她的内在自我反感威廉爵士，外在的女主人却对他印象深刻，邀请他参加她的宴会，正是他在宴会上带来了赛普蒂莫斯的

---

① 有时，权力崇拜的形式也并不那么遥远和崇高。在书的结尾处就有一处滑稽但优雅的解释，当克拉丽莎走进宴会的小房间时，叙述者报告说，首相和布鲁顿夫人稍早离开了房间，但椅子上“仍然显出首相与布鲁顿夫人坐在一起时的身影”：“她尊敬地侧身谛听，他则威严地端坐着，一副庄重的模样。两人在谈论印度的情况。”在这本书中，权力给人的最终印象，是两对臀部的烙印。——作者注

死讯。当天早些时候，当赛普蒂莫斯和卢克丽西娅到威廉爵士的诊疗室拜访时，威廉爵士安排将赛普蒂莫斯送到他的私人疗养院，并以不容置疑的冷静语气，敦促赛普蒂莫斯将他的全部人格交给威廉爵士照管。“尽量少想自己。”他说。“把一切都交给我吧。”他补充道。这句话听起来很随意，却掩盖了其背后的强权。卢克丽西娅问是否必须将赛普蒂莫斯和她分开。“很不幸，是的，一个人生病的时候，即便自己最亲爱的人也没用，只会加害于病人。”克拉丽莎每天大部分时间都在解释她为何故意拒绝一切可能触及她内在核心的关系；而赛普蒂莫斯则每天大部分时间都在期待着他的关系何时破裂，他的自我意识何时会被外在意识所压制。威廉爵士告诉赛普蒂莫斯他必须休息。赛普蒂莫斯后来心想：

> “必须”，“必须”，干吗总是说“必须”？布雷德肖有什么权力管他？！“布雷德肖有什么权利命令我‘必须……’？！”他质问。

在《达洛维夫人》一书中，“必须”这个词贯穿始终，只要一想到或是一说出来，就会被重复两三次以示强调，“必须”一词是对权力最好的注解。正如卢克丽西娅所坚信的，那些统治他人的人“什么都不清楚，却还统治着、迫害着他人”。“必须。”他们说。这个词的力量在隐形的社会惯例中与法官和医生的权力一样大。克拉丽莎回到她那间有着狭窄小床的阁楼房间时，她又想起了这个词：“女人必须脱下她们华丽的衣服。到了中午时，必须脱去衣服。”克拉丽莎的女儿伊丽莎白独自进城时，也同样感受到了一种温和的束缚：“她必须回家。她必须穿戴打扮好去吃饭。”

然而，这个词也可以表示一种截然相反的、内在的必然性，而不是外在强加于人的东西。赛普蒂莫斯拒绝要孩子，卢克丽西娅的反应是："她必须要孩子……她必须要个男孩。她必须要有个像赛普蒂莫斯那样的儿子。"但是直到《达洛维夫人》的结尾，所有内在的主观愿望，就像马丁·路德为抗议强权压制时所说的那种"我别无选择"的愿望，都会被外部施加的强制力推翻。

因为她是凡人

《达洛维夫人》和弗吉尼亚·伍尔夫的大部分小说一样，融合了胜利的满足和哀婉的悲伤。克拉丽莎和沃尔什最后充满胜利意味的觉醒，最终被克拉丽莎的病情和对死亡的恐惧所笼罩，尤其是赛普蒂莫斯自杀的残酷事实。书中的胜利喜悦和悲伤挽歌相互依存，因为在这本书中，挽歌和胜利都是评价个人独特性的方式，这种独特性集中体现在"克拉丽莎本人"这一概念中。

沃尔什在和克拉丽莎短暂而不甚愉快的早晨会面之后，四处闲逛了一段时间，他听到钟响，想象着克拉丽莎在整点的报时声响起时走进了会客厅，于是他问自己："当钟声敲响时，他又为何感到如此心花怒放？"然后他的心情又变得阴郁起来：

> 当圣·玛格丽特教堂的钟声渐渐减弱，他想到她的病痛，那钟声变成了虚弱和痛苦。他将那想象成她的心脏病发作，最后一下钟声蓦地响亮有力，那是震撼生命的丧钟，仿佛宣告了死神的降临，克拉丽莎在她的会客厅内应声倒下。不！不！他呐喊着，她没有死！我也不老，他呐喊着……

沃尔什如此珍视克拉丽莎，正是因为他知道她一定会死，而弗吉尼亚·伍尔夫在《达洛维夫人》一书中描绘了这样一个情感真理：你之所以珍视别人，诸如珍视克拉丽莎本人或任何一个拥有独特自我的人，前提是你也预料到了他们的死亡。在人际关系中，所爱之人之所以可贵，部分是因为她终有一死。如果她不是终有一死的凡夫俗子，她可能会被崇拜、敬仰，或者被视为一盏明灯、一簇火柱，但她永远不会被视作平等的对象去得到他人的爱，永远不会感受到一种仅仅因为对方担心她来不及感知到，而变得急迫的爱。

弗吉尼亚·伍尔夫以《奥德赛》为原型塑造达洛维夫人，部分原因是她从詹姆斯·乔伊斯的《尤利西斯》中获得了灵感，而《尤利西斯》也同样是以《奥德赛》为创作的灵感源泉。沃尔什是一个失败的现代版奥德修斯，五年后回到了一个已经嫁给他人的女人身边。他既像又不像荷马笔下的奥德修斯，经过二十年的战争后，回到了忠贞不渝的佩涅洛佩身边。当奥德修斯不在的时候，佩涅洛佩将一件裹尸布织了又拆，拆了又织；而当沃尔什突然出现在克拉丽莎面前时，她正在缝补裙子上的一个破洞。西方文学中早已展示了爱情与死亡的紧密关系，比如从奥德修斯和不朽女神卡吕普索[①]之间的对话中就能发现，她向奥德修斯发起挑战，要求奥德赛解释为何他爱凡人佩涅洛佩胜过她自己。“难道我不如她讨人喜欢吗？”卡吕普索质问道，“不如她有趣？不如她漂亮？在天赋和外在方面，凡人能与女神相比吗？”奥德修斯用他在对他不爱的人说话时惯用的圆滑口吻回答道：

① 卡吕普索是希腊神话中的海之女神，是扛起天穹的巨人阿特拉斯的女儿。她将奥德修斯困在她的奥杰吉厄岛上七年。——编者注

我尊贵的女神，请不要因此对我动怒。

我深知我那审慎的佩涅洛佩

在你的光彩下只会黯然失色，

因为她是凡人，你却是长生不衰老。

不过我仍然每天怀念我的故乡土，

渴望返回家园，见到归返那一天。[1]

卡吕普索知道，奥德修斯每天都在她的小岛岸边哭泣；沃尔什也同样很吸引那些对男子汉气概不感冒的女性。而实力和无敌感，如同一种强大的力量，对于那些试图通过寻找独立伴侣来避免亲密关系纠缠的人来说，往往最有吸引力。

被原型所诱惑

每个时代都有独特的方式来丑化一个人的人品，这个过程就像一场刺激的智力游戏。二十世纪二十年代初，当弗吉尼亚·伍尔夫在创作《达洛维夫人》期间，原型概念相当流行。卡尔·古斯塔夫·荣格用“原始意象”来概括这个概念。只有心理学家或艺术家才能描述这种“原始意象”，如《流浪者》或《伟大的母亲》，除此以外，它们只会出现在人们的潜意识中，并成为集体无意识进行跨时代传播。在荣格给它命名之前，原型概念已经在十九世纪晚期的欧洲思想中盛行：它是象征主义召唤出的神秘意象，在詹姆斯·弗雷泽爵士的《金枝》的普世神话中，在W. B. 叶芝的梦幻诗歌中，或像《第二次降临》里的狮身人面像，在某

① 出自《奥德赛》（第五卷）。——编者注

个梦幻时刻，它化身为“宇宙精神的宏伟图像”——宇宙的心灵。1923年，当弗吉尼亚·伍尔夫还在创作《达洛维夫人》时，她和丈夫伦纳德·伍尔夫，以霍加斯出版社出版人的身份为T. S. 艾略特的《荒原》英国版第一版定稿，在这首诗中，寻找圣杯的过程不是由单个英雄完成的，而是由多个人物完成的，而每个人都是宇宙神话的化身之一。同年，也就是1923年，荣格的《心理类型》被翻译出版后，他提出的“原始意象”成为英语话语系统中的流行词。

原型的概念在过去就令人兴奋，现在仍然如此，因为它生动地呈现了一个往往被忽视的事实：你的个性，实际上部分源于一种集体无意识。原型的真实性，使人们有理由相信原型包含了关于人类的终极真理。沃尔什坐在公园的长椅上，做着他的白日梦，体验着原型的诱惑，这一场景占据了《达洛维夫人》中有着极短篇幅的第五章。随着沃尔什进入梦境，坐在他旁边长椅上身穿灰色衣服的保姆变成一个经典原型：“她看上去好像是捍卫睡眠者权利的使者，又像一个精灵，出现在暮色下的树林中。”此时，沃尔什不再是普通的沃尔什，而是变成了具有原型的“孤独的漫游者，出没于小街深巷，触动了野藏草”，他突然看到了自己作为漫游原型的目标：“道路尽头的一个硕大的身影”。这个身影让他兴奋不已：“也许因为深信自己是个无神论者，所以突然像教徒那样激动起来时，连他自己都觉得诧异。他渴望解脱，渴望慰藉，渴望从那些羸弱、丑陋、胆怯的男女之外发现些别的什么。”他把一个原始的女性原型投射到他周围的世界，然后“沿着小径踟蹰，仰望苍穹和树枝，他迅速赋予了它们女性气质”。

这是沃尔什的危机时刻，他必须在十字路口做出决定。就像以奥德修斯为代表的所有探险英雄一样，他被海妖塞壬的歌声所诱惑，那歌声像安慰剂但也是致命的幻觉，会让他偏离正确的航线。但是在沃尔什的探索中，真正的目标不是某个遥远的地方，而是近在他眼前的“真实的东西”——一个真实的、平凡的世界，它或许会因为爱上某人而改变，但它仍然是真实的。沃尔什试图转向“一种普遍的和平”，一种崇高但宽泛的概念。他兀自思量：“让我们永不返回华灯之下吧，不再重返客厅，永不读完自己的书，再也不磕掉烟斗里的灰，再也不按铃唤特纳太太收拾杯盘；就让我勇往直前，赶上那硕大的幻影吧（站在旅途终点处的女性原型），她一昂头便会把我举到她的飘带之上，让我和其他一切都化为乌有。”

这种“虚无”的景象，就像诱惑奥德修斯的塞壬之歌一样，既迷人又具有破坏性。当沃尔什梦中的孤独旅行者从树林中出现时，那个伟大的女性形象渐渐变成了门口的“老妇人”，她并不是他的女房东，因为她是一位千面女主人公。她“似乎（看上去脆弱，但其实强有力）要越过沙漠，去寻找她失去的儿子，寻觅一个被毁灭的骑手，去给那些死于战争的儿子们做母亲”。最后，“当孤独的漫游者沿着村中小街踯躅而行时”，人们伫立不动，“仿佛他们知道并且无畏地等待一种令人悚然的命运，它即将把他们彻底毁灭”。旅行者慢慢地回归现实世界的清醒意识，走进了室内，走进了“平凡事物之中”。女房东拿起果酱问道：“今晚没有别的事了吗，先生？”沃尔什的梦境以小说讲述者的问题结束：“那孤独的漫游者向谁答复呢？”

当沃尔什醒来时，他喃喃自语地说："灵魂死啦。"这个短语有两层含义。一方面，它指出了沃尔什一直梦想的那种毁灭和失望；另一方面，暗指克拉丽莎坚持和拒绝她最深处的自我。当沃尔什醒来的时候，"这几个字（灵魂死啦）同他梦见的某一个情景、某一个房间，以及某一段往事有关。梦境中，那情景、那房间和那一段往事变得更清晰了"。对沃尔什来说，现在他已经完全清醒了，回头再看他的梦，那并不是对潜意识的投射，而是一个真实发生过的场景，他年轻时拜访了克拉丽莎位于波顿的家，"那时他是如此热烈地爱着克拉丽莎"：

> 他们在议论一个住在附近娶了自家女仆为妻的绅士，那人的名字他已忘却……后来有人说——那是萨利·西顿——要是他知道她在婚前已经有过一个孩子，这件事是否会影响他们的感情？……眼下，沃尔什脑海中重新浮现克拉丽莎当时的模样：她的脸涨得通红，而且不知为何突然神情紧张，她说："哎，那我再也不能跟她说话了！"……
>
> 他并未由于她计较这一点而责怪她，因为在那个时代背景下，像她那样成长起来的姑娘基本上什么也不懂。但是，她的姿态叫他生气：她胆怯而又严厉，傲慢而又拘泥。[①]他本能地说了句"灵魂的死亡"——她

① 这是弗吉尼亚·伍尔夫为英国版所做的最后修订。美国版本早期的文本是"胆小的；强硬的；傲慢的；缺乏想象力的；拘谨的。"但克拉丽莎的想象力并不是问题所在，所以弗吉尼亚·伍尔夫删除了彼得提到它的地方。英国版是弗吉尼亚·伍尔夫和她的丈夫在霍加斯出版社出版的，她在最后时刻做出了一些修改，强调了一些最重要的主题，而美国版的读者从来没有机会看到这些修改。其他类似的变化将在接下来的页面中注明。——作者注

的灵魂死了——从而给了那个时刻一个特定的意义，这是他惯常的行为。

沃尔什对原型模糊的梦想与克拉丽莎强硬傲慢的拘谨恰恰相反，但两者都是否认真实人物个性的方式，都需要类似“灵魂之死”这样的东西。当沃尔什想起克拉丽莎“不知为何突然神情紧张”时，他联想到了她拒绝他爱意的时刻——那天中午她独自一人待在房间里时，她称自己在感情上的退缩是“这种冷酷精神的扭曲表现”。

滋养留下的斑点

从梦中醒来后不久，沃尔什就因拒绝了诱惑而得到了一种奖励，即一种清醒的状态，让他以一个活生生的人的视角来对抗他扭曲的梦境。

在街角，“有什么声音打断了他的思路，一种纤细、颤抖的声音，像气泡一般不断冒出，了无方向，毫无活力，没有开端也没有结尾……听不出这声音是年轻人的还是老人的，男的还是女的”，唱着听不懂的音节，“咿……嗯……吠嗯……嗦呼……嘶喂……突……嗯哦”。事实证明这是另一个女人的声音，“因为她穿着裙子”。而且你几乎可以将其视为一种“原型”，一种永恒的女性形象。

脚下的人行道在百万年前曾是一片青草地或一片沼泽，它历经了长牙猛犸象的时代，经历了无数次太阳周而复始地升起、降落才变成了人行道。而那个唱着爱情的颂歌的女人——她穿着裙子——右手裸露，左手

> 贴在身旁，站在那里——歌唱着持续百万年的、亘古不灭的爱。她轻轻地歌唱她死于几百万年前的情人。几百万年前，她的情人曾和她在五月里并肩漫步……终于，她那苍老和花白的头埋入一片已变成冰川的大地中。她祈求诸神，把一束紫石楠放在她身旁隆起的墓地上。最后一轮夕阳的最后一抹余晖残照坟茔，因为到那时，宇宙的盛典行将落幕。

她既是大地，又是身体，既滋养，又肥沃，是抽象原型与粗糙现实的结合体。她那歌声“仿佛从地上一个泥泞的洞口传出，同纷乱的杂草和树根纤维纠结在一起”，歌声“流过马里勒柏恩大街，又往下向尤斯顿大街流去”，没有穿过任何原始景观。在一幅精美的压缩图像中，它流动着“滋润大地，留下一星湿漉漉的斑点”。这个女性形象与沃尔什梦中站在终点处的壮丽背景截然不同，他越靠近她，她越像一个“穿着裙子的”、普通的、活生生的女人，而不是一个原型人物。

沃尔什向那歌声慢慢靠近，那毫无意义的音节汇聚成一首情歌：“把你的手给我，让我温柔地抚摸……即使被人看见，那又如何？”沃尔什梦的原型是一种普遍存在的幻境，而老妇吟唱的永恒颂歌也指向了一种普遍性，这种普遍性并非集体的无意识，而是一种人类共有的感受——肉体是爱的工具、媒介和信号。而离沃尔什不远的卢克丽西娅，她尽管被个人痛苦所折磨，但没有被原型迷惑，相反，她对这位老妇人产生了关切的同情。沃尔什就像故事里的探险英雄，在路过老妇人时，他给了她一个先令，而只有慷慨施舍乞讨者的英雄，才会在故事最后得到公主的奖励——给予沃尔什的则是见到克拉丽莎本人时的狂喜。

狂喜的压力

与此同时，克拉丽莎一直在告诉自己，拒绝老妇人歌声中隐藏的爱情关系是正确的。在她看来，选择温和、慷慨且拘谨的理查德·达洛维而拒绝沃尔什是正确的："因为一旦结了婚，在同一所屋子里朝夕相处，夫妻之间必须有自己的空间，有一点自主权。而理查德给了她这种自由，她也满足了理查德需要的自由空间。"而沃尔什则渴望难以容忍的亲密关系。"她不得不与他分手了，否则他们会一起被毁灭。"

她非常善于自我欺骗，而且会提出使自己信服的证据。当她早上穿过公园时，她记得自己曾往池子里扔过一个先令。"人人都记得啊。"她告诉自己。"她喜欢的是此时、此地、眼前的现实，譬如坐在出租马车里的那个胖女人"，仿佛她对胖女人的温柔好感可以弥补她对身边每个人的冷漠。后来，当她想到自己的死亡时，她还是想着自己："世界上没有人会知道她是多么爱这一切，没人知道她是如何爱这时时刻刻……"

中午回到房间时，她的想法就不一样了。她无法避免面对内心深处的寒意，"即使已经生过孩子，但处女感就像床单一样紧紧包裹着自己，无法驱散"。在新婚之初，同样的寒意冻结了她与理查德的亲密关系：

> 少女时代的她多么可爱，而忽然间，有那么一刻，譬如那次在克利夫登树林下的河岸边，她突然的冷漠性情让他失望了，另一回是在康斯坦丁堡，此后同样的情

况一再重复。她知道自己的缺陷在哪里。说到底，这个缺陷既不是美貌，也不是理智，她能觉察到一种渗透全身的内在感受，一种即将冲破表层的热烈情感，使原本冷漠的男女关系泛起涟漪。她厌恶它，对它怀有莫名的戒心，她觉得，或许是本性，是大自然所赐……

恰巧克拉丽莎正独自躺在床上读巴伦·德·马伯特的回忆录，它讲述了拿破仑在俄国的冬天未能完成攻破城墙，最终只能从莫斯科撤退的故事。

克拉丽莎的冷漠并不是与生俱来、一成不变的。它可以融化，虽然它只在少数时刻里融化，而且是和女性相处的时刻，而非在性体验中。故事的叙述者说道，克拉丽莎“有时不禁被一个女人的魅力吸引，但并非那种美丽少女，而是一个诉说自己的困窘或愚蠢行为的女人，她们经常来向她倾诉”。这在一定程度上呼应了克拉丽莎自己的想法。无论她被融化的原因“是出于怜悯，还是迷恋她们的美貌，或者因为自己年长”，至少有那么短暂的一刻，她确实有所感触。

她当时确实感受到了男人们都有的感觉。这一感觉瞬息即逝，但已足够。那是一种骤然的启示，好似脸上泛起的一丝红晕，仿佛一个人在脸红时，越想遏制，却越涨越红，让人束手无策，只得急忙跑到最远的角落，在那里微微颤抖，感到整个世界在逼近、膨胀，孕育着某种惊人的意蕴、某种压不住的狂喜，它冲破稀薄的表层，喷涌而出，带着无穷的慰藉去填补裂痕和创伤。然后，就在那一刻，她看见了一幕幻象：一根火柴在一朵

> 藏红花中燃烧，一种内涵的奥妙几乎得到诠释了。然而，幻象消失，坚硬的物质软化了。那一瞬间——消逝了。

“近景消失，坚硬的物质软化了。”克拉丽莎流露出的这种情感是“男人的感受”，借用男性的勃起和消退来描述克拉丽莎的情感，这与弗吉尼亚·伍尔夫对性别标签的不耐烦有很大关系——就像在《一间自己的房间》中的最后几页，她强烈怀疑“心灵中存在两种性别”。克拉丽莎记得的最激动人心的经历是十八岁时萨利·西顿亲吻她的嘴唇；但如果问克拉丽莎是不是同性恋（读者们经常这样问）就是在曲解克拉丽莎，也是在看轻这部小说的深刻含义。“克拉丽莎本人”不能归类于任何类别，她会对女性产生情感的冲动，但当她穿过公园时，也会热情地想起沃尔什；但她又同样毫不留情地拒绝了沃尔什、萨利和她的丈夫。与男性相比，克拉丽莎“明白自己缺少什么”，但她能“体会男人的感受”。

所以，沃尔什对她的看法是错的，当他从梦中醒来，走在伦敦街头，愤愤不平地把她归类为“女人……不懂得什么是激情，她们不理解激情对男人意味着什么”，这恰巧是克拉丽莎所体会过的。但沃尔什在下一句话中直言不讳地抱怨道：“克拉丽莎委实冷若冰霜。”克拉丽莎在处理男人和女人的关系方面是个典型的失败者，比如失败地处理与丈夫和女儿的关系，而她却为自己对出租车里的胖女人的注意与好感感到自豪。

弗吉尼亚·伍尔夫根据克拉丽莎的热情或冷漠来判断她对他人的喜欢程度，而不是根据性别划分她更喜欢和男性还是女性相处。对她来讲，重要的是情感的深度，而不是这些情感对象的“性质”。

他丧失了感觉的能力

克拉丽莎内心的寒意，与退役军人赛普蒂莫斯的孤独、触发自杀的疯狂相对应，赛普蒂莫斯在五年前与卢克丽西娅订婚的那天发现，“他丧失了感觉的能力”。在米兰的一个房间里，卢克丽西娅正在做帽子，“桌上堆满了羽毛、金属饰片、丝绸和缎带，剪刀碰着桌面，发出嘎嘎声。可他突然发现自己出了问题，他丧失了感觉的能力”。

而克拉丽莎因为多次让丈夫理查德失望，导致他们的关系彻底失败。她中午一个人待在卧室里，想着她的宴会。赛普蒂莫斯的问题，害他落入了威廉爵士的魔爪中。当听到有人上楼时，赛普蒂莫斯以为自己将被送到威廉爵士的私人疗养院，于是他选择从窗户一跃而下结束生命。而赛普蒂莫斯自杀的讽刺性在于，上楼的那个人与威廉爵士毫无关系，那是直率的全科医生霍姆斯，他坚持认为赛普蒂莫斯没有什么问题，用温和的镇静剂就能治好。

关于《达洛维夫人》的写作，弗吉尼亚·伍尔夫只主动提供了两个细节。1928年，也就是《达洛维夫人》首次出版三年后，该书被收入“现代图书馆丛书”中，在这套廉价的重印版中，伍尔夫在序言中写道：

> 关于《达洛维夫人》，目前只能透露一些零碎的东西，也许无关痛痒，也没什么价值。在第一个版本中，后来被认为是达洛维夫人替身的赛普蒂莫斯，这个人物根本不存在；达洛维夫人本来是要自杀的，或许只是在宴会结束时死去。我谦卑地向读者提供这些碎片，希

望它们像其他碎片[①]一样能有点用。

赛普蒂莫斯在小说中是作为克拉丽莎的替身出现的，他在疯狂中死去，这样克拉丽莎就可以继续活下去——就像简·爱的替身伯莎·梅森在疯狂中死去，这样简就可以结婚一样。他丧失了感觉的能力，因为他宁愿压抑自己的情感，也不愿直面战友埃文斯阵亡的悲痛。赛普蒂莫斯的反应来源于W. H. R. 里弗斯的《本能与无意识》中关于“战争的精神神经症”的描述，这本书于1920年出版，在伍尔夫创作《达洛维夫人》时已经广为人知。克拉丽莎的冷漠似乎也有类似的原因，最早根源可以追溯到她的童年时代。在这一段看似与故事无关的段落中，沃尔什想起了克拉丽莎对姐姐和父亲贾斯汀·帕里的看法：“克拉丽莎老是说，目睹自己的亲姐姐被一棵倒下的树压死（那全是贾斯汀·帕里的过错——怪他不小心），足以使你变得愤世嫉俗。尤其当时西尔维娅也正当豆蔻年华，又绝顶聪明，在姊妹中最为出色。”克拉丽莎和赛普蒂莫斯有着同样的焦虑无力感，然而克拉丽莎的失败是一种自愿的失败，部分原因在于她的天性和后天培养强加给她的失败，而赛普蒂莫斯的失败几乎完全是战争强加给他的。虽然克拉丽莎可以通过财富、地位和特权等保护力量使自己免于绝望，但同样的力量却让赛普蒂莫斯无法忍受。[②]

威廉爵士所代表的力量庇护着克拉丽莎，也摧毁了赛普蒂莫

① 但显然伍尔夫并没有提供她所说的那些碎片。——作者注

② 由于他们所掌握的特权不同，当其中一个或另一个执行相同的动作时，会导致完全不同的结果。在书的开头，克拉丽莎还记得，当她还是个小女孩时，“以前在布尔顿的时候，她一下子推开落地窗，奔向户外”，欢呼雀跃地说，“多美好！多痛快！”而在书的结尾，赛普蒂莫斯也从窗户里冲了出去，“他猛地摔在了费尔默太太家的栏杆上，死了。”——作者注

斯。威廉是书中唯一一个被叙述者用自己的声音而不是借由某个角色来批判的对象。“平稳，神圣的平稳，乃是威廉爵士的女神”，也是他的崇拜之物。“由于他崇拜平稳，威廉爵士不仅自己功成名就，也使英国日益昌盛。正是像他这样的人在努力为英国驱逐疯子，禁止生育，惩罚绝望者，使不稳健的人无法传播他们的观点，直到他们也接受他所追求的神圣的平稳……”威廉爵士让他的病人跪下的权力，与其他权力相对应：

> 然而，平稳还有个姊妹，不那么笑容可掬，更令人敬畏。这位女神此刻正要冲下圣殿，打碎偶像，以她那严峻的形象取而代之——在炎热的印度沙丘上，在泥泞的非洲沼泽地里，在伦敦的贫民窟中。总之，只要在那些天有异象或魔鬼引诱人们放弃自己的真实信念之处，她便会在那里出现。她的大名叫感化，她尽情地蹂躏弱者的意志，热衷于引人注目、发号施令，把自己的容貌刻在民众脸上而得意扬扬……这位女神也存在于威廉爵士心中，尽管她披着似乎合情合理的伪装，潜伏在冠冕堂皇的名称之下——爱情、职责、自我牺牲，等等。

感化是传教士的女神，是宣传者的女神，是组织者的女神，是英属非洲和英属印度权威代表的女神，也是哈利街神经专家的女神，他召唤她来征服他的病人及他的妻子：“譬如布雷德肖夫人吧，十五年前她屈服了，以一种神秘的方式拜倒在感化女神的脚下：没有当众争吵，没有厉声申斥，只是潜移默化地，像是被水淹没一般，她的意志渐渐消沉，逐渐转变为他的意志。”

每当一部小说将压迫者和受害者进行对比时，读者都乐于站在受害者一边。而弗吉尼亚·伍尔夫一如既往地贬低读者的自我奉承。她描绘的受害者可能和他们的压迫者一样腐败，他们对压迫的反应是反过来寻找更弱小的受害者来压迫。威廉爵士的众多压迫行为中有一项是“禁止生育”，而他的受害者——赛普蒂莫斯也一样，拒绝和他的妻子卢克丽西娅生孩子。当卢克丽西娅说她“必须要有个像赛普蒂莫斯那样的儿子”时，赛普蒂莫斯的回答是：“不能让孩子在这样一个世界上出生。”和威廉爵士一样，赛普蒂莫斯用非个人的理由来回应个人的需要。压迫者们虽然排斥克拉丽莎，但这份排斥还不足以阻止他们来参加她的宴会。除了威廉爵士外，她的客人还包括许多其他职业和帝国的权力代表：首相（事实证明，他的举止和外表都证明了他的平庸），荒谬的权力崇拜者布鲁顿夫人（没有男人的帮助，她就不能给《泰晤士报》写信），还有休·惠特布雷德（沃尔什在克拉丽莎的宴会上一看到他就认定他是一个爱拍马屁的朝臣）。沃尔什说：“人间必定有恶棍，可是上帝明鉴，在火车上把一个姑娘打出脑浆而被绞死的歹徒，也不如‘好心肠’的休·惠特布雷德罪孽深重！”

唯一被克拉丽莎的宴会排除在外的压迫者，是排在权力等级末位的多里斯·基尔曼，她是伊丽莎白的家庭教师。由于她专横的贪婪和无意义的怨恨，她被人类社会的其他所有人毫不犹豫地拒之门外。“我从不参加聚会，”基尔曼小姐告诉伊丽莎白，“人们不会邀请我参加聚会。”主要因为在第一次世界大战期间，“由于她不愿说德国人全是坏蛋”，基尔曼小姐被学校开除了。被阶级的屈辱所折磨的基尔曼小姐渴望自己能羞辱克拉丽莎。“她（基尔曼小姐）内心异常强烈地感到，要压服那女人，要撕下她的假面具……千万不要伤害她的身体，而是要压倒她的灵魂与伪装，让她感到自己胜过她。”基尔曼小姐在福音派基督教中发现了一种令人欣慰的道德优越感错觉，现在她想要感化伊丽莎白。基尔曼小姐和威廉爵士都崇拜感化，但女神奖赏了医生，却抛弃了女教师。

遭受迫害的赛普蒂莫斯，通过死亡解脱了自己。基尔曼小姐也受到了伤害，但她选择往自己肚子里塞满了糖衣蛋糕，并对一个从盘子里拿走粉色蛋糕的孩子表示怨恨。他人对她的拒绝完全归咎于她本身，她排斥所有的同情，以至于《达洛维夫人》的一位编辑称她为“书中一个令人不舒服的污点，非常无关紧要”，但书中坚持认为，她的遭遇同样不公平，因为她让任何人都无法关心她。弗吉尼亚·伍尔夫把基尔曼小姐刻画成一个令人厌恶的人物，她不会多愁善感，从而揭露了那些善意的宣传者的谎言，这些宣传者通过描述悲惨的受害者来唤醒他们的听众反对不公。他们创造了一个被分为邪恶的压迫者和无辜的受害者的世界，这些受害者往往在文化和地理上都非常遥远，因而他们可以被感伤地认为是既典型又高尚的人。无论宣传者是否知道这一点，他们的潜意识中认为压迫是邪恶的，因为它的受害者是无辜的，而如果压迫的受害者本身有罪，那么压迫也是成立的。他的论点最终失败了，因为他的听众迟早会注意到，在现实世界中，受压迫的受害者往往会被仇恨和怨恨所扭曲，他们不会比任何人更高贵，他们总是会像其他人一样做出不公正的事情。但因为听众坚信，只有受害者是无辜的时候，压迫才是邪恶的，所以当他们得出结论，受害者受到的压迫终究是罪有应得时，善意的自由主义者因此变成了愤怒的反动派，而宣传者反而成了他们试图推翻的压迫者的帮手。

《达洛维夫人》中的政治立场，和十年后完稿的《三个畿尼》一样，既有对权威的激进批判，也有对帝国象征的怀疑剖析。弗吉尼亚·伍尔夫的政治观点，无论是在这本小说中还是在其他地方，实际上是她作为社会主义者的丈夫伦纳德·伍尔夫政治观点的一种更为极端的表达。书中最微妙的激进时刻之一，发生在沃尔什欣赏每一辆车都靠边好让救护车通过的时候，他称之为“文明的胜利之一”，进而相比于那些混乱的地区，称赞“伦敦的效率、组织和公共精神”。他敬佩尊重救护车的文明是对的，但这一事件的政治讽刺之处在于，书中坚持认为，同样是这样的文明和公共精神摧毁了赛普蒂莫斯——救护车正把赛普蒂莫斯送往医院，而在那里他将被宣告死亡。[1]然而，弗吉尼亚·伍尔夫却把政治当作道德的仆人和工具，从不为了政治上带有欺骗性的权宜之计辩护。在她的小说中，任何政治事业或政党都不能战胜真理。在《达洛维夫人》中，唯一一个对基尔曼小姐友善和尊重的人是克拉丽莎的丈夫理查德。理查德是一位保守的议员，有着他的偏执和局限，他对惨遭灭绝的亚美尼亚种族受害者的关心让妻子感到厌烦，书中甚至没有人注意到这些受害者，而克拉丽莎（把他们和土耳其人和阿尔巴尼亚人混为一谈）荒谬地告诉自己，她爱自己的玫瑰就是在帮助他们了。

① 在这一段中，弗吉尼亚·伍尔夫讽刺地驳斥了她的朋友E. M. 福斯特的《印度之旅》一书中某个段落。《印度之旅》是在《达洛维夫人》创作期间出版的，在那个段落中，从印度回来的校长菲尔丁先生，在欧洲发现了一些非常令人钦佩的东西：“文明使社会摆脱了混乱，让精神处于合理之中。”——作者注

死亡与宴会

一想到基尔曼小姐极度渴望伊丽莎白的爱，以及她不顾一切地让伊丽莎白皈依福音派，克拉丽莎就愤怒不已。她用夸张的语气反问自己："我自己可从来没有要去改变任何人的信仰，不是吗？！而且我自己不是希望每个人都保持本色吗？！"她厌恶无世俗欲望的威廉爵士和书中的其他压迫者，但她的希望每个人都能做自己的愿望，更多是希望大家都不要去打扰她，而不是希望与每个人都有平等的关系。基尔曼小姐对伊丽莎白占有欲式的爱，给克拉丽莎提供了一个完全拒绝爱的借口：

> 爱与宗教！克拉丽莎思量着……感到浑身震颤。多么可恶，这两样东西都那么可恶！……克拉丽莎自忖：这是世界上最残暴的东西，笨拙而又热烈，专横、虚伪、窥私、嫉妒、不择手段、残酷至极，穿着雨衣，站在高台上，爱与信仰的化身。

当她怒火中烧的时候，她发现住在对面的老太太正从窗户向外看，老太太"丝毫没有发现有人在注视她"。克拉丽莎接着告诉自己，"这一形象含有庄严的意味——而爱和信仰的化身将破坏它，以及它象征的一切，如灵魂的隐私。而那个讨厌的基尔曼将破坏它"。

像沃尔什的"灵魂的死亡"和克拉丽莎的"灵魂的隐私"这样的短语，都揭示了《达洛维夫人》的中心思想。克拉丽莎和伍尔夫都试图寻找一种语言来谈论灵魂及其隐私，同时拒绝任何宗教含义，尤其是制度和教义方面。"她从未相信过上帝"，克拉丽莎这样评价自己。克拉丽莎是“最彻底的怀疑论者之一”，她已经形成了一套“为善而善的无神论者宗教”（这也是多萝西娅·布鲁克的信仰的本质）。沃尔什也“坚信自己是无神论者”。而基尔曼和威廉爵士则展示了皈依者的暴行，而当灰色的汽车载着重要人物穿过伦敦的街道时，“宗教的圣灵已经显身，她的眼睛紧紧蒙着绑带，嘴巴大张着”。赛普蒂莫斯在对新宗教的疯狂幻想中戳穿了旧宗教的虚假：“一个看上去衣衫褴褛、长相普通的男人”手里拿着装满小册子的皮箱，迟疑地站在圣·保罗大教堂的台阶上，他想进去寻找慰藉、陪伴和归属感，但主要是为了稍稍缓解他自己的痛苦矛盾，“那种苦涩的寻求真理之心，让我如今茫然若失”。那些在这部小说中寻求宗教的人，是在寻找一种能保护他们免受真相伤害的幻象。

当克拉丽莎控诉爱是灵魂隐私的另一位破坏者时，书中并没有明确反驳，但随着她的继续，她的论点变得越来越不可信。“爱情也有破坏性。”她自言自语，并以沃尔什为例。“瞧他爱上的那些女人吧！那么庸俗、微不足道、平庸。”沃尔什此行来伦敦，目的难以启齿且尴尬——帮他的未婚妻，一个无足轻重的年轻女孩安排离婚。克拉丽莎被他对爱情的渴望吓坏了：“多么可怕的激情！令人屈辱的激情！她思忖着，想起了基尔曼和她的女儿伊丽莎白……”克拉丽莎无法理解，沃尔什的创伤来自她，而不是爱情本身。因为克拉丽莎拒绝了他，他便坠入与这些庸脂俗粉不甚体面的纠缠之中，克拉丽莎是他唯一一个示爱的女人，要是她能接受他的爱，他就永远不会被摧毁。以爱之名做可怕的事或遭受痛苦，并不会败坏爱情的声誉，正如打着正义的旗号行凶或受罚，也不会败坏正义一样，因为正义本身是值得追求、拥有和去做的事。

只有死亡粗鲁地闯入克拉丽莎的宴会，才能让她重新审视自己所坚信的——爱是自我的敌人，爱摧毁了“灵魂的隐私”。就在威廉爵士和其夫人到后不久，威廉爵士的夫人向克拉丽莎嘀咕道:“一个青年（威廉爵士也跟达洛维先生说了这件事）自杀了。他当过兵。”克拉丽莎首先对这种不礼貌的行为表示轻微的震惊:“哟！”克拉丽莎心想:“我的宴会上竟然有死神闯进来了。”她佯装无事地继续向前走去，走进首相和布鲁顿夫人早先一起去过的小房间。在那里，她经历了一种突如其来的彻底的与世隔绝和内在冲击，“眼下杳无人踪，光华焕发的盛宴一败涂地了；她穿着华美的礼服，独自走进小房间，真怪”。

现代文学中最壮丽的篇章之一由此拉开序幕。克拉丽莎先是回避，然后又欣然接受了这本书早已为她准备好的醒悟，她发生了某种隐秘的转变，促使沃尔什最终得以完成对昔日恋人的一次梦幻的想象。她开始抱怨，在她生气的时候，她会以一种神经质的方式重复抱怨，她的宴会已经被破坏了——“威廉爵士夫妇干吗在她的宴会上谈到死？关他们什么事？！一个青年自杀了。而他们竟然在她的宴会上公然讨论死亡。”

小说在前面提到过克拉丽莎有“死亡恐惧”，而现在人们发现她的宴会其实是她试图逃避死亡的徒劳努力。[①]而对于威廉爵

① 令人惊讶的是，许多评论家将克拉丽莎的宴会视为女性工作的成功典范，就像《到灯塔去》中莉丽·布里斯库的画作一样。这种观点似乎忽略了克拉丽莎向首相和威廉·布雷德肖爵士发出的邀请，代表着对权力的崇拜，以及当听说有人邀请了她无足轻重的表妹埃利·亨德森时，她表现出了一种势利的恼怒。——作者注

士夫妇带到克拉丽莎宴会上的死亡消息，克拉丽莎仿佛亲历一般，她在想象中看到了赛普蒂莫斯死时看到的情景："据说那青年是跳楼自尽的：猛地摔到地下，反射着白光的大地冲向他，那些锈迹斑斑的尖钉刺穿了他，就这样跌下去遍体鳞伤。"事实上，除了自杀的青年当过兵这一事实外，威廉爵士的夫人并没有告诉克拉丽莎什么，然而克拉丽莎思索，"那小伙子自杀了——可怎么死的？"之后，不知何故看到了死者自杀时的样子。这一细节的微妙之处，和维克多·弗兰肯斯坦在他的替身安放亨利·克莱瓦尔尸体的地方登陆时如出一辙。

人生最重要的事

对克拉丽莎来说，青年自杀时这一不可思议的情景成为她转变的时刻。在此之前，她一直遭受着由冷漠而带来的长期孤独——这种冷漠促使她对别人将死亡带进自己的宴会感到愤怒。但她对赛普蒂莫斯之死的想象是一种同情的行为，这种同情克服了她的冷漠，她开始试探性地问自己关于赛普蒂莫斯之死的问题："但他为什么要这么做呢？"在努力寻找自己问题的答案时，她一整天都在想"她的家乡布尔顿、沃尔什和萨利"，想起那些因为嫁给理查德而断绝的亲密关系。每个人原本都会像过去三十年那样继续生活，但赛普蒂莫斯却"放弃了"。现在，通过意识到自己背叛了什么——与萨利和沃尔什断绝关系的背叛——她明白了赛普蒂莫斯通过自己的死亡捍卫了什么：

> 无论如何，在她的生命中，有一件重要的东西，它被无聊的闲聊磨损了、淹没了、腐烂了，在谎言与闲聊

中逐渐消逝。但那位青年却守护住了这件宝物。死亡乃是他对众人的挑战。死亡是一种试图沟通的努力，人们却对此浑然不知，因为它似乎也在躲避着我们。亲密的关系会变得疏远，狂欢之后，留下的只有孤零零的自己。反而是死神的拥抱带有一丝暖意。

克拉丽莎没有选择那些“重要”的东西，而是用一些带有讽刺性的东西来填满自己的生活，她在一句话里两次提到了这个东西——“闲聊”。

重要的事是什么她没有说明，但它与正直、亲密和自知有关，与克拉丽莎早先认为的难以接近的神秘内在有关，还与狂欢落幕时所失去的东西有关。所以在小说中，她紧接着想象的是赛普蒂莫斯出现在威廉爵士面前的样子，并提醒自己，威廉爵士是“一位大医师，可在她心目中，他是隐蔽的恶的化身，他似乎无性别也无欲望，却对女人相当礼貌，又会干出莫名其妙的、令人发指的事——扼杀灵魂，就是这样……”(卢克丽西娅早些时候曾评价他“不是个好人”。)

沃尔什认为重要的东西，应该是“克拉丽莎本人”的核心，一种让人感到恐惧和狂喜的东西，一种可以战胜死亡的东西，一种与爱深深相连的东西。而在克拉丽莎的自白中，她承认了灵魂的重要性，即使弗吉尼亚·伍尔夫并不想称这个重要的东西为“灵魂”，但克拉丽莎使用了这个词，她想象威廉爵士施加了某种“莫名其妙、令人发指的事——扼杀灵魂，就是这样”。

克拉丽莎总是会回归到“灵魂”这个词上，或是“灵魂”的同义词。沃尔什记得克拉丽莎就“我们的无形之魂”提出了一种

“先验式的理论”，认为无形之魂可能超越肉体永存，并依附于他人身上。沃尔什则用“自我”代替了“灵魂”，“他兀自冥想：这就是我们的灵魂，我们的自我，仿佛深海之鱼……蓦然，她蹿出海面……迫切需要互相挤擦一番，需要一些八卦来振奋自己的精神”。“灵魂”一词在《达洛维夫人》中出现的频率，要比弗吉尼亚·伍尔夫的其他任何一部小说都高。

赛普蒂莫斯怀着他所珍视的一切纵身一跃，但因为克拉丽莎让她的珍宝被污损、被遮蔽，现在她感到了“恐惧和极度的无能……在她的内心深处，有一种可怕的恐惧”。而这种恐惧甚至连她的宴会都抵御不了：

> 在某种意义上，这是她的灾难——她的耻辱、对她的惩罚——眼看这里一个男人、那里一个女人接连沉沦，消失在黑暗的深渊里，而她不得不穿上晚礼服，伫立着，在宴会上周旋。她曾使过诡计，也偷过小东西。她从来不是别人看着的那样可敬可爱。她一心渴望成功，因而去巴结贝克斯伯勒夫人那样的人。不过，昔日有一回，她曾在布尔顿的平台上漫步过。

就在当天早上，当克拉丽莎出门的时候，她还钦佩地想着贝克斯伯勒夫人是多么坚强，在得知自己儿子战死沙场后，居然还主持了义卖市场的开幕。现在，在另一个喜庆的时刻，在其他人的簇拥下，克拉丽莎得知了另一个年轻士兵的死讯，她对他的同情改变了她的想法。“贝克斯伯勒夫人和其他的人”只得到且只配得到一个轻蔑的句子碎片。

三十年前，“有一回，她（克拉丽莎）在布尔顿的平台上漫步”，萨利·西顿突然亲吻了她的嘴唇，克拉丽莎顿时感觉“整个世界天翻地覆”，她体验到了“神灵的启示，神圣的感情！”她对“爱与信仰”所有专横和体制形式的憎恨程度，与她对她与萨利的亲密接触时的感激程度一样多，但直到现在，她一直强迫自己记住它们专横的形式，而不是它们给她的启示。

她最终认识到自己拒绝给予和接受同情，是她的耻辱与灾难。她所面临的道德危机完全发生在她自己身上，她只能通过改变自己才能解决。在《米德尔马契》的最后几幕中，多萝西娅·布鲁克遭受的孤独危机从未要求她直面诸如此类的灾难和耻辱：多萝西娅转而关注另外两个对自己感到羞耻的人——罗莎蒙德和拉迪斯拉夫，她表现出高尚而慷慨的行为，而这种行为有着一种不言而喻的效果，证明了她的优越性，并表明除了了解商店里的商品价格之外，她不需要做出任何改变。而在《达洛维夫人》展现出的不妥协的心理活动中，任何有资格去谴责基尔曼或威廉爵士的人，他们的道德优越感无法免除他们对自己的缺陷视而不见，这其中当然也包括直面自己不足的克拉丽莎。

克拉丽莎已经摆脱了那种自鸣得意的优越感，她不会享受人被自己的罪恶所迷惑时那种微妙的自我奉承。她清楚地知道，她一直享受着孤独的快乐，现在仍然如此，她得让自己别再去想着赛普蒂莫斯了。“奇怪，不可思议；她从来没有这么幸福过。”[①]现在，她待在小房间里忙活着，把椅子调直，摆正书架上的书，并

① 这又是一个在出版前最后时刻被修改的例子。在美国版的早期文本中，这句话是：“这是由于理查德的缘故；她从来没有这么幸福过。”但这并不是理查德的缘故；是她自己选择了孤独。——作者注

提醒自己她那愚蠢的想法："她自己的某些东西"正在她房子上方的天空中飘荡。她一边忙着，一边走到窗前，然后发现——"哎，多怪呀！对面房里的老太太，正盯着她呢！"那天早些时候，克拉丽莎看到了那位老妇人，并将她视为"灵魂的隐私"，但突然之间，老妇人似乎放弃了自己的隐私，面对面地看着克拉丽莎。"她能看见她吗？"——老妇人透过窗户可以看到小房间里的克拉丽莎吗？她问自己，但答案并不重要——无论老妇人看到了什么，克拉丽莎自己都会感到震惊，因为她私密的灵魂被另一个私密的灵魂窥探到了。（这一刻故意写得不引人注目，因为克拉丽莎的道德觉醒，并不是那种可以由闪电引发的。）灵魂的隐私之所以是值得为之牺牲的宝藏，是因为它反过来捍卫了亲密、狂喜和拥抱，以及克拉丽莎在赛普蒂莫斯身上看到的"沟通的尝试"。"这是他保有的，"几段之前，她是这样想的。但现在，她觉得他的死是正直的胜利："那个青年自尽了，她并不可怜他。"最后一个短语有多重含义，她拒绝可怜他，有一丝幸存者的冷酷无情，但这也是拒绝凌驾于死者之上的可怜之心。

当老妇人窗户里的灯光熄灭时，克拉丽莎不断重复着莎士比亚《辛白林》中哀悼的那句话，那是她在这一天中不时想起的，"不用再怕骄阳似火"。在莎士比亚的作品中，这是一首关于伊莫金的挽歌，不过伊莫金毕竟没有死，在挽歌结束的十几行后，她又醒了过来。同样，克拉丽莎也从她的孤独中归来。随着她从冷漠中突然的（尽管可能是短暂的）逃脱，她也逃离了漫长的孤独：

钟声还在响，滞重的音波消逝在空中。她必须返回到人群中去了，她必须振作精神，必须找到萨利和沃尔什。于是她走出小房间，走进客厅。①

一再重申的“必须”一词表达了克拉丽莎的内在要求，表达了她自愿而审慎的选择。赛普蒂莫斯想起威廉爵士的要求时，同样是“必须”，但两处的意思正好相反。克拉丽莎必须“振作精神”，她只能通过寻找个人来做到这一点，而不是融入宴会的多元化集体，所以她的下一个想法是，她必须找到萨利和沃尔什，她不再认为他们的爱是对灵魂隐私的霸道侵犯。她的决定是主观自愿的，也是合乎道德的。“她能看到自己的缺陷，”几个小时前，她在阁楼的房间里这样告诉自己，她“有一种不知从什么地方捡来的顾虑，或者就像她觉得的那样，是一种天生的顾虑”。和年轻的萨利不同，她不能依赖天性、本能或偏好帮她去爱。她知道自己的缺点，这是她不采取行动的借口，现在她没有借口了，必须尽她所能。

弗吉尼亚·伍尔夫塑造克拉丽莎·达洛维夫人，在一定程度上模仿了他父母朋友圈中一位优雅的社交女主人——凯蒂·马克西。马克西与弗吉尼亚·伍尔夫断绝了联系，而且她不认可弗吉尼亚的布鲁姆斯伯里圈子。马克西于1922年去世，当时她从楼梯的栏杆上摔了下去，也有可能是自杀身亡。弗吉尼亚·伍尔夫对马克西的善良心存感激，但又发现了她的缺陷，在她夺目的外表下隐藏着脆弱的内心。当弗吉尼亚·伍尔夫将她重新塑造成克拉

① 在弗吉尼亚·伍尔夫为英国版做最后的校对之前，“滞重的音波消逝在空中”这句话后面跟着“他让她感受到了美。让她感受到了乐趣”（这句话在美国版本中仍然存在）。省略的短语通过将克拉丽莎的醒悟化为美和乐趣，而不是她“振作精神”以“寻找萨利和彼得”的道德需要，从而淡化了她的觉醒。——作者注

丽莎·达洛维这个角色时，伍尔夫给了她最深刻的道德和情感理解，这是她作为小说家的任务，对笔下的每个角色都给予充分的理解。尽管现实中这个女人选择了死亡，但在小说世界里，这个女人从死亡中挣脱出来，获得了觉醒。

在场的克拉丽莎，不在场的克拉丽莎

自克拉丽莎从小房间走出来的那一刻起，小说接下来的近四十个段落中都找不到她的影子。故事的叙述者看不见她，显然其他人也看不见她，直到最后几行，她成功地尝试了与人交流，让沃尔什经历了亲密和狂喜。读者们似乎没有注意到克拉丽莎的消失，但她的客人们注意到了这一点。“眼下她在哪儿，怎么老是见不到她？时间不早了。”沃尔什自言自语道。“为什么克拉丽莎不过来跟他们说话呢？”过了几段后，萨利问道。又过了几段后，萨利说，“如果克拉丽莎再不来，她必须得走了”。

克拉丽莎去哪儿了？为什么她在小房间里得到启示后，花了这么长时间才找到萨利和沃尔什？

弗吉尼亚·伍尔夫小心翼翼地，按照严格的时间顺序来铺开叙事。她笔下人物的大部分时间都在回忆他们的过去，但他们的回忆行为，就像书中其他事件一样，一个接一个地发生。书中从来没有暗示过前面某个章节里的事件与之后章节中的事件同时发生。从克拉丽莎离开房间到沃尔什最终看到酷似克拉丽莎的影子，中间隔了很长时间，就像所有组织宴会的女主人一样，她可能被客人们给缠住了，所以克拉丽莎的消失显得无足轻重，但消失对于文本深度起到了决定性的作用。同样重要的是，在书的最后几页，除了沃尔什，没有人看到过克拉丽莎，甚至沃尔什也没有真正见到她。书中只描述了他所感受到的克拉丽莎，他被恐惧和狂喜的感觉所迷惑，不久之后他告诉自己，“是克拉丽莎。”她就在那儿。但她到底在哪儿，又是以什么方式出现的呢？依然成谜。

弗吉尼亚·伍尔夫之所以选择这种间接的方式来描述克拉丽莎的到来，似乎是因为这本书实际上还记得作者的初衷（正如她在1928年的序言中所描述的那样）：让克拉丽莎“自杀，或者在宴会结束时死去”。原始版本以一种幽灵的形式隐藏在正式出版的故事之中，它作为平行叙述或影子叙述，与占据中心舞台的故事保持一致。在这个看不见的平行故事中，克拉丽莎在走出小房间后死去。当沃尔什想起克拉丽莎关于无形之魂的生存理论时，她幻影的死亡印证了这一点。据沃尔什回忆，克拉丽莎和陌生人之间存在一种奇怪的吸引力。

> 最后可以总结为一种先验论。正因为她对死亡有畏惧，这一观念安慰了她，让她相信，我们的灵魂，也就是我们所表现出来的部分，同无形之魂相比，只是昙花一现，后者自由行走于天地之间，而且可能永存，或通过依附于某人身上而复活，或死后常在某处流连。也许吧……也许……

在《达洛维夫人》的结尾，沃尔什隐约看到克拉丽莎走进了房间。而在另一个隐藏的故事线的结尾，沃尔什听到了死亡钟声，他预感“克拉丽莎倒在她站立的地方，倒在了她的客厅里”——成了现实，她的“无形之魂”，如她所相信的，那样“依附于某人身上”——依附到了沃尔什的身上，因为他比任何人都更爱她本人。

只有被死亡和失败的暗影笼罩时，胜利的结局才会令人深深感动。莎士比亚的喜剧总是暗含死亡的威胁，即使其情节不涉及任何死亡威胁。弗吉尼亚·伍尔夫为《达洛维夫人》创造了一种胜利与挽歌交织的复杂情节，在沃尔什对克拉丽莎的鲜活想象之下，暗藏另一重意蕴，他们想出的克拉丽莎的幻影只有在克拉丽莎死后才会产生。而小说中的明暗双重叙述伴随着其道德的深层含义和复杂性。沃尔什对克拉丽莎的幻想虽然令他兴奋，却不会给他的生活带来任何改变。因为伍尔夫对宴会结束后第二天发生的事情只字未提，唯一可以确定的是，沃尔什将返回印度，和那个无足轻重的离异女孩结婚，萨利将回到她富有的丈夫和六个孩子身边，而克拉丽莎会回归到理查德·达洛维夫人的生活。

如果是D. H. 劳伦斯写这个故事，克拉丽莎也许会和萨利、沃尔什一起，住进乡下的小屋里去。但是弗吉尼亚·伍尔夫故意把她的角色塑造成老套、求安稳、不合适剧烈变化的那种人。在本书的最后一刻，故事思想并没有因为不可避免的褪色而大打折扣，相反，它的情感力量因为读者的理解而无限加深。

克拉里奇酒店里的擦鞋男童

和《尤利西斯》一样，《达洛维夫人》的故事发生在六月的某一天里，读者追随小说中的人物在城市中漫步，回忆着他们的过去。弗吉尼亚·伍尔夫在读《尤利西斯》时，她对乔伊斯的评价相当刻薄。她想：“这个可怜的年轻人，即使和乔治·梅瑞迪斯[①]相比，也不过是精神的渣滓”，前面的一些章节只不过是“克拉里奇酒店里的擦鞋男童在抠青春痘”（克拉里奇酒店是伦敦最豪华的酒店之一）。当她读完整书后，她在日记中写道，她觉得此书是“一次失败”。她补充写道：

> 我承认这本书展示出了一定的天赋，但档次不高。它是松散的，难以下咽的，还很自大。不仅文字缺乏教养，文学意义亦是如此。我的意思是，一个一流的作家可能会因为过于看重写作而不惜耍一些小聪明。这部作品无限大胆，但也是场可怕的灾难。

弗吉尼亚·伍尔夫的小说就像她的日记和信件中一样轻蔑和犀利，但是不同于她的其他随笔，在小说中，她不信任她的犀利，她知道自己的问题所在，即使她不愿意也无法戒掉这份犀利。尽管她觉得《尤利西斯》长着青春痘，没有教养，但她还是很认真地把它作为《达洛维夫人》一天叙事的模板，也作为她借鉴《奥德赛》时的模板，虽然她更多是从荷马那里直接借鉴的，而不是从乔伊斯那里二手学来的。《达洛维夫人》还是手稿时，书名叫《时时刻刻》，共分为十二章，[②]就像《尤利西斯》分为十八章一样，每一章都有自己的时间和风格。沃尔什抵达伦敦时默默无闻，就像奥德修斯乔装打扮抵达伊萨卡时一样，“除了克拉丽莎，还没有人知道他在伦敦。经过海上航行，他觉得大地仍然像个岛屿，

---

① 乔治·梅瑞狄斯（George Meredith, 1828—1909），英国维多利亚时代的小说家、诗人。他不注重结构和技巧，而以精彩的对话，充满机智和诗意的宏伟场面，以及对人物心理的刻画著称。——编者注

② 这一点可从伦纳德和弗吉尼亚·伍尔夫出版的第一版中考证，之后几乎所有的英国版本也是如此。而在美国出版的版本中，有三处章节被删节，显然是因为作者和印刷商之间的沟通失误所导致的。——作者注

正因为如此，他无法忍受那陌生之感——他孑然一身，生气勃勃而又默默无闻，独自于十一点半站在特拉法尔加广场上闲逛”。他对克拉丽莎的回忆，与《尤利西斯》的最后一句话遥相呼应：“她有一种奇异的魅力，能拨动人们的神经，对，她能把人的神经拴在琴弦上拨弄。”

自从1934年温德姆·刘易斯指控弗吉尼亚·伍尔夫抄袭乔伊斯以来，评论家们就一直在争论弗吉尼亚·伍尔夫对《尤利西斯》的轻视和借鉴。争论焦点在于弗吉尼亚·伍尔夫对审美天赋和道德智慧的深刻理解。在弗吉尼亚·伍尔夫看来，乔伊斯的小说表面上想让人震惊和不安，但最终还是让读者感到宽慰和愉悦。但乔伊斯对于性和发泄的开放态度，在她看来，还不如青春期具有革命性。她利用沃尔什对一战结束后五年的思考，对《尤利西斯》开了一个微妙的玩笑。“人们看起来有所变化”，沃尔什一边穿过伦敦的街道一边观察着，同时思考着其他的变化：

> 报纸也和过去不同了。譬如，现在竟然有人在一张正经的周报上公然谈论厕所。要是放到十年之前，是绝对不允许这样公然在有分量的周报上谈论厕所的。

也就是说，乔伊斯最令人震惊的情节，不比上周的报刊《旁观者》和《新政治家》更令人震惊。

乔伊斯的文学审美是以一种更加微妙、更难以捉摸的方式讨人喜欢。斯蒂芬·迪达勒斯曾对乔伊斯的另一部作品《一个青年艺术家的画像》中的美学理论展开分析，而这些美学理论同样塑造和掌控着《尤利西斯》。斯蒂芬说，真实的艺术“抓住”了观众，与之相对的是虚假的艺术，它要么受到观众追捧，要么遭到反感。他还说，色情作品只是能吸引观众的艺术，它能帮你实现某种目的；而说教则是让观众反感的艺术，它能让你离目标越来越远，但两者都不是真正的艺术。按照斯蒂芬·迪达勒斯的标准来创作小说尤其困难，因为任何与人类有关的事件中都包含以上两者。而乔伊斯在《尤利西斯》中解决了这一问题，他以文学中无与伦比的精确平衡了这两种反应。从美学上讲，利奥波德·布鲁姆是一个荒诞的人物，他被戏弄、被戴绿帽子，很愚蠢，还是个受虐狂。他在性方面是个可怜虫，通过邮件与一个素未谋面的女人交换性幻想，看到远处岸边的一个年轻女人时也会产生性幻想。没有人想要像布鲁姆那样丢人现眼。然而，在道德上，布鲁姆则近乎完美，对流浪汉和陌生人慷慨，宽容了罪恶的妻子，而且，与现实世界中的任何人不同，布鲁姆无法对他人造成伤害。他是一个在审美上有缺陷但在道德上完美的英雄形象，鼓励读者得出这样的结论：从外在的审美上看，普通人和英雄或许同样的不完美，但也可能拥有同样完美的道德上的完美。对于这个幻想，弗吉尼亚·伍尔夫显然不感兴趣，克拉丽莎·达洛维在小房间里的觉醒是对道德缺陷的一次自省，而不是自主发现自己的审美缺陷。

《尤利西斯》的后几章逐渐远离了生与死的世界，走向一个永恒的、循环的、无以名状的神话与梦的世界。利奥波德·布鲁姆最终适应了睡眠的被动状态，思考着“未知物质的昏睡：星星的冷漠”。他曾与“水手水巴达、裁缝裁巴达和狱卒狱巴达”以及其他职位与名字押韵的人一起旅行。莫莉·布鲁姆成为大地的神话式的化身，像大地女神一样，“以盖亚-忒勒斯[①]的姿态”躺着，在最后的独白中，她记住了一切，也接受了一切。在前面的几章曾有过一场葬礼，而后面的章节中有新生命出生，一切都保持着几乎完美的平衡。在《尤利西斯》中，没有人会在白天对任何人造成任何严重伤害，也不会发生什么损害严重的或不可挽回的损失。

这正是《达洛维夫人》所拒绝的。在弗吉尼亚·伍尔夫所描绘的世界里，时间并不是在原地转圈，在行动过程中也在真实地发生着不可挽回的损失。赛普蒂莫斯的死亡，不会有新生命的降生来弥补。而且他的死并不是自然事件，而是由他人触发的自杀。

弗吉尼亚·伍尔夫从《尤利西斯》中借鉴了素材，也赋予了这些素材新的深度，就像莎士比亚加工他的素材那样。在《尤利西斯》中充满魔幻色彩的“女巫喀耳刻”一章的结尾处，“惊讶不已”的利奥波德·布鲁姆想象着他早已过世的儿子鲁迪是“一个十一岁的仙童，被仙女诱拐了去。身穿伊顿学院的制服，脚蹬玻璃鞋，头戴小小的青铜盔”。这一刻是乔伊斯的胜利之一：它既令人动容，又让人感伤，这是对人类强烈情感的真实写照。弗吉尼亚·伍尔夫似乎被这段话刺激到了，于是想到给沃尔什一个关于克拉丽莎的幻想，但她选择让沃尔什以为自己真的看到了克拉丽莎本人，而不是对她幻想的投射。

布鲁姆的儿子鲁迪早在十一年前就去世了，他只活了一个多

---

① 前者为古希腊神话中的大地女神盖亚，后者为罗马神话中的大地女神忒勒斯。莫莉在书中的全称是Marion，为圣母玛利亚的谐音，乔伊斯以此来暗示她的孕育性。这里作者将两位大地女神并列使用，可能也是出于此意。——编者注

星期，而布鲁姆十五岁的女儿米莉在都柏林为一名摄影师工作，她从未在《尤利西斯》中正式亮相过。弗吉尼亚·伍尔夫将《尤利西斯》中父亲和孩子的疏离，幻化成了《达洛维夫人》中母亲和女儿之间的情感距离。克拉丽莎觉得伊丽莎白难以捉摸，认为她更像一朵花，而不是一个人："现在她十七岁了，为什么，她变得非常严肃，就像一朵风信子……克拉丽莎一点儿也不能理解。"伊丽莎白与母亲保持着一定的距离，不仅体现在她像忒勒马克斯那样穿越伦敦的旅程中，还体现在她在家里的沉默中，以及她对克拉丽莎所有城市社交活动的厌恶中，"她（伊丽莎白）只想在乡间独处，与世隔绝，自由自在地过日子，人们却把她比作百合花（伊丽莎白还抱怨过，人们还将自己比作白杨、曙光、风信子、小鹿和流水），她不得不去参加宴会。如果在乡间，单独跟父亲在一起，逗着狗儿玩，多么愉快。相形之下，伦敦乏味极了"。在书的最后一页，伊丽莎白站在父亲身边，父亲告诉她，她是多么可爱，这让她很开心——尽管她最后对周围人漠不关心，而是一心想着"她可怜的狗儿又在嚎叫了"。

弗吉尼亚·伍尔夫将克拉丽莎在小房间里的思考描绘为一种胜利，虽然像沃尔什对克拉丽莎的幻想一样，它对克拉丽莎的未来不会有任何改变。但它绽放的灿烂的阳光会让克拉丽莎的婚姻投出一片阴影，也给克拉丽莎作为父母的日常生活蒙上了阴影。

弗吉尼亚·伍尔夫 *Virginia Woolf*

1882年出生于伦敦，原名艾德琳·弗吉尼亚·斯蒂芬，是《英国传记辞典》作者和编辑莱斯利·斯蒂芬和茱莉亚·达克沃斯的女儿；1941年在苏塞克斯郡的罗德麦尔去世。1912年与作家兼社会改革家伦纳德·伍尔夫结婚。她的小说包括《远航》(1915年)、《夜与日》(1919年)、《雅各的房间》(1922年)、《达洛维夫人》(1925年)、《到灯塔去》(1927年)、《奥兰多》(1928年)、《海浪》(1931年)、《岁月》(1937年)和《幕间》(在她死后于1941年出版)。她广泛的文学批评和新闻报道包括《普通读者》(第一辑，1925年；第二辑，1932年)，《一间自己的房间》(1929年)和《三个畿尼》(1938年)。

第 6 章

父母:《到灯塔去》

To the Lighthouse

拉姆齐夫人养育并抚慰她的八个孩子，而拉姆齐先生则不断激怒并恐吓他们。《到灯塔去》的每位读者都深切同情六岁的詹姆斯·拉姆齐的幻想，他幻想着杀死那个摧毁了他所有青春希望的父亲。在完成《到灯塔去》一年之后，弗吉尼亚·伍尔夫在她的日记中写道，她的父亲莱斯利·斯蒂芬如果还活着的话，应该已经96岁了，但“幸运的是”他没有。她写道，他的生命“会彻底终结我的生命。那将会发生什么呢？没有写作，没有书籍，简直无法想象”。很明显，莱斯利·斯蒂芬是拉姆齐先生的原型，但弗吉尼亚·伍尔夫的小说所展现的比日记更微妙、更深刻。在她的小说中，养育孩子的父母被描绘成了保存和延续自己的过去而拖住孩子的人，而专制的父母则是为孩子指明未来的人。

《到灯塔去》一书研究了很多方面，其中之一可以说是对为人父母的双重本质的研究，这种本质同时包括——抑制孩子成长的冲动和推动孩子成长的冲动。拉姆齐夫人对待她的孩子，就像对待客人一样，为他们提供了生活的温暖，给予他们一种母性的保护，使他们团结在一起，安抚他们的恐惧，赢得他们的崇拜和感激。然而，她的“客人们”想要长大成人，他们必须冒险离开她温暖的家的港湾，到外面更加寒冷、更加孤独的世界中去。拉姆齐夫人所提供的并不是人与现实产生联结的世界——她“一想到人际关系的缺陷就感到痛苦”——而是一个由仪式和神话组成的世界，在这个世界里，独特的个性被无差别的统一取代。在拉姆齐夫人的悉心照料下，这个家庭有着温室一样的热气腾腾的氛围，同时与外面多变的风雨气候隔绝开来。拉姆齐夫人希望一切都能保持稳定，希望每个人都能保持团结，这是她为他们提供的。“亲爱的，站着别动。”她在书的开头对她最小的儿子说。在书的末尾，莉丽·布里斯科回忆道：“拉姆齐夫人把他们聚在一起；拉姆齐夫人说：‘生命在这儿静止了’。”

而拉姆齐先生几乎集合了糟糕父母的所有缺点，他那装模作样的自怜，对同情的贪得无厌，令人发指的严厉和冷漠，他担心自己的书的未来，远远胜过对孩子的担心。他在小说的第一页就犯了一个错误——他最小的儿子詹姆斯期待着第二天早上到灯塔去航行，因此感到非凡的快乐，拉姆齐先生却强行剥夺了他的这种快乐。他穿着他那自负、荒唐、可笑的靴子持续地践踏孩子们的生活。直到十年后，他又强迫詹姆斯和詹姆斯的妹妹凯姆完成那次未能实现的航行，詹姆斯和凯姆对他大发雷霆，并祈祷天气不允许他们去航海。但拉姆齐先生以他那令人难以忍受的恼人方式强迫孩子们离开他们的窝。[①]在小说的最后，当他们的船到达

① 弗吉尼亚·伍尔夫喜欢用这个比喻来形容自己。在1928年对《达洛维夫人》的介绍中，她写道，作者的思想“对它的后代就像雌雀对她的后代一样不友好”。小鸟一旦会飞，就一定要飞出去，但当它们从巢中振翅而出时，鸟妈妈可能已经开始为下一窝考虑了。——作者注

灯塔时，拉姆齐先生称赞詹姆斯的掌舵技术——“干得好！”他得意扬扬地说，而凯姆知道詹姆斯也为此很得意，默默地对她哥哥说：“你终于受到表扬啦。”因为她明白，那是他梦寐以求的东西，她知道，现在他夙愿已偿，他是如此高兴，他不会向她或父亲或任何人瞧上一眼。詹姆斯为自己赢得了一种满足感，而这种满足感是他母亲永远无法给他的——他完成了一项艰巨的任务，并得到了一位严厉的法官的认可。

弗吉尼亚·伍尔夫以其成熟的小说技法，在同一叙事中叠加了两种（有时更多）时间尺度。她的《奥兰多》尤为典型，一个人的生命跨越了四个世纪，而在《达洛维夫人》《到灯塔去》《幕间》中，这种时间上的叠加虽然不那么明显，但同样存在。在这三本书中，弗吉尼亚·伍尔夫以此地发生过的事情为时间线，最长可以跨越一个人生命的几十年。除此以外，她用隐喻和诗意的语言埋下另一条时间线，而它拥有划时代的宏大尺度，跨越几个世纪甚至几千年，涵盖了文明的兴衰沉浮。在《到灯塔去》中，从第一部分“窗户”，到“时间流逝”，再到结尾部分的“灯塔”，把人物带离了爱德华时代[1]最后的宁静生活，只有在这种宁静生活里，拉姆齐夫人才能找到自己的位置。但很快第一次世界大战打破了这种宁静，在二十世纪二十年代的社会转型过程中，已经没有拉姆齐夫人的一席之地了。在书中诗意语言掩盖下的另一条故事线中，叙事也从一个古老的、有集体仪式感的神话世界走向了一个强调个性化和自主性的现代世界——与此同时，它的人物

① 爱德华时代（1900—1915）是指英国国王爱德华七世在位统治及之后的时期。——编者注

也从童年进入成年。《到灯塔去》半遮半掩了其圆满的结局，因此这本书并不像许多读者认为的那样，它并不是对拉姆齐夫人的纪念。

母亲女神和她的孩子们

拉姆齐夫人通过她天生的母性创造了一个不变的世界。在这个世界里，每个人都自愿将独立的自我融化为共同的整体。她了解自我的这种品质，但她不了解的是，她正遵循着古代母系社会公共生活的原则，正如古典主义作家简·哈里森（弗吉尼亚·伍尔夫深为敬佩的作家）在她的著作《古希腊宗教的社会起源》一书的《忒弥斯》一章中所提出的观点，这本书实际上是对原型的研究，而且创作时间比原型概念的提出要早上几年。忒弥斯是奥林匹斯山上掌管宴会的女神，负责召集众神聚会。简·哈里森写道："她是集会的化身，我们几乎无法区别忒弥斯和具体的会场的不同。"简·哈里斯继续写道，忒弥斯"是维系人们团结的力量，是'群体本能'、集体良知、社会凝聚力的根源"。她使每个独立存在的个人意志变得虚弱和徒劳。简·哈里森强调，忒弥斯的王国是母权制的，而不是母系制，即"女性是社会的中心，但不是作为支配社会的力量"。

在《到灯塔去》开篇之际，拉姆齐夫人和她的小儿子詹姆斯坐在一起，他们两人构成了简·哈里森所指出的，"在原始的母权社会中，女性是伟大的社会力量，或者更确切地说，是社会的中心，她不是作为一个女人而存在，而是作为母亲——养育未来部落成员的母亲……由母亲抚养的男孩是未来的库罗斯，这便是她和他的价值所在”。（库罗斯是指年轻的男性战士，这些年轻战士保护了年幼的宙斯。）简·哈里森描述了古代母权结构的古老画面：母亲与儿子坐在一起，“但父亲，克洛诺斯……并不在其中”。当拉姆齐夫人说“假如明天是个晴天”，他们就会到灯塔去的时候，拉姆齐先生却矛盾地宣布“明天晴不了”，这让詹姆斯怒火中烧，想一把捅穿他父亲父权制的心脏。

小说紧接着写，吹毛求疵的年轻学者查尔斯·坦斯利与拉姆齐夫人同行的经历令他目眩神迷。拉姆齐夫人是“他生平所见过的最美的人”，尽管“她至少五十岁了”，已经有了八个儿女，但他看到“她的眼里星光闪烁”。而工作狂威廉·班克斯，一个干瘪无子的鳏夫，也因拉姆齐夫人的存在而“陶醉——还有什么字眼能更恰当地形容这种感觉呢？”说不出为什么“看到她在给孩子念故事，会有一种解决了某种科学难题般的成就感，以至于使他俯首沉思，感到……野性已被驯服，混乱已被制止”。正如简·哈里森所说，忒弥斯的出现创造了一种超越部落忠诚和武力统治的文明。威廉·班克斯对拉姆齐夫人的印象来源于简·哈里森的书页；在他跟拉姆齐夫人通电话时，“他清清楚楚地看到她站在电话线的另一端，像希腊雕塑一样体态优美、身材挺直，眼珠碧蓝。[①]他和这样一位女性通电话，似乎不太相称。希腊神话中，赐人以美丽和欢乐的美惠三女神[②]，似乎在绿草如茵、长满了

---

① 这是美国版的描述；在英国版中，弗吉尼亚·伍尔夫对最后的校样做了稍微不同的修改，她写道：“在电话线的另一端，像希腊雕塑一样，碧蓝的眼睛，直挺的鼻子。”——作者注

② 美惠三女神（The Graces/Kharites）指的是希腊神话中分别代表着妩媚、优雅和美丽这三种品质的三位女神。分别是光辉女神阿格莱亚（Aglaia），激励女神塔利亚（Thalia），欢乐女神欧佛洛绪涅（Euphrosyne）。——编者注

长春花的园地里携手合作，才塑造出那张脸庞”。拉姆齐夫人为威廉·班克斯介绍的结婚对象莉丽·布里斯科，对拉姆齐夫人也有类似的看法：“当她在唠叨埋怨黄油不新鲜的时候，你会想起希腊的神庙……”

让查尔斯·坦斯利和威廉·班克斯为之倾倒的美，不仅仅是拉姆齐夫人的身体。塔斯莱把她当作母亲来崇拜，他敬畏于她的美丽，就像孩子敬畏母亲的美丽一样。拉姆齐夫人在给她的儿子、未来的库罗斯读书时，她的母性让班克斯陶醉。莉丽·布里斯科也崇拜拉姆齐太太，奉她为先知和准神。尽管莉丽怀疑自己屈服于她的“美的欺骗性”，但她更愿意把拉姆齐夫人看作一艘具有神圣意义的方舟——“她想象在这位和她身体相接触的女性的心灵密室中，就像帝王陵墓中的宝藏一样，树立着记载了神圣铭文的石碑。如果谁能把这铭文念出来，他就会懂得一切。”

莉丽的想象还不止这些：拉姆齐夫人对她来说，是比一切知识都更伟大的圣殿，“因为她渴望的不是知识，而是和谐统一，这些不是刻在石碑上的铭文，人类的任何语言都无法将其书写，它是亲密无间的感情本身……”没过多久，莉丽又将拉姆齐夫人视为一座伟大的圣殿，“在莉丽眼中看来，她带有一种威严的仪表，就像一座圆丘形拱顶的圣殿”。这一形象似乎异常地勉强，仿佛弗吉尼亚·伍尔夫更倾向于将拉姆齐夫人与神圣之地联系在一起。

女祭司和她的祭坛

随后，当她的家人和客人聚在一起吃晚餐时，拉姆齐太太又化身为餐厅的女祭司，在信众的簇拥下看管着神殿的火焰。十三个人聚集在餐桌旁：她和她的丈夫，他们的孩子，以及他们五位客人中的三位——查尔斯·坦斯利、威廉·班克斯和年长的诗人奥古斯都·卡迈克尔。起初，气氛有些压抑，每个人都小心翼翼的，因为查尔斯·坦斯利发表了一番令人不快的言论，而威廉·班克斯担心拉姆齐夫人会“发现他无情无义”。他们都不希望别人发现自己冷漠的那一面。然后，蜡烛被点燃，分离的自我逐渐合并成一个幻想的整体。夜色被隔绝于窗户之外，“透过窗上的玻璃，无法看清外面世界的景象，就像一片涟漪奇妙地把内外两边分隔开来。屋里的一切似乎井然有序，而屋外则在玻璃上映射出一片水汪汪的景象，事物在其中波动、消失”。现实世界中没有什么改变，但随着他们参与到一种神话般的动态与静止之间的斗争，每个人都经历了一种内在的转变；“他们的心情立刻发生了变化，他们好像真的在一个岛上的洞穴里结成了一个整体，去共同对抗外面那个不断变化的世界。”拉姆齐夫人带给了他们目标、喜悦和安宁。

就在第一道菜即将端上来的时候，剩下的两位客人，年轻的保罗·雷利和明塔·多伊尔一起到了。拉姆齐夫人立即意识到自己牵线成功了。莉丽注视着拉姆齐夫人，看着她掌控了她所创造的统一，像女祭司一样拥有一种伟大的力量。拉姆齐夫人“崇拜它（这种力量），不断加强它；她伸出手施展或保护这份力量，并以此获得温暖。然而，当她把这一切都完成了，不知道为什么，她笑了，莉丽觉得，拉姆齐夫人像是把祭品送上了她的祭坛”。对于刚刚订婚即将结婚的保罗和明塔而言，这是一个双刃剑的形象。“她具有某种惊人的气质，”莉丽心想，“她是所向披靡、不可抗拒的……她对他们施展一种魔力，只要她想达到某种目的，最后总能如愿以偿，就是如此简单，如此直截了当……”

和所有的宗教仪式一样，这份神秘力量将永恒的一瞥带入了短暂的世俗世界。相比单纯的礼拜者，这个仪式对于主持者拉姆齐夫人来说，意义更为强烈：

> 她达到了安全的境界，完全控制了局势。她像一只雄鹰一样在上空翱翔盘旋，像一面旗帜一样在喜悦的氛围中随风飘舞，她身上的每一根神经都甜蜜地、安静地、庄严地喜悦着，她瞧着每一个享受着食物的人，她想，她的喜悦就是来自她的丈夫、子女和宾客。而这份喜悦诞生在这一寂静的时刻……无需任何特别的理由，喜悦的氛围就像散不去的迷雾一般、像一股袅袅上升的水汽一般，把他们安全地聚集在一起。什么话也不必说，什么话也不能说。它就在他们的周围萦绕往复。她觉得它象征着永恒……在一些事物之中，有某种前后一贯的稳定性，她的意思是指那些亘古不变的东西，在面对着那流动的、飞逝的、光怪陆离的世界，它们像红宝石一般闪闪发光……她想，那种永恒持久的东西，应该就是由这种宁静的瞬间构成的。[①]

在她想到这一点后，她立刻向一位用餐的客人保证，“每个人都有足够的食物”。在梦中，你很容易抗拒将自己融入原型的舒适统一的诱惑，就像彼得·沃尔什在《达洛维夫人》中所做的

① 在英国版中，此处最后一句为：“构成了永远，从此永恒。”——作者注

那样。而当你面对的是餐桌上的女主人时，就很难抗拒这种诱惑了。

拉姆齐夫人再次向窗户望去，“窗外一片漆黑，蜡烛的火焰在窗上的反光更明亮了”，仪式的气氛也变得更加浓烈。起初，餐桌旁的声音，包括男人们的和明塔的两种声音，使她想起“男人们和男孩们在罗马天主教会的大教堂里做弥撒时高声念诵拉丁语经文”。接着，那些声音似乎与人们、与时空不再有关，“似乎并没有什么人在吟咏，而是那些诗句在自动涌现出来”。这是拉姆齐夫人祭司生涯的高潮。就连一整天都冷漠清高的奥古斯都·卡迈克尔也站起身来，“向她鞠躬，好像是在向她致以崇高的敬礼”。

当一个人对另一个人致敬的时候，也是统一的整体瓦解之时。拉姆齐夫人站在“门口，像是站在了屋里永恒一样的存在和屋外随着时间的齿轮不断向前转动的现实世界之间的分界线上，她逗留了片刻，回首向餐厅望了一眼，当她还在注目凝视之时，刚才的景象渐渐消失”。她挽着明塔的胳膊，这样她们就可以私下交谈了。当她离开房间时，“它改变了，呈现出不同的面貌；她回过头去瞥了最后一眼，知道刚才的一切，都已经成为过去了”。她刚一离开，“就开始分崩离析了”。

离开餐厅后，宴会的人们像是分散成不同个性的原子，四散而去。拉姆齐夫人却在寻求另一种平静：“在闲聊了这么久之后，她觉得很想静静地伫立片刻，并且把一件关系重大的、特殊的事情挑选出来，进行分解和剥离，去掉所有的感情因素和杂七杂八的成分……”正如《达洛维夫人》中一样，“闲聊”与“重要”形成鲜明对比，但是拉姆齐夫人的发现与克拉丽莎的觉醒恰恰相反。克拉丽莎望着对面窗户里的老太太时，她决定动身去寻找萨利和沃尔什。而拉姆齐夫人寻求的是静止、稳定和远离人际交往的自然。“在那件事情所引起的震惊之后，她又恢复了常态，以一种无意识的、不恰当的方式，借助窗外那些榆树的枝丫来稳定她的心境。她的世界在变化，而那些树枝是静止不动的。”她所追求的稳定，与周围人对她的溢美之词紧密相关。保罗和明塔的婚约已经完成，“这个婚约似乎一直都是定好的状态，只是现在它才被公之于众，这就使一切都变得稳定了。她想，他们的生活会继续，但不论他们活多久，他们都会回到这个夜晚、这轮明月、这阵清风、这幢房屋中来，也将回到她的身边。这使她感到不胜荣幸，这是她最喜欢的他人的恭维……”岛上房子里的一切，她想，“都将在保罗和明塔的生命中复活……当她死去的时候，保罗和明塔会接手这里的一切并继续生活下去”，就好像它们是她的孩子，她可以期望通过它们，获得不朽之类的东西。她知道她不可能让自己的孩子永远保持原样（“噢，可是她永远不愿詹姆斯长大一丁点儿！也不愿凯姆长大。这两个孩子是她的掌上明珠，她希望他们能够永远保持现状……”），所以她通过缔结婚姻来防止变化，婚姻是对结合的重现，虽然这种结合本身无法防止衰老或死亡。但就像任何宗教仪式一样，只有不断重现才能维持最基本的东西。

无信仰者的思想变革

大家都顺从于拉姆齐夫人的统一，但没有人想永远待在里面。她的女儿们“充满了无信仰者的想法，为自己酝酿了一种不同于她的生活”。拉姆齐夫人和多萝西娅·布鲁克一样，在生理上和心理上都是短视的，她反对一切能使她的孩子成为他们自己的东西：“争吵、分歧、意见不合，各种偏见交织在人生的每个时刻；啊，为什么孩子们小小年纪就已经开始争论不休？拉姆齐夫人不禁为之叹息。”莉丽·布里斯科比她的女主人更现实，也更细腻，她意识到统一会阻碍个性。在她的想象中，拉姆齐夫人戴着一顶大大圆圆的帽子，在这个画面中有一个问题没能解决：

> 如何把右边的这片景色和左边的衔接起来？这是个问题。为了达到这个目的，她可以把树枝的线条往另一边延伸过去，或者用一个物体（詹姆斯就不错）来填补那前景的空隙。但如果她那样下笔，整幅画面的和谐同一性就有被破坏的风险。

除了拉姆齐夫人之外，每个人都愿意冒险打破整体的统一，回到他们各自的自我，这就是为什么拉姆齐夫人所要求的那些婚姻——莉丽·布里斯科和威廉·班克斯、明塔和保罗——要么成不了，而成了的那一对也不是她理想中的夫妻关系。

那些认识拉姆齐夫人的人提出“指控”，认为她是一个想把自己的意志强加于他人的人：“希望支配他人，希望干涉他人，让人们做她想做的事。”就像她给詹姆斯读《格林童话》其中的一则时想到的。这个童话讲述的是，一条拥有魔法的鱼为了报恩，满足了一位可怜的渔夫的愿望，而渔夫的妻子要求渔夫不停地许愿，让他们的家庭更富有、更尊贵，在鱼的帮助下，她一步步地成为皇帝、教皇，直到她贪得无厌地要求成为宇宙的主宰时，鱼最终让她沦落回她与丈夫最初生活的那个破茅屋。拉姆齐夫人对号入座，开始思考自己迷你版的“贪得无厌”——她给明塔施加压力，要求她嫁给保罗；她还坚持认为“人们必须结婚；人们必须生儿育女”。与渔夫的妻子不同，拉姆齐夫人并不想要王冠或是宫殿那样粗鄙的东西，她想要掌控一个统一和永恒的状态，她和她周围的每个人都能融入其中。她从来没有想过，她眼中令人振奋的统一感，与他人想要做自己的愿望背道而驰，因为她本人从未想过，做自己会是一个值得追求的目标。而世界上的任何自我意识都会破坏拉姆齐夫人想要的统一状态，无论距离她有多远。当晚餐的话题转移到曼宁一家时，她想起自己最后一次见到他们是在二十年前，一想到他们已经变了，她心里就感到不安：“这可有点儿不同寻常，他们居然会继续生活了那么些年，而她却从未想念过他们……也许凯莉·曼宁也从未想念过她。这个想法是奇怪且令人不快的。”

拉姆齐夫人想要的是不变的统一，但就像所有独裁者一样，她可以不受制于那些自己强加给他人的规则。而实际上，她比谁都善变。《到灯塔去》最卓越的技巧之一，就是细致描绘了婚姻中时刻变化的情感。早期的英国小说家描绘的，要么是持续不断的爱，要么是绵延不绝的恨，要么是两者之间缓慢的转化。而弗吉尼亚·伍尔夫笔下的爱情会在几分钟或几个小时之内骤然起伏。宴会开始时，拉姆齐夫人看到丈夫在餐桌的那一头皱着眉头，她自省“怎么会对这个人产生感情或者爱上他”。几页之后，还是在桌子旁，看着丈夫心想：“他一开口，情况就会完全不同了……”后来她意识到，因为她崇拜他，她才盼望他发表意见。

她觉得似乎一直有人在她面前赞扬她的丈夫和她的婚姻，她不禁激动得容光焕发，完全没有意识到，赞扬她丈夫的人就是她自己。

无私、没有自我的人

有些人会直接站出来指控拉姆齐夫人想要主宰一切，比如明塔的母亲。但拉姆齐夫人发现，是一种更强大的力量在左右着她，“她被驱使着”，而非出于自愿坚持让每个人都得结婚生子。当她说人们必须结婚和生子时，“她知道进展太快了，但对她来说，这似乎也是一种逃避”。

没有人能在拉姆齐夫人渴望的和谐统一中——也就是她的晚宴上——待两个小时以上。拉姆齐夫人似乎也隐隐地意识到了，她之所以渴望这种统一，是因为她寻求一种使人安定与平静的非个人力量。就像大自然中的物理力量和生物力量一样，拉姆齐夫人所展示的力量是强大而冷漠的，但也都是无私的。“如此夸耀自己无微不至、关心爱护的能力，但拉姆齐夫人觉得自己连一具能被辨认是她本人的躯壳也没留下。她的一切都慷慨大方地贡献出去，被消耗殆尽了。”针对这一控诉，她的回答是她身不由己。这听起来像是个借口，却指向了一个更深层次的事实。她准确地告诉自己，她对他人的影响并非自我意识，而是受一种她无法控制的力量的作用。就像她那惊世骇俗、引人注目的美貌：“她怎么能不被人‘那样’地看待呢？”她愤愤地问自己。

婚姻和生育遮蔽了她身上的缺陷，人们被她的母性光环蒙蔽了双眼，无法觉察到这种光芒背后的黑暗。只有她的丈夫感受到“她那种孤独，那种超然，那种遥远”，那种母系女神的孤独——

把所有人都团结在一起。就像《达洛维夫人》中的克拉丽莎一样，拉姆齐夫人发现自己独自一人时，会了解到一些关于自己的令人不安的真相。但与克拉丽莎不同的是，她以孤独和疏远为乐："现在，带着一种严肃的感觉，她退缩返回她的自我——一个楔形的黑暗内核，其他人所看不见的东西……而这个摆脱了羁绊的自我，是自由自在的，可以经历最奇特的冒险。"她变成了一个"黑暗内核"，摆脱了所有人类的纠缠。

> 没有人看得见这个黑暗的内核，谁也阻挡不了它，她愉快地想。当一个人在独处之时，就有自由、有和平，还有那最受人欢迎的，能够把自我的各部分聚集在一起，仿佛是在一个稳固的圣坛上休息的感觉。

拉姆齐夫人之所以珍视退缩回自我的体验，和她试图让"生命静止不动"并敦促莉丽还有明塔结婚的原因一样，她想要逃避所有人际关系中必然存在的不确定性和变化。

当她退回自我的黑暗之中时，小说呈现了一种比与他人断绝联系更为深刻的隐退。那句"退回她的自我——一个楔形的黑暗内核"，指的不是自我或独特的人格，相反，她没有更深入了解自己的人格，而是逃离了人格，遁入并不存在人格的黑暗之中。"一个人很少会获得休息的机会，根据她的经验……而是作为一个楔形的内核。抛弃了外表的个性，你就抛弃了那些烦恼、匆忙、骚动。当一切都集中到这种和平、安宁、永恒的境界之中，某种战胜了生活的欢呼声，自然而然地升腾到她的唇边。"在这种心情之下，她越来越觉得自己依附于一个遥远的物体，"依附于某种东西，特别是她能看到的东西"，现在，她迷失在了灯塔的光束中。

当她望向灯塔时，她觉得自己不复存在，“变成了她所看到的那个东西”，她在脑海中重复着几句话，她突然说，“我们将在上帝的掌握之中”。这句话所蕴含的虔诚使她大吃一惊：

> 但马上，因为说了这样的话，她转而对自己生气了。这是谁说的？反正不是她自己。她只有迷了心窍，才会说出这种违心的话来……那是什么让她说出那样的话，“我们将在上帝的掌握之中！”？她感到奇怪。在一片真诚之中，渗入了这样言不由衷的话，这既使她警觉，也让她生气。

这是弗吉尼亚·伍尔夫创作中最辉煌也是最令人不安的时刻之一，她以精确的道德和心理洞察力完成。拉姆齐夫人因为逃脱了自我而欣喜，但当她发现自我一旦丧失，取而代之的不是她想象中的那种超脱且无形的黑暗，而是陈词滥调的话语时，她又惊又气。尽管拉姆齐夫人摒弃了这些见解，回到了她的故事之中，小说还是明确指出，当人格被抛弃或否认时，空虚的自我将由非个人的语言、无意识的情感、空洞的口号、琐碎的公式、宴会的絮叨和时髦的闲聊来填满。当拉姆齐夫人试图逃脱自我时，她根本没能逃掉，而是像克拉丽莎指责自己那样，让她的自我“被无聊的闲聊磨损了、淹没了，它每天都在腐烂，在谎言与闲聊中逐渐消逝”。

小说的这一幕来源于T. S. 艾略特的文章《传统与个人才能》[①]中的一句名言：“但是，当然了，只有那些有自我和情感的人

① 以书的形式出版在艾略特的《神圣的森林》上，伦纳德·伍尔夫在1920年对它进行了评论。——作者注

才知道逃避这些事情意味着什么。”拉姆齐夫人作为黑暗楔子的经历表明，弗吉尼亚·伍尔夫意识到，逃避自我和情感，逃避一切重要的事情，对T. S. 艾略特来说是一种折磨与不幸。这段脱离自我的旅途并没有像艾略特的文章中所希望的那样，是一扇通向伟大又有凝聚力的传统的大门——那里所有的欧洲文学同时存在，所有的作家都被纳入其中。但这扇大门实际通向了拉姆齐夫人在遁入黑暗时所发现的空虚荒野，几年后，艾略特本人在《空心人》中也讲到了这一点。

翻阅二十世纪后期的后现代美学理论，会发现自我并不是一个稳定而连贯的整体，而是外部文化碎片的临时拼凑——弗吉尼亚·伍尔夫在《幕间》一书中称之为“饭渣、油渣和碎片”（改编自莎士比亚《特洛伊罗斯与克瑞西达》中的一句话）。显然在后现代艺术兴起前，关于自我与文化碎片的讨论就已经存在了。一旦将自我投射到某件事或某个人身上，碎片就会聚合，开始变得有目的性和整体性，此时你会形成一个针对这件事或这个人的“自我”。后现代人格理论，就像艾略特的理论一样，更多是以理论家为讲述核心，关注内在的自我限制，而很少关注那些失败的自我尝试，和那些拒绝成为任何人的人。

父亲和孩子

弗吉尼亚·伍尔夫在她的另外两本书《一间自己的房间》和《三个畿尼》，以及她的散文、日记和书信中，都谴责了父权社会秩序。然而，《到灯塔去》并不是一部带有政治主张或关乎社会题材的小说，而是一部历史和心理小说——或者，正如她在日记中所写，不能简单归为一部小说，但具体是什么，她也无法准确说出，也许是“弗吉尼亚·伍尔夫的一部新——新什么呢？挽歌？”在哀悼过去之后，挽歌总是展望未来。就像约翰·弥尔顿的诗歌《利西达斯》的最后一行，“向崭新的牧场和森林眺望明天”。《到灯塔去》是一部家族史，在这部家族史中，母亲永恒的过去被动态的父权世界所取代——这个时代的发展有点像《一间自己的房间》的结果所想象的那样，性别差异不再重要，母权和父权都无法统治未来。

简·哈里森想象过去的母系时代带来了文明，但生活在那个时代的人们认为，命运或厄运主宰着一切。无论是好是坏（更多的是坏），历史不是由试图维持现状的忒弥斯本人创造的，而是由忒弥斯的父权继承者创造的，他们朝着未来蹒跚前行。拉姆齐夫人深信，她死后，保罗和明塔会延续她的生活，而她所在的这个“当下”，也会在下一代的生活中复活。但书的第二章名为“时光流逝”，连标题都与她的观点相矛盾。

在这一部分的开篇，威廉·班克斯说：“嗯，究竟如何，我们必须等待未来那一刻才能见分晓。”安德鲁·拉姆齐说：“天黑得几乎看不见了。”好像在回答班克斯。在接下来的几页中，黑暗的未来显示了一战带来的灾难——在弗吉尼亚·伍尔夫看来，这是父权制灾难性的结果——拉姆齐家位于岛上的房子被遗弃在荒野中，因为拉姆齐太太“突然”逝世，普鲁死于“与分娩有关的某种疾病”，而安德鲁在战场上阵亡，拉姆齐夫人对孩子们的期待也随之破灭。

在《到灯塔去》一书的最后一部分“灯塔”中，幸存下来的拉姆齐家人和莉丽·布里斯科在岛上的房子里重聚。拉姆齐先生迫使不情愿的詹姆斯和凯姆勇敢地向灯塔进发。莉丽·布里斯科完成了那幅她十年前来访时未完成的画作。每个人都在为拉姆齐夫人哀悼。但最后“灯塔”的这一部分，更像是弗吉尼亚·伍尔夫对乔治·艾略特的《米德尔马契》中“死亡之手”这一部分的改编。不论是在《到灯塔去》中，还是在《米德尔马契》中，生者都将战胜死者的意志。但是《米德尔马契》将他们的斗争视为一个简单的道德问题，即挫败已故暴君卡苏朋先生和老守财奴彼得·费瑟斯通的意志；《到灯塔去》则描绘了一个更复杂、更可信的斗争——针对于被爱和母性光辉包裹的拉姆齐夫人意志的斗争。

生者想要胜利，必须打败充满爱意的母亲，同时还需要获得从中而来的某种满足。保罗和明塔从婚姻失败中恢复过来，建立了一段拉姆齐夫人必然不会认可的关系。明塔“轻浮艳丽”，风流韵事缠身，在他们的婚姻危机后，保罗开始和一个严肃的女人交往，她和他观点相同。“他的外遇并未使他和明塔的婚姻关系破裂，反而适当地调整了他们的关系。”莉丽评论道。保罗和明塔现在成了“相互默契的好朋友”。明塔第一次来到这个岛时，也许是期待着自己以后会找到一种新的生活方式，她“把《米德尔马契》第三卷遗忘在火车上了，不知道这部小说的结尾如何”。

莉丽幸灾乐祸地幻想着拉姆齐夫人如何失望。“要是她能告诉拉姆齐夫人那桩婚事结果有多失败，她可能会有一点儿得意扬扬”。

在书的第一部分，也就是十年前，拉姆齐夫人一直试图塑造她孩子们的未来，以及任何年轻人的未来。与此同时，拉姆齐先生同样担心自己在年轻人中的声誉，担心新的文学时尚会诋毁他心爱的沃尔特·斯科特爵士，担心他的书可能被遗忘，担心自己无法完成将人类思想延伸到顶峰的野心。但拉姆齐先生从不认为他可以通过控制他人来控制未来。在第一部分的最后一章中，他仅仅通过阅读沃尔特·斯科特爵士的作品就能感到满足，这种满足足以让他打消焦虑和野心："现在他觉得，谁达到顶峰已无关紧要……总有人会达到那里，如果不是他，那就是别人。"而拉姆齐夫人从未放弃自己的野心，在同一章的结尾，当她拒绝说出任何与爱有关的话语，但又让丈夫知道她的爱时，"她又胜利了"。然而，她的胜利很可能只是她的幻想，弗吉尼亚·伍尔夫十分谨慎，她从来没有直接表达拉姆齐先生想要从她那里得到爱的话语，只是拉姆齐夫人主观臆断他想要而已。

拉姆齐先生放弃了他的野心，这就是为什么无论他多么专横和荒谬，无论他多么偏执地强迫孩子们去做一些事，但他从来没有阻止他们长大成人。而相较之下，拉姆齐夫人已经习惯了成功，她无法接受任何失败，以至于只有死亡才能打败她。而《到灯塔去》漫长的叙事与各个人物的生命历程，都渴望将她打败。

小说中对待男性气质和女性气质的方式，与贯穿弗吉尼亚·伍尔夫的作品的方式完全不同。在二十世纪二十年代伟大的现代主义作家中，她是唯一一个拒绝在作品中使用那个诱人等式的人，那个等式被詹姆斯·乔伊斯、T. S. 艾略特和D. H. 劳伦斯所青睐。在那个等式中，家庭政治被理解为社会的一个缩影，如果你了解家庭关系，就会了解诸如爱尔兰和英国的关系或是欧洲的道德危机这样的大规模事件。（她在《三个畿尼》中建立了这个精确的等式，但在小说中并没有。）在《达洛维夫人》中，那些在国际关系的公共层面上产生致命后果的行为和情感，在个人关系的私人层面上，可能会产生非常不同的影响。国与国之间的血腥杀戮，对男女个体而言可能是解放性的。拉姆齐先生不管是朗诵《轻骑兵的冲锋》，还是在草坪上奔跑，寻找一个能同情他的女人，或者至少会欣赏他靴子的女人（就像莉丽那样殷勤地欣赏），都是他对第一次世界大战中恐怖父权制的拙劣模仿，而不是复制。

在灯塔

在书的第三部分，莉丽开始画她上次来访时留下的未完成的画作，她想起了拉姆齐夫人，想起她是这个地方的“领导者”——她把所有的东西整理在一起，好像她也在完成一件艺术品一样。莉丽想起十年前海滩上的情景“似乎在某种意义上来说，全是膝盖上放着一块垫子，坐在岩石下写信的拉姆齐夫人”。拉姆齐夫人希望留在身后的永恒，在莉丽对她的记忆中暂时地成为现实：“那个坐在岩石下写信的女人，把一切事情都由矛盾复杂转化为纯粹的和谐，她使愤怒、烦躁的心情化为乌有，她把各种各样的因素凑在一起，并从那可怜的愚蠢和厌恶之中……提炼出某种东西——例如在海滩上的这幕景象，这片刻的友谊和好感——它经历了这些年月，仍旧完整地保存下来……它就像一件有感染力的艺术品一样，留存在心中。”

“就像一件艺术品。”莉丽喃喃自语，然后接着说了一大段的赞赏和理解，她想象着拉姆齐夫人“把这个瞬间铸成了某种永恒”。在她看来，她的画也是一种永恒的尝试，她认为拉姆齐夫人是一位成功的艺术家，而她自己则与成功相去甚远。

> 在混乱中存在着特定的形态；这永恒的又在流逝着的时光……被铸成了有固定形态的东西。生命在这里静止住了，拉姆齐夫人说过。“拉姆齐夫人！拉姆齐夫人！”她一遍又一遍地呼喊。所有这一切，都是拉姆齐夫人赐于她的啊。

十年前，在那天的晚宴上，保罗·雷利告诉拉姆齐夫人他已与明塔·多伊尔订婚时，他也说过：“这都是你的功劳。”

一个愿景可能会成为艺术作品中的永恒，但在生活中，它很少能持续超过片刻。对于在画布上创作的画家和在纸页上创作的作家而言，“生命在这儿静止不动了”这是艺术的使命。如果将这种使命强加于他人，就像拉姆齐夫人所做的那样，必须使所有人沉浸在一个统一的世界中，从而剥夺了他们的自我和未来。拉姆齐夫人给别人呈现的统一，就像任何激动人心的满足时刻，把父母和孩子团结在一种紧张和安全的状态中，一种似乎无限珍贵和令人向往的状态。但是，当这种统一感被用作日常生活的模型或指南，而不是某种可能赋予日常生活终极意义，但无法支配其细节的深奥且难以捉摸的东西时，它就变得压抑和专制了。

拉姆齐夫人从来不明白这一点。莉丽却无意间明白了。在《到灯塔去》的结尾，十六岁的詹姆斯和四十四岁的莉丽都以不同的方式逃离了拉姆齐夫人的母性火炉，成为独立自主的人。两人都取得了一些成就，虽然这些成就被耽搁了数年，很多年后才找得到。经历了一整天都在为拉姆齐先生烦恼，同时又思念着拉姆齐夫人之后，莉丽最后一次感到了那种“熟悉的恐惧”，因为她没能实现对拉姆齐夫人承诺过的统一。“她还将继续带来那种痛苦吗？”她思忖着拉姆齐夫人，默默地问自己。

然后，她突然间意识到拉姆齐夫人已经不能再制造这种痛苦了。莉丽未得到满足的渴望曾经是“熟悉的恐惧”，现在却悄然变成了“日常经验的一部分，和那椅子桌子一样真实存在”。摆脱了过去的束缚，莉丽开始思考现在和未来——她不再想要拉姆齐夫人了。“现在那条小船又在哪儿？还有拉姆齐先生呢？她需要他。”

之后，当詹姆斯成功地将船开到灯塔后，拉姆齐先生向他表示祝贺，并“像年轻人一样轻快地”跳下船。“他一定已经到达了。”莉丽自言自语道，突然感到自己疲惫不堪。这种感觉洋溢着永恒和持久的喜悦，与拉姆齐夫人宴会上的胜利统一完全不同。莉丽不知不觉地意识到詹姆斯的生活已经发生了巨大的变化，他终于得到了父亲的认可。当父亲得意地对他说“干得好”时，拉姆齐先生庆祝的胜利不是他自己的，而是他儿子的。这一刻没有任何统一，因为拉姆齐先生也完全不了解他儿子的感受。

在詹姆斯和拉姆齐先生取得了各自的胜利之后，莉丽之所以感到疲惫不堪，是因为她付出了极大的努力去了解詹姆斯和拉姆齐先生的感受。虽然她已筋疲力尽，但这段经历也激励她走向自己的胜利。她看着自己的画布，没有拉姆齐夫人对永恒的幻想，也不希望在她死后还有人在关心她的画作，过去“她想，它会挂在阁楼上，它会被毁坏湮灭”，她一整天都在反复这么对自己说。现在，在詹姆斯取得了成就之后，她对此有了不同的看法。“然而，她扪心自问，这又有什么关系？她重新提起了画笔。”随着意识到她在画布上的创作不一定是永恒的，她解放了自己，去寻找属于自己的方式。房前的台阶上空无一人，眼前的画布上一片模糊，但她只用一笔就把一切都变得明晰，在艺术上创造了拉姆齐夫人在生活中无法创造出的秩序。“带着一种突如其来的强烈冲动，好像在一刹那间她看清了眼前的景象，她在画布的中央添上了一笔。画好啦，大功告成。”她“极度疲劳”地放下手中的画笔，想道：“我终于画出了在我心头萦回多年的幻景。”以此为小说结局。这种疲劳，是她终于完成了一件事的疲劳。现在，她可以转而关注对她未来更重要的事了。

第 7 章

未来：《幕间》

Between the Acts

《幕间》以故事结束作为结尾，但同时一些未知之事也开始了。书中讲述了第二次世界大战爆发前的最后一个六月，英国的乡村别墅波因茨宅二十四小时内发生的事情。当天下午，村民们表演了一场荒诞、拙劣的历史剧，该剧是由一位名叫拉特鲁布的外来者为他们创作的，取材自英国历史。村民组织这场演出，是为了给乡村教堂募资。但是这里的村民、教堂和风景，都如书中人物所说——“死亡的结局悬在我们头上”。

伍尔夫更早的一部作品《海浪》，基本由六个人物的遐想构成，小说最后，其中一个人物伯纳德——一个半是骑士、半是堂吉诃德式的人物——像英雄一样直面着死亡：

> 死亡就是那个敌人。我提着枪跃马朝死亡冲了过去，我的头发像年轻人的那样迎风飘拂，就像当年在印度策马驰骋的珀西瓦尔。我用马刺让马跑得飞快。死亡啊，我正要朝着你冲过去，决不屈服也决不投降！

这种能对死亡产生戏剧性幻想的人，不太像一个相信死亡是真实存在的人。而在《幕间》中，人物和叙述者对死亡的态度则更加可信，也不那么戏剧化。有人听天由命，有人愤怒生气，有人盲目否认，有人漠不关心。《幕间》列举了一个老人对死亡的看法：任何个人的消失，似乎都不如青年或中年时那么重要。书中老人在她妹妹回忆起儿时的游戏时对她说："对我们来说，那个游戏已经结束了。"

《幕间》中的人物分为两种，一种是敢于直面即将来临的灾难，即使他们知道自己无能为力；另一种则有意对其视而不见。大多数人物唯一能预见的未来，是晨报上的"天气专家"的预言，仅限于："风向多变，平均气温适中，间或有雨。"但很快又会被他们遗忘："没有人看见云来了。"波因茨宅的中年继承人贾尔斯·奥利弗愤怒地听着他的姑妈斯威辛太太谈论着花园的景色："风景会永远存在，即便我们不存在了。"这与拉姆齐夫人对保罗、明塔的婚姻以及岛上的房子所报有的永远不变的信念是一样的。贾尔斯什么也没说，只是"对这些老顽固们表示愤怒，他们只知道坐在这里，欣赏着风景，而此时整个欧洲——就在那一边……地上竖满枪支，空中悬着战机。每时每刻，大炮都会把那片田地耙出沟壑，飞机都会把博尔尼教堂炸得粉碎，还会炸掉霍格本的怪楼[①]"。

在侄子贾尔斯的眼里，斯威辛太太似乎得意忘形，而对灾难和变化浑然不知。但她的想象力其实包含了贾尔斯从未想过的划时代的变化。然而，斯威辛太太所考虑的那种宏大变革，并不会威胁到书中个体的和平与安宁。在书的开头，她读着一本平素最

① 霍格本的怪楼的意思是昂贵的、装饰性的或者奢侈的结构，在这里也代表附近另一个著名的建筑物。——作者注

爱读的书——《世界史纲》，这是英国小说家H. G. 威尔斯的作品，讲述了一个远比在乡村历史剧中更为久远的时代。在那个时代里，语言和文字还没有出现，男人和女人还没有从洞穴里钻出来，甚至还不存在不列颠群岛，“她知道，那个时候，整个欧洲大陆尚未被一条海峡分隔开来，还连成一片；她知道，那个时候，森林里生活着许多怪物，它们长着大象的身子，海豹的脖子，喘着粗气，慢慢扭动身躯，往前涌动；她设想它们都是大声吠叫的怪物，是禽龙、猛犸象，还有乳齿象。她想，我们大概就是它们的后裔吧”。最近几个世纪发生的变化对她来说似乎不那么重要。她谈到乡村历史剧中的那些认真的维多利亚人，“我不相信那样的人存在过。他们只是像你、我……这样的人，只不过穿的衣服不同罢了”。斯威辛太太的家族在一百多年前买下了波因茨宅。她给来访者看墙上的照片时说，那贵夫人“不是我们的祖先，可是我们都说她是祖先，因为我们认识她——哎呀，已经有这么多年了”。

场景的变化

从波因茨宅的露台上看去，世界似乎是一成不变的。这个地方至今仍与十九世纪旅游指南中描述的一样：“1833年的情况，到了1939年并没有改变。多年以来，这里没有再盖房子，也没有建设城镇。”奥利弗一家从房子向外眺望，“看看他们熟悉的东西今天是否有什么不同，在大多数日子里，总是一样的”。

大多数日子，但不是今天。就在几个小时前，斯威辛太太告诉她的哥哥巴塞罗缪·奥利弗，她已经订好了乡村历史剧的布告牌。贾尔斯的妻子伊莎无意中听到了她的话：

一连七个夏天，每个夏天伊莎都会听见关于锤子和钉子的这几句话，还有关于乡村历史剧和天气的。每年他们都会问，这天是会下雨呢还是会晴天呢。而每年都是——不是下雨，就是晴天。同样的钟声接着同样的钟声，不过今年她在钟声下面还听见："那姑娘尖叫起来，用锤子砸了他的脸。"

伊莎首次听到的那句话，来自一份报纸的报道，报道说，在一场审判中，白厅街的皇家骑兵因强奸了一名年轻女孩而被判刑。这是一个真实的事件，不是弗吉尼亚·伍尔夫的虚构。"那是真实的事情。"伊莎在报纸上读到这则消息时这样想着。这时，斯威辛太太拿着她自己的锤子走进了房间，走进了一个仅仅看起来亲切、天真、一成不变的世界。

拉特鲁布小姐为这个村庄所写的历史剧，是一部怀疑论者的英国历史，剧中的变化总是往坏的方向发展。有传言说，拉特鲁布小姐经营一家茶馆失败，还搞砸过演出。而在她虚构的历史剧里，英格兰首先是一个无辜的孩子，而后在伊丽莎白时代成为一个充满希望的女孩，接着，在经历了漫长的犬儒主义复兴后，转变成了一个传福音的帝国霸主，由那些装备着警棍的警察统治着国内外的思想和道德。拉特鲁布小姐对历史的残酷无情表现出了一种有教养的沮丧，其背后隐藏着一种对自然的浪漫幻想，她认为自然拥有人类所缺乏的稳定性："地球总是一样的。"这也是乡村历史剧中的村民们齐声大喊的一句话。但是，读过《世界史纲》的斯威辛太太知道，地球从来都不一样，它也是一个充满了斗争的残忍之地。

当表演结束时，乡村历史剧的历史也随之结束。“大钟上的指针停在当前的时刻。这就是现在，这就是我们自己当下所处的时刻。”一切都停止了，变化也结束了。表演者把镜子对着观众，这样他们就能看到自己的真实面目。拿镜子的人们蹲了下来，他们有的怀有敌意，有的细心观察，有的充满期待，有的耐心解释。就像所有的带有劝诫性质的艺术一样，乡村历史剧不会激励任何人去改变。没有人愿意被作者的小把戏所教导，“就在此时此地展示自己本来的面貌”。拉特鲁布小姐试图启发观众的努力，只能证明拉特鲁布小姐的艺术虚荣心。当他们全部转身离开时，弗吉尼亚·伍尔夫对他们更加同情——除了“粗俗的……不易满足的”外来者曼瑞莎太太以外，她正视着镜子里的自己，往自己的鼻子上抹粉，顺便整理了一下她的卷发。

难以捉摸的和谐

在弗吉尼亚·伍尔夫早期的作品中，她半是讽刺、半是严肃地唤起了艺术家的幻想、解放和统一的力量，比如《达洛维夫人》中的愿景和《到灯塔去》中对艺术的复活。但在她的最后一部小说《幕间》中，伍尔夫似乎准备毫无遗憾地放弃这两者，用一种略带偏见的角度来看待愿景和艺术。

威廉·道奇和曼瑞莎太太一起来到这个村子，他看着波因茨宅里的一幅画，“那幅画无视任何人。它把他们拖进了沉默的小路”。就像拉特鲁布小姐指责的镜子没有揭示出任何意义，在表演的过程中，她对自己说，希望通过给别人一种愿景，好减轻自己的痛苦。但即使她这样想，她也什么都没有给予别人：

她没能让他们明白。这是一次失败，是一次倒霉的失败！像往常一样，她看走了眼。

她的愿景逃跑了，因为她试图把它强加给别人。它迈着大步走来走去，“手里经常拿着马鞭”，在每次剧终的时候，用留声机旁边的扩音器发出非人的声音，发出威吓说教的抱怨，这种声音在二十世纪三十年代欧洲领导人的广播中很常见。“究竟是谁的声音，没有人知道。它出自灌木丛里——是一个通过扩音器传出来的不熟悉的说话声，音量很高，语气十分肯定。”这个声音指责听众的势利和自私，抱怨说他们看不到爱和不加粉饰的现实，因为他们还没有看到他们真正的团结：“你们所看见的自己，仅仅局限于饭渣、油渣和碎片而已。”然后，它继续向他们讲述他们不知道的事情：“所以，还是来听听留声机……”但在这一刻，唱片出了点故障，乡村历史剧在说了一半的句子中结束。牧师站了起来，即兴发表了一篇不知所云的演讲，解释他们所看到的一切的意义。他的演讲也被十几架飞机打断了，这些飞机碰巧以军事编队的形式从头顶飞过，展示了一个致命的技术现实，一种被怀疑论者的乡村历史剧完全忽略的现实。

当牧师说出第一个音节“机”时，飞机正好飞过他的头顶，等飞机过去之后，他又说出了剩下的音节“会”[①]，就好像什么都没发生过一样。人们唱着国歌，发表着爱国宣言，一些观众希望这是乡村历史剧本身的一部分。接着，出了故障的留声机接着前面被打断的发言继续说：“我们离散了；我们又走到了一起。可

① 完整词为“机会”。——作者注

是，让我们把带来和谐的一切都保持下去吧。”留声机的讲话是事先录制好的，讲述着这场乡村历史剧从未实现的和谐。

其他任何事情也无法实现这种和谐。有一次，斯威辛太太和拉特鲁布小姐凝视着对方，“她们的目光相遇在一起，希望一齐努力来理解彼此的意思。她们失败了”。直到最后几段，书中的性欲都因沮丧或愤怒而发泄出来，且毫无意义。伊莎·奥利弗备受折磨，因为她对有教养的农场主鲁伯特·海恩斯暗生情愫，甚至希望自己的孩子是他的，而不是贾尔斯·奥利弗的，但海恩斯甚至从未注意到她的存在。贾尔斯·奥利弗被冷漠的曼瑞莎太太吸引，曼瑞莎太太却只想和男同性恋者威廉·道奇一起旅行，但威廉·道奇喜欢的是贾尔斯，一个对他非常鄙视的男人。而乡村历史剧也是如此。拉特鲁布小姐模仿十七世纪的戏剧，让那些年轻的情侣们与那些试图拆散他们的老朽们一样自私、精于算计，同时不保证年轻人的未来就一定比他们祖辈的过去更加美好。在乡村历史剧的最后一幕中，这对年轻夫妇选择与劝诫他们皈依异教的人为伍，就好像《简·爱》中的圣约翰·里弗斯找到了志趣相投的人一样，这对年轻人并没有选择那些现实的满足。

在弗吉尼亚·伍尔夫的作品中，年长一代和年轻一代总是毫无关联，但《幕间》却是例外。伊莎对她的公公巴塞罗缪大发雷霆，因为他把一张报纸折成一个可怕的鸟喙，把她的儿子吓了一大跳；而巴塞罗缪则认为他的孙子是“爱哭鬼、胆小鬼”。在这部作品中，年长的关系不会给予安慰，而新的关系也不会带来希望。伊莎和威廉·道奇可以畅所欲言，她说，“也许是因为我们以前从未见过面，以后也不会再见面了”。拉特鲁布小姐和威廉·道奇早上第一次见面，晚上就分开了："不管怎么说，他们以后也不会再见面了。"每一次会面，每一刻的接触，都会引出一个没有形状、没有意义的未来——"未来的阴影遮蔽了他们的现在，就像太阳穿过多脉的透明藤叶，纵横交错的线条没有任何图案可言"。

在灾难中嬉戏

1938年，弗吉尼亚·伍尔夫完成了她最为残暴的作品《三个畿尼》，这本书中，她从某种程度上将不公正、不平等和战争的责任归咎于父权制的虚荣。1940年，她在《幕间》一书中再次讲到了这种观点，书中提到骑兵强奸一个年轻女孩的事，提到了巴塞罗缪·奥利弗在印度政府的殖民生涯，以及乡村历史剧中一位上校问："为什么把英国军队给漏掉了？没有军队怎么能称其为历史呢，是不是？"但是现在，在她的小说中，她不再像在她的文章中那样热衷于问责这些灾难，而且《幕间》也不涉及社会和政治上的恶行，不存在像《达洛维夫人》中值得被批判的威廉·布雷德肖爵士。贾尔斯·奥利弗"毛发旺盛，英俊，充盈着阳刚之气"，看起来好像他可以代表《三个畿尼》中好战的族长。作为一名股票经纪人，他与他父亲在晨报上读到的金融操纵案有牵连。但在所有的人物中，只有贾尔斯预见了即将到来的战争，并且有足够的道德和智力对此感到愤怒。当乡村历史剧落幕时，有人对他说："当然啦，奥利弗先生，我们更文明吧？"（暗指乡村白痴的过时传统），贾尔斯只能无奈地回答："我们？"

《幕间》用一种平静而讽刺的声音展开叙述，它知道即将到来的灾难，但拒绝被它煽动成英雄主义或绝望。相反，在某种程度上，《幕间》并没有刻意让人觉得恐怖，而是在灾难中嬉戏时表现出了一种隐晦的黑色幽默，而是把词汇当作玩具，发明了一个横跨六个段落的造句游戏，即从对话中提取部分字句，与自己要表达的内容重新组合在一起。比如，当留声机说“我们离散了”时，曼瑞莎太太说：“跟着，跟着，跟着我……我要去喝茶。”接着，伊莎在曼瑞莎太太的基础上延伸出了第二组句子：“浪花拍岸，我们被困于干涸的高地……三股索已断……现在我跟着……去喝茶。”人们继续叠加：“我是走，还是留？是朝别处溜？还是跟着，跟着，跟着离散的人群走？”这些重复的音节在其他人的脑海中回荡：“猴谜树……我们曾在幼儿园里演出。”这个造句游戏在拉特鲁布小姐所写的历史剧剧本中随机出现了多次。

但剧目最后，留声机里传出的演讲让大家注意到这也代表着拉特鲁布小姐的态度：“以我自己为例，”那个声音解释说她知道她和所有人一样有缺点，“我虽然藏在灌木丛里，藏在树叶之中，可是我逃脱自我谴责了吗？避免佯装义愤了吗？尽管我想抗议，尽管我想献祭，我也受过一些，怎么说呢，受过一些教育的洗礼。”

在伍尔夫三十年的文学生涯中，她始终对语言艺术的技艺和深度很有兴趣。现在，带着冷静的思考和近乎自我鄙夷的态度，她将语言技巧展示为拉特鲁布小姐紧张的自我对话，以及叙述者漠不关心的语言游戏。在《奥兰多》中，效仿史书笔法的趣味与传记写作的趣味紧密地交织在一起。而在《幕间》中，文字的戏谑与人物的痛苦形成了强烈冲突，他们不需要诗歌或文学语言来表达，有时甚至根本不需要语言：

他（贾尔斯无言地）表达："我太不幸了。"

"我也是。"道奇也有同感。

"我也一样。"伊萨心想。

现在死亡迫在眉睫，与十年前的《海浪》相比，艺术不再那么重要，也不再那么严肃。在《海浪》中，不幸的艺术家罗达走进音乐厅，经历了艺术的神圣洗礼。罗达说，通过艺术，人们可以超越表象看到"事物外表之下的东西"。艺术既是对死亡的胜利，也是对死亡的补偿：

> 珀西瓦尔（《海浪》中众人哀悼的年轻人）通过他的死赠予我这个礼物，让我能看清事物的本来面目。这是一个正方形的东西，那是一个长方形的东西。那些运动员拿起正方形的东西，把它放在长方形的东西上面，放得十分准确。他们打造了一个完美的栖身地，几乎无一物是多余的。大框架已清晰可见，事物的初始阶段也已经显现。我们并没有什么差别，至少我们已经将正方形准确地摆在了长方形之上。这就是我们的胜利，也是我们的慰藉。

同样，在此情况下，对克拉丽莎·达洛维来说，原本重要的个人诚信此时不再重要，而对莉丽·布里斯科来说，具有决定性且能绘出世界万物的画笔也不再重要。取而代之的是，拉特鲁布小姐沉溺于愤怒的幻想，认为自己要么是"一个被抛弃的人"，要么是"观众的奴隶"，这种幻想只出现过一次，而且是在酒精作用下产生的。那天她在乡村酒吧，放下酒杯，试图忘记乡村历史剧的失败。"子夜时分的高地出现了，还有那块大石头，还有两个难以辨认的人影……她听见了第一句台词。”但书中并没有说明那第一句台词的具体内容。

词语在《幕间》中游戏，因为它们独立存在，对人类漠不关心或者满是敌对。在书的开头，当贾尔斯第一次来到波因茨宅时，“词语不再平躺在句子里，它们站了起来，咄咄逼人，向你挥起了拳头”。不久之后，当斯威辛太太带着客人参观波因茨宅的保育室时，“词语升华了，具有了象征意义”。在书的结尾，拉特鲁布小姐昏昏欲睡，不时地点着头，而词语像花朵一样从泥土中生长出来：“泥土变得肥沃了。词语往上升，升得很高，超越了那几头驮着难忍的重负并艰难前行的无言的公牛。没有意义的词语，也是神奇的词语。”

在《幕间》超然的、几乎冷漠的视角下，所有的生命，在一种不被干扰的情况下，以其个体和集体的形式进步或衰退。创造未来的工作不再是艺术的、幻想的，或道德的，不再是庄严的或紧张的。如果从某种程度上一定要说未来是由什么创造的话，那就是一种原始而古老的冲动。当然，玛丽·雪莱或艾米莉·勃朗特会认为创造的效果不佳。但面对被人类无意识破坏的自然，伍尔夫没有拉特鲁布小姐那种浪漫的怀旧情结。自然常常把最重要的事情弄错。当贾尔斯·奥利弗愤怒地从他姑妈和父亲身边走开时，他踢了一块石头，“一块野蛮人的、史前时期的石头……”他看到了“可怕的逆转”。

> 在那边有什么趴在草丛里，盘成了一个橄榄绿色的圆环，那是一条蛇。它死了吗？还没有，它嘴里叼着一只癞蛤蟆，喘不上气来。这条蛇无法吞咽嘴里的癞蛤

蟆，那只癞蛤蟆也死不了。那癞蛤蟆由于剧烈的疼痛收紧了肋条，鲜血随之渗了出来。这很像生育时的情景，只不过颠倒了——可怕的逆转。

在完成《幕间》四周之后，因为对个人和公众的狂热而感到绝望的弗吉尼亚·伍尔夫，选择在欧塞河中投河自尽了。《幕间》一书描绘了一个徒劳和绝望的世界，一个她不希望她的读者进入的世界——她之前的任何一本书都没有像这本书那样退缩至一个遥远的世界。在书的最后她指出了一个不可知的未来，一个与她当时能够想象的未来截然不同。

当斯威辛太太和巴塞罗缪·奥利弗这两位老人都睡着后，贾尔斯和伊莎发现这是一天里，他们第一次单独相处：

他们独处的时候，不仅显露出敌意，爱意也藏不住了。睡觉之前，他们总要打一架，打完架过后，他们会拥抱。从那拥抱之中也许会诞生另一个生命。可是他们必须要先打一架，就像公狐狸与母狐狸打架一样，在这黑暗的核心中，在这夜幕下的田野里。

除了贾尔斯之外，所有人都试图忽略这场战争，但战争很快就要开始了。当书中的世界为战斗做准备时，它抛弃了文明的所有痕迹，退回到遥远的过去。

从窗户看到的只有天空，而且是没有任何色彩的天空。波因茨宅已经失去了荫蔽的功能。这是还没有修路盖房时的夜晚，这是穴居先祖从某个高地的巨石之中审视世界的夜晚。

然后大幕升起来了。他们说话了。

故事到此结束，作者并没有指明他们说了什么，就像拉特鲁布小姐在酒吧喝得醉醺醺时听到的那句别人都没有听到的“第一句台词”。幕间休息已经结束，下一幕已经开启。伊莎和贾尔斯想要说的话，将通过肢体冲突讲述。他们“必须打架，就像公狐狸与母狐狸打架一样”，因为战斗是比语言更早诞生的本能，这种本能凌驾于所有的个人选择之上。然而，在这本书的世界里，就像在生活中一样，必须发生的事情并不是唯一会发生的事情，当然，这还要归功于机遇和选择。

贾尔斯和伊莎在这一天内的第一次对话，和其他词语一样，是由本能决定的。在他们的争吵之后，“他们会拥抱”，从他们的拥抱中“也许会诞生另一个生命”——在这种本能作用下，选择无法完全控制。而新生命的出现，部分因为自己的选择，部分基于本能的需要，它既与孕育它的生命相似，又与孕育它的生命不同。选择和本能会互相争斗，又互相拥抱。贾尔斯和伊莎的话语和身体现在正以冲突和死亡的形式威胁着他们，同时又在变化和更新中给生命带来新的意义。

拓展阅读

Further Reading

关于本书所涉及的七部小说及五位作者的研究，可谓是汗牛充栋。在此，我罗列了写作此书时令我获益最多，以及我最喜欢的一些书目。我为每位作者列出了一部或多部传记、一些书信与日记的集子，以及一份精选的文学批评研究的书单。关于这些小说的一些优秀简评作品，可参见由牛津大学出版社和企鹅出版社出版的平装本中的引言部分。以弗吉尼亚·伍尔夫为例，由于版权所限，这些版本仅能从英国获得。约翰·萨瑟兰所撰写的有关本书前五部小说的简短且有趣的释疑文章，可以在他的三部作品集《希斯克利夫是凶手吗？》(1996年)、《简·爱能幸福吗？》(1997年)和《谁背叛了伊丽莎白·本奈特？》(1999年)中找到。这三本书再版时，被合辑为《文学侦探》(2000年)一书。

《弗兰肯斯坦》

Frankenstein

米兰达·西摩的《玛丽·雪莱》是一部详尽可读的传记。涉及玛丽·雪莱的最完整的文献总集有保拉·R. 费尔德曼和戴安娜·斯科特吉尔维特编辑的《玛丽·雪莱日记：1814—1844年》（1987年），以及贝蒂·T. 本内特编辑的《玛丽·沃斯通克拉夫特·雪莱书信集》（三卷，1980—1988年）。安妮·K. 梅勒所著的《玛丽·雪莱：她的生活、小说与怪物》（1988年）是一部针对玛丽·雪莱生动的综合研究。由乔治·莱文和U. C. 诺奈普福勒马彻编辑的《弗兰肯斯坦的持久性：玛丽·雪莱小说研究文集》（1979年），包括了小说的知识背景、文学技巧和文化效应等方面的研究。莫里斯·辛德尔的《玛丽·雪莱：弗兰肯斯坦》（企鹅批评研究丛书，1994年）篇幅简短、易于理解且内容涵盖广泛。辛德尔为企鹅经典版的玛丽·雪莱小说修订本（1992年）所撰写的作品简介与注释也同样引人入胜，和玛丽莲·巴特勒为牛津世界经典系列初版（1993年）所写的作品简介与注释一样令人赞赏。

《呼啸山庄》

Wuthering Heights

艾米莉·勃朗特鲜为人知的生平，可以在温尼弗雷德·格林的《艾米莉·勃朗特传》（1971年）和爱德华·奇瑟姆的《艾米莉·勃朗特的一生》（1987年）中找到。范尼·E. 拉奇福德的《冈德尔岛的女王：诗歌中的小说》（1955年），用散文叙事的形式，对艾米莉·勃朗特创作的有关冈德尔岛神话的诗歌进行了奇特而有趣的重新建构。珍妮特·格扎里的《诗歌全集》（1992年）则是一个更加易于理解艾米莉诗歌的版本。由苏·罗诺夫编译的《比利时散文》（1996年）收录了夏洛蒂·勃朗特和艾米莉·勃朗特姐妹在布鲁塞尔学习法语时写的所有习作。米利亚姆·埃洛特编辑的《勃朗特姐妹：文学批评的遗产》(1974年)收集了对她们作品早期的评论与鉴赏。爱德华·奇瑟姆在他《〈呼啸山庄〉的诞生：工作中的艾米莉·勃朗特》(1998年)一书中，重现了《呼啸山庄》的写作过程。现代文学评论研究对《呼啸山庄》的批评始于查尔斯·珀西·桑格尔的《〈呼啸山庄〉的结构》(1926年)(该书初次付梓时，是以C.P.S这个由作者原名首字母组成的名字而出版的)，时至今日，它依旧引人入胜，并被多次再版。伊恩·杰克为牛津世界经典系列的《呼啸山庄》所写的导言(1981年)也颇具启发性。

《简·爱》

Jane Eyre

伊丽莎白·盖斯凯尔的《夏洛蒂·勃朗特传》(1857年初版，现代重印版广为流传)具备一部令人赞叹的优秀小说的品质，这是因为它是由一位十九世纪重要小说家所著。然而，作为一部传记，它多少对其中的主要人物进行了一些修饰和回护。温尼弗雷德·杰林所著的《夏洛蒂·勃朗特：天才之路》(1967年)则更加详尽，而林德尔·高登的《夏洛蒂·勃朗特：热忱的一生》(1994年)令人信服地阐明了“热忱”这个词在其副标题中的含义。玛格丽特·史密斯编纂的《夏洛蒂·勃朗特书信集》(共三卷，1995—2004年)，收录了夏洛蒂家人与朋友留下的精彩笺注。此外，可参考上文《呼啸山庄》一节中所提及的一些书目，以便更好地了解勃朗特三姐妹。凯瑟琳·蒂洛森的《十九世纪四十年代的小说》(1954年)中，有关于《简·爱》较长的一章，对探究《简·爱》一书而言，它仍能提供一种颇具价值的思想起点。桑德拉·M. 吉尔伯特和苏珊·古芭所著的《阁楼上的疯女人》(1979年)揭示了《简·爱》在一个多世纪的时间里等待被发掘的深层意义。迈克尔·梅森在他企鹅经典版《简·爱》(1996年)的作品简介中，富有启发性地探讨了小说中的宗教与心理等方面的问题。艾德丽安·里奇的《简·爱：一个没有母亲的女人的诱惑》一文，被收录在她的《谎言、秘密与沉默》(1979年)一书中。

《米德尔马契》
Middlemarch

罗斯玛丽·艾什顿的《乔治·艾略特的一生》(1996年)，是一部兼具易读性和学术性的著作。戈登·S. 海特编纂的《乔治·艾略特书信集》(1954—1978年)共九卷，对多数读者来说是一部难以消化的鸿篇巨制，但他编辑的单卷本《乔治·艾略特书信选集》(1980年)一直都很有趣。A. S. 拜厄特与尼古拉斯·沃伦编辑的企鹅经典系列的《随笔、诗歌与其他作品选》(1990年)以及罗斯玛丽·艾什顿所编的牛津世界经典系列的《批评文选》(1992年)，都展现了乔治·艾略特兴趣的深度和广度。基利安·比尔的《乔治·艾略特》(1986年)是对乔治·艾略特整个职业生涯极具智慧的研究。罗斯玛丽·博登海姆的《玛丽·安·埃文斯的真实生活：乔治·艾略特及其书信和小说》(1994年)，从她的书信与小说中编织了一幅微妙的心理画像。同样值得一读的还有罗斯玛丽·艾什顿的小册子《乔治·艾略特》（1983年），以及詹妮弗·厄格洛所著的着重探讨了乔治·艾略特女权主义的《乔治·艾略特》（1987年）。大卫·卡罗尔主编的《乔治·艾略特：文学批评的遗产》（1971年）一书收录了早期的一些评论。

芭芭拉·哈代编纂的《〈米德尔马契〉：小说的批评方法》（1967年），收集了一些颇有价值的文章。杰罗姆·比蒂的《〈米德尔马契〉：从笔记到小说》（1960年）讲述了这部小说的起源。罗斯玛丽·艾什顿在企鹅经典系列的《米德尔马契》（1994年）中的引言与大卫·卡罗尔在牛津世界经典系列的《米德尔马契》（1988年）中的引言，都对理解《米德尔马契》以及乔治·艾略特非常有帮助。基利安·比尔的《达尔文的情节：达尔文、乔治·艾略特与十九世纪小说中的进化叙事》（1983年初版，2000年再版），揭示了比副标题所暗示的更广泛的知识与情感领域。

《达洛维夫人》
Mrs. Dalloway

在诸多关于弗吉尼亚·伍尔夫的传记中，最具启发性的包括昆汀·贝尔于1972年出版的《弗吉尼亚·伍尔夫传》、菲利斯·罗斯于1978年出版的《书信中的女人：弗吉尼亚·伍尔夫的一生》、林德尔·戈登出版于1984年的《弗吉尼亚·伍尔夫：作家的一生》、赫敏·李于1996年出版的《弗吉尼亚·伍尔夫》和于2005年出版的朱莉娅·布里格斯的《弗吉尼亚·伍尔夫的内心世界》。主要的研究文献有安妮·奥利维尔·贝尔编纂的《弗吉尼亚·伍尔夫日记》（五卷本，1977—1984年）、奈杰尔·尼克尔森主编的《弗吉尼亚·伍尔夫书信集》（六卷本，1975—1980年）和安德鲁·迈克尼利负责编辑的《弗吉尼亚·伍尔夫随笔集》（四卷本，1986—1994年）。斯特拉·麦克尼克编著的《达洛维夫人的宴会：短篇故事系列》（1973年）收录了一些与《达洛维夫人》有关的短篇故事（但不完全是副标题中所说的“系列”）。赫敏·李的《弗吉尼亚·伍尔夫的小说》（1977年）是一本简明且具有启发性的批评研究。阿列克斯·兹沃德林的《弗吉尼亚·伍尔夫与现实世界》（1986年）是一部针对伍尔夫小说中社会视野的研究著作，研究角度让人耳目一新。同样值得一读的还有伊丽莎白·阿贝尔的《弗吉尼亚·伍尔夫和精神分析小说》（1989年）、玛利亚·迪巴蒂斯塔的《弗吉尼亚·伍尔夫的主要小说》（1980年）、米切尔·列斯卡的《弗吉尼亚·伍尔夫的小说》（1977年）以及哈维那·里克特的《弗吉尼亚·伍尔夫：归航》（1970年）。对伍尔夫小说的当代评论被收录进罗宾·玛朱姆达尔和艾伦·麦克劳林主编的《弗吉尼亚·伍尔夫：文学批评的遗产》（1975年）中。

在《达洛维夫人》各种版本的简介中，有三篇颇具价值，分别是克莱尔·托玛琳1992年为牛津世界经典版撰写的、大卫·布拉德肖稍晚一些于2000年为牛津世界经典版撰写的以及伊莱恩·肖沃尔特在1992年为企鹅现代经典版所撰写的；最后这一篇被朱莉亚·布里格斯收入于1994年出版的《弗吉尼亚·伍尔夫主要作品介绍》中。在美国，由人人文库于1993年出版的《达洛维夫人》，是唯一一个使用了弗吉尼亚·伍尔夫最终修订版文稿的版本。这部小说的不完整初稿，可以从海伦·M. 乌索转录并编辑的《弗吉尼亚·伍尔夫，“时时刻刻”：大英博物馆藏〈达洛维夫人〉手稿》（1996年）中找到。弗吉尼亚·伍尔夫给1928年现代图书馆再版的《达洛维夫人》写的序言，可以在《弗吉尼亚·伍尔夫随笔集（第四卷）》（见上文）、由莫里斯·贝雅编辑的学术版《达洛维夫人》（1996年）、弗朗辛·普洛斯的《达洛维夫人读者》（2003年）以及许多美国二手书店中现代图书馆版的诸多副本中找到。

《到灯塔去》

To the Lighthouse

几乎每一部对弗吉尼亚·伍尔夫的批评研究及传记研究中，都能找到一些有关《到灯塔去》的有价值的讨论，相关批评研究以及传记研究的书单可以参考上一节有关《达洛维夫人》的那些。关于拉姆齐夫妇原型的另一个讨论视角，请参阅弗吉尼亚·伍尔夫的《过去的素描》一文，它被收录在珍妮·舒尔金德编著的《存在的瞬间：未出版的自传作品》（1976年初版，1985年第二版）一书中。除了上述的这些书目，还有两篇对《到灯塔去》的介绍特别值得一读，分别是由玛格丽特·德拉布尔为1992年出版的牛津世界经典版本所写的序言，以及赫敏·李为1992年出版的企鹅现代经典版所写的作品简介，赫敏·李的版本被收录于朱莉亚·布里格斯在1994年出版的《弗吉尼亚·伍尔夫主要作品介绍》中。苏珊·迪克转录并编辑的《〈到灯塔去〉：手写原稿》（1982年）展现了这部小说最终是如何完成的。

《幕间》

Between the Acts

这部小说往往会让评论家和传记作家感到困惑与不安。参考上文列出的关于《达洛维夫人》的书单，可以看到弗吉尼亚·伍尔夫的小说研究集锦。到目前为止，对《幕间》最有启发意义的解读是弗兰克·克莫德为1992年出版的牛津世界经典版本所写的序言，以及朱莉亚·布里格斯为1992年企鹅现代经典版本所写的作品简介，后者在《弗吉尼亚·伍尔夫：共同点》(1996年)以及《弗吉尼亚·伍尔夫主要作品介绍》(1994年)中均有收录。由米歇尔·A. 利斯卡编辑的《波因茨宅：早期和晚期的〈幕间〉打印稿》呈现了《幕间》这本书的创作过程。

致　谢

Acknowledgments

在本书的写作和修改过程中，许多朋友给我提供了帮助。珍妮·戴维森、玛丽亚·迪巴蒂斯塔、芭芭拉·J. 菲尔兹和杰西·罗森塔尔对整个手稿提出了全面的建议。丽贝卡·米德、朴昭映（音译）和维姬·特鲁门豪斯就一个或多个章节提出了建设性意见。在关于具体细节和主题的写作中，朱莉·克劳福德、尼古拉斯·达姆斯、斯蒂芬·马库斯、本·帕克、韦恩·普劳德福特、迈克尔·A. 塞德尔、高里·维斯瓦纳坦和丹尼尔·齐夫等朋友给过我很多灵感和启发。爱丽丝·范·斯特拉伦是最具同情心和最振奋人心的编辑，感谢她一直以来的支持。谢丽尔·门德尔松在我创作的每一个阶段都密切关注着书中每一个字的进展，因此，致谢这一页最后的感谢，是给她和詹姆斯的。